KB268757

칠대천마 6

김운영 新무협 판타지 소설

초판 1쇄 찍은 날 § 2007년 11월 5일
초판 1쇄 펴낸 날 § 2007년 11월 15일

지은이 § 김운영
펴낸이 § 서경석

편집장 § 문혜영
편집 § 조수희 · 이환진

펴낸곳 § 도서출판 청어람
등록번호 § 제1081-1-89호
등록일자 § 1999. 5. 31
어람번호 § 제2-1336호

주소 § 경기도 부천시 원미구 심곡1동 350-1 남성B/D 3F (우) 420-011
전화 § 032-656-4452 팩스 § 032-656-4453
http://cyworld.nate.com/bluebook_
E-mail § blue_book@hanmail.net

ISBN 978-89-251-1003-5 04810
ISBN 978-89-251-0689-2 (세트)

칠대천마

七代天魔

EXCINTING ORIENTAL FANTASY

七代天魔

칠대천마

6

천마지경(天魔之境)

김운영

新무협 판타지 소설

BLUE BOOK
도서출판

目次

第一章

재회지감(再會之感)

사매가 깨어났다고?

南斗延壽保命時老君告天師曰
天八會之真文三洞三清之上
稟道元始天尊昔經歷于億萬劫天地始修

太上說南斗延壽保命

安真經太上說南斗
此經乃九天八
熙衰而人倫五運遷變萬彙

재회지감(再會之感)

사매가 깨어났다고? 이보다 더 좋을 수는 없다. 그러나…

천마신교의 이장로인 독심약왕 무준은 혈장천마를 따라 중원으로 들어가지 않고 신강의 총단에 남았다.

그는 원래 싸움에는 그렇게까지 열정적이지 않은 성격이다. 또한 총단에 있는 신약전의 약재들 중에는 장거리를 옮길 수 없다. 그렇다고 그걸 다른 자에게 맡기기도 싫었다.

하지만 막상 그와 친했던 다른 장로들이 모두 중원으로 떠나고 내총단이 한산해지자 조금 적적한 기분이 들었다. 사람이 많지 않으니 약왕전에 환자도 거의 없었다.

"지금 누군가 부상을 당해 입원을 하면 정말로 열심히 치료를 해 줄 텐데……."

무준은 들으라는 듯 입 밖으로 중얼거렸지만 불행히도 그의 말을 들어줄 사람은 없었다. 하지만 그는 마치 누군가에게 비밀이라도 고백하는 듯 더 작은 소리로 말했다.

"어쩌면 건강을 회복하라고 적당한 영단을 복용시켜 줄지도 모르지."

듣는 사람이 없으니 반응이 있을 리 없다. 강자존 약자종의 법칙이 살아 숨 쉬는 천마신교 내에서 독심약왕의 영단이라면 누구나 달려들 터이지만 그것도 알아야 올 일이다.

사실 무준이 열심히 치료해 준다는 것도 그야말로 말 뿐, 정작 별거 아닌 환자가 치료를 부탁한다면 오히려 생사를 가늠할 수 없다.

마치 새로운 환자가 온 것처럼 이런 저런 말을 중얼거리던 무준의 눈빛이 음흉해졌다. 그러더니 씨익 웃으면서 입을 열었다.

"영단 같은 걸 먹여서 건강해지면 내가 더 심심해지겠지? 그럼 차라리 계속 입원해 있게 적당히 몸을 망가뜨리는 게 나을까?"

만약 그의 눈앞에 환자가 있다면 처음에는 기대감에 차 있겠지만 지금은 불안감에 덜덜 떨고 있을지도 모른다. 무준은 혼자서 한동안 오지 않는 환자에 대해 온갖 좋고 나쁜 처방을 상상하면서 키득거렸다.

"에효, 재미도 없군. 하던 거나 계속 하자."

혼자 놀기의 진수를 보여주던 무준은 작심한 듯 금침을 꺼내 들었다.

요즘 독심약왕의 무료함을 달래주는 것은 소운이 남기고 간 활혼금침대법의 기초운침법이었다. 독심약왕은 요즘 이걸 연구하면서 시간을 보내고 있었다.

활혼금침대법의 기초운침법을 얻는 대가로 그는 천하제일의의 명예를 활선문에 양보했다.

활선문이 천마신교의 교도들도 치료를 할 수 있으면 교도들의 생명을 조금이라도 더 구할 수 있다는 소운의 말에 고개를 끄덕이기는 했다. 그러나 속마음은 역시 소운이 건네는 활혼금침대법 쪽에 쏠려 있었다.

반대로 소운은 활혼금침대법보다는 활선문의 안전이 더욱 중요했기에 마음을 굳게 먹고 기초운침법을 넘겨줬다.

하지만 소운이 나름대로 심혈을 기울여 뒷부분의 실용운침법과 완전히 갈라놓아서 이것으로 본래의 활혼금침대법을 다시 만들어내기는 힘들 것이다.

아마 독심약왕 특유의 의술과 결합하여 전혀 새로운 침술이 탄생될 가능성이 높았다.

독심약왕도 대충은 그런 상황임을 눈치 채고 있었지만 그래도 좋았다. 기초운침법 자체에 담긴 침술의 묘리는 거짓이 아니었다. 정말 독심약왕도 감탄할 수밖에 없는 신기라 할 수 있었다.

독심약왕은 매일같이 그 침술 이론에 따라 닭에게 침을 놓았다. 나중에는 사람에게도 실험을 해야겠지만 일단은 닭부터 시작해서 돼지, 그리고 원숭이에게도 반응과 효과를 얻어야 한다.

금침을 들고 눈앞의 닭을 노려보는 무준의 눈빛이 사뭇 진지해졌다.

푸드득.

"후우, 오늘은 이놈이 마지막인가?"

한참의 시간이 지난 후 살았다는 듯 날아오르는 닭을 보면서 무준은 땀을 닦았다. 지금 날아오르는 닭은 꼭 열두 마리째 놈이다.

앞서 금침을 놓은 닭 중 아홉 마리는 즉사했지만 세 마리는 살았다. 그리고 그 세 마리 닭 중 마지막 놈은 오히려 크게 힘을 얻어 천장 위까지 날아올라 버둥거리고 있었다.

"아주 제대로 새가 된 것 같군. 아니, 원래 닭도 새는 새지?"

무준은 대들보 위까지 올라 날고 있는 닭을 보면서 중얼거렸다. 놀랍게도 한 번 난 닭은 벌써 일각이 넘도록 바닥으로 내려앉지 않고 있다. 벽을 타면서 거의 하늘을 나는 것이다.

"거참, 이토록 생물의 잠재력을 이끌어내는 침술이 있었다니, 신기하단 말이야."

닭은 거의 반 시진 동안 그렇게 힘을 썼다. 그리고는 서서히 움직임이 멈추더니 곧 눈을 감고 죽은 듯이 움직이지 않았다.

독심약왕이 살펴보니 깊게 잠이 든 상태였다.

"선천지기를 발휘하고는 탈진해 버리는군."

독심약왕은 혀를 쩝쩝 다시며 지필묵으로 방금 전의 침술 위치를 기록했다. 생물의 종류가 달라져도 자극하는 방식은 비슷하니 이제 잠재력을 이끌어내는 방법은 거의 찾은 셈이다.

"이제 좀 쉬어야겠군."

닭에게 침을 놓는 것은 사람에게 놓는 것보다 몇 배나 신경이 쓰이는 일이다. 독심약왕은 어깨가 살짝 결리는 것을 느끼고 내공을 움직여 몸을 풀었다.

그런데 그때, 구장로인 은엽어림 무궁이 찾아왔다.

"이장로님 계십니까?"

"오오, 구장로인가? 어서 오게."

독심약왕 무준과 은엽어림 무궁은 같은 무씨로 먼 친척이 된다. 독심약왕이 아저씨뻘이기 때문에 사석에서는 하대를 하기로 되어 있다. 하지만 그 둘은 성격적으로 별로 어울리지 않아 그렇게까지 가깝게 지내지는 않았다.

일이 없다면 이렇게 일부러 찾아오지는 않았을 것이다.

독심약왕은 일단 하인들에게 약왕전 비전의 탕약차를 내오라 시켰다. 그래도 장로가 왔으니 탕약차 정도는 대접하고 이야기를 들어야 예의라 할 수 있으리라.

"그래, 무슨 일로 왔는가? 혹시 몸이 허한가?"

독심약왕은 다 안다는 듯 능구렁이 같은 미소를 지으며 놀리는 어투로 물었다.

은엽어림이 칠장로인 은발월희랑 그렇고 그런 사이라는 것은 이미 독심약왕도 알고 있다. 장로가 딱 셋이 남아 있는 상황에서 둘이 항상 붙어서 노니 모르려야 모를 수가 없다.

독심약왕은 은엽어림만 원한다면 언제든지 비전의 보신제를 줄 마음이 있었다. 그래도 조카뻘인데 가문의 영광과 번영을 위해 기운을 쓰도록 해줘야 하지 않겠는가?

그러나 은엽어림은 이런 독심약왕의 주책이 마음에 안 드는 듯 진지한 얼굴로 고개를 저었다.

"그런 문제라면 따로 사람을 보냈을 겁니다."

"그런 문제라니? 이보다 더 중요한 일이 어디 있다고 그러나?"

재차 던진 농담 같은 말에도 은엽어림은 다시 고개를 저으며 살짝 미간을 찌푸리고 답했다.

"개인의 일은, 그것도 육체적인 욕망의 일은 작은 일에 불과하지요. 그보다 제 말씀을 먼저 들어주십시오."

"변함없이 딱딱한 성격이구만, 그럼 말해보게."

독심약왕은 항상 근엄한 표정을 짓고 있는 은엽어림이 마음에 들지 않아 콧수염을 실룩거렸다.

자기보다 어린놈이 수십 년은 더 어른인 듯한 표정을 지으니 기분이 좋을 수가 없다.

독심약왕의 기분이야 어떻든 일단 제대로 말을 들을 자세를 갖추자 은엽어림은 그가 온 이유를 말했다.

"공손 소저가 출관을 했습니다."

"응? 그녀는 천마관에 들지 않았나? 그런데 출관을 했어?"

공손설은 소운이 직접 천마관으로 옮겼기 때문에 그녀가 그때 어떤 상태였는지 정확하게 아는 사람은 없었다.

그러나 아무래도 보는 눈과 듣는 귀가 있으니 장로급 정도 되는 자들은 공손설이 정상적인 상태로 폐관에 들어간 게 아니라는 것쯤은 알고 있었다.

독심약왕은 소문을 듣고 두 가지를 생각했었다.

첫 번째는 공손설이 주화입마에 빠졌다는 것.

두 번째는 혈장천마가 공손설을 이용해 무엇인가를 하려한다는 것.

어느 쪽이든 괜히 떠들어서 좋을 일이 아니기에 그는 신경을 끄고 있었다. 하지만 두 번 다시 공손설을 못 보게 될 가능성이 높다고 내심 생각하고는 있었다.

그런데 출관을 했다고 한다. 그것도 천마를 비롯해 대부분의 사람들이 중원으로 나간 상황에서 말이다.

"공손 소저는 지금 어디 있나?"

독심약왕은 몸을 일으키며 물었다. 당장 그녀를 만나 보아야겠다고 결심했다.

그러나 은엽어림은 고개를 살짝 저으며 대답했다.

"중원으로 떠났습니다. 칠장로가 만났는데 십장로와 비무를 하러 간다고 했답니다."

"십장로와 비무를?"

폐관을 나온 천마의 제자가 다른 제자를 찾아가 비무를 한다. 그것이 의미하는 이유는 무엇일까? 깊이 생각할 필요도 없다. 독심약왕의 안색이 심각하게 변했다.

그때, 은엽어림은 다시 말했다.

"놀라운 일은 공손 소저가 남도왕과 만나 싸웠다는 것입니다."

"뭣! 남도왕이 이 신강까지 잠입해 들어왔단 소린가? 어디지? 공손 소저는 무사한가?"

독심약왕은 크게 놀라 벌떡 몸을 일으키며 외쳤다. 그러나 은엽어림은 미동도 하지 않고 말을 계속했다.

"이겼습니다. 남도왕이 죽었죠."

"……."

독심약왕은 갑자기 입을 다물고 은엽어림을 노려보았다.

상식 밖의 소리를 들으니 이제는 은엽어림이 제정신인가 하는 생각마저 들었다. 그러나 그는 곧 한숨을 내쉬며 고개를 절레절레 흔들었다.

"내가 아는 구장로는 하늘이 무너져도 농담을 할 사람이 아니지. 자세히 말해보게."

"그러니까 공손 소저가 천마관을 나와 내단을 벗어나자 보고를 받은 칠장로가 놀라서 좇아갔답니다. 그런데 막상 공손 소저를 찾고 보니 이미 남도왕과 한참 싸우고 있었다고 합니다."

"그럼 싸우는 광경을 직접 봤다는 것이군."

"그렇습니다. 칠장로의 말로는 공손 소저는 이미 벽을 깨고 남도왕을 당당히 상대할 수 있는 경지에 올랐다는 겁니다. 반면에 남도왕은 이미 천마께 한쪽 팔을 잃지 않았습니까?"

"흐음, 따로 증거는 있나? 칠장로를 의심하는 것은 아니나, 그자가 남도왕인지 확실하게 알 수는 없지 않은가."

"칠장로가 공손 소저로부터 남도왕의 독문 무기와 비급을 받아왔습니다. 이것입니다."

은엽어림은 그가 들고 왔던 비단 보따리를 내밀었다.

독심약왕이 확인해 보니 확실히 그것은 남도왕의 물건이었다. 비급 역시 강맹일변도이면서도 변화가 끝이 없는 것이 무림에 일절로 불릴 만한 도법이었다.

"틀림없는 것 같군. 그렇다면 정말로 공손 소저가 벽을 깨고 출관을 했다는 소린데……."

이건 경사다. 하지만 마냥 기뻐할 수만도 없다. 이미 후계자 구도는 십장로인 서정으로 거의 굳어져 가고 있는 상황에서 공손설이라는 대항자가 나오면 누군가는 피를 흘려야 한다.

실제로 공손설은 모든 것에 앞서 십장로와 비무를 하러 갔다고 하지 않은가?

이건 무공으로 그가 압도함을 증명해 보임으로써 가장 확실하게 천마신교 내에 새롭게 자신의 입지를 다질 의도라고 봐야 한다.

그때 은엽어림이 다시 말을 꺼냈다.

"이장로님께서도 아시겠지만, 칠장로와 환희전은 무조건 공손 소저를 지지할 것입니다. 그리고 저도 칠장로와 뜻을 같이 하기로 했습니다."

"그렇군. 환희전은 여성 천마의 재탄생을 원하고 있었지. 으음, 구장로가 칠장로와 뜻을 같이 하는 것도 이해하네. 이야기 해줘서 고맙구먼.”

“알아주셔서 감사합니다. 그럼 전 이만 가보겠습니다.”

할 말을 끝낸 은엽어림은 곧 탕약차를 들어 잔을 비웠다. 그리고는 일어나서 인사를 하고 돌아갔다.

그는 독심약왕에게 누구의 편을 들 것인가 묻지 않았다. 자기네 쪽으로 회유하려 하지도 않았다. 단지 자신의 입장을 밝히러 온 것이다.

독심약왕은 혼자 남아 고민을 시작했다. 그는 은엽어림이 모르는 사실을 알고 있었기에 생각이 더욱 복잡했다.

“허참, 이거 어떻게 해야 하나?”

혈장천마가 공손 소저에게 어떤 가르침을 베풀었는지는 모른다. 그리고 그분의 의도는 더욱 알 수 없다.

그러나 지금 상황에서 생각할 수 있는 것은 혈장천마가 공손설을 키웠고, 공손설은 훌륭하게 십장로보다 강해졌다는 점이다.

이걸 보면 혈장천마는 십장로인 서정을 후계자로 삼을 마음이 없는지도 모른다.

“음, 그럴 지도 모르지. 만약 천마께서 십장로에게 많은 것을 약속하신 게 그의 충성심을 높이기 위한 일이고, 그게 치료 때문이라면……”

어쨌거나 혈장천마는 독기를 녹이는 데 소운의 도움을 받아야 한다. 그런 만큼 혈장천마는 소운을 적극적으로 회유해야 할 필요가 있다.

그렇지만 혈장천마는 소운을 후계자로 삼을 마음까지는 없는지도 모른다. 어쨌거나 소운은 태어날 때부터 천마신교의 교도는 아니었다. 근래 비밀리에 가입한 중원인으로 교에 대한 충성심을 완전히 믿기는 어렵다.

"어쩌면 진곡 장로를 제거한 것도 십장로 개인의 능력일지도 모르겠는 걸."

독심약왕은 추리를 하면 할수록 확신이 드는 것 같은 기분이 들었다.

지금까지 독심약왕을 비롯한 여러 장로들은 소운이 대공자 진곡을 몰아내고 장로가 된 것이 혈장천마가 뒤에서 밀어주었기 때문이라고 생각했다.

그런데 만약 소운의 심계가 정말 대단하여 스스로의 힘만으로 그 모든 일을 행했다면?

폐관한 천마의 시중을 단독으로 들고, 천마관에 마음대로 오갈 수 있는 것은 결코 혈장천마가 소운을 총애해서가 아니다. 치료를 위한 어쩔 수 없는 결정이었다.

하지만 그건 독심약왕처럼 뒷사정을 아는 사람 이외에는 모른다. 소운은 그걸 교묘하게 이용했을 수 있다.

만약 그렇다면 혈장천마는 자신의 원래 제자를 제거하고

굴러온 돌에게 분노를 느꼈을 수 있다. 그리고 그걸 풀기 위해 소운을 후계자로 삼는 것처럼 보이고 뒤로는 공손설을 키웠을지도 모른다.

그럴 경우 소운은 모든 것을 얻은 착각을 하다가 예상외로 강해진 공손설에 의해 공개적으로 제거된다. 그때의 절망감은 아마 상상을 초월할 것이다.

"아니야, 그렇게 너무 상황을 짜 맞추는 건 안 좋아."

독심약왕은 너무 깊이 파고들지 않기로 했다.

정확히 알지도 못하는 일들을 단편적인 정보만으로 추리하려 했다가는 엉뚱한 판단을 내리기가 쉽다는 것을 그는 알고 있었다. 그리고 일단 그런 생각을 하게 되면 묘한 자존심이 생겨나 그걸 옳다고 믿게 된다.

"정확하게 일어난 일들로만, 겉으로 드러난 사실로만 판단을 하자."

지금 소운은 출세 가도를 달리고 있어 거의 차대 교주 후보 제일위라고 할 수 있다.

아직 무공은 다른 장로들에 비해 반수 정도 떨어지지만 혈장천마가 오늘이나 내일 죽는 것도 아니니 소운의 재질이라면 곧 다른 장로들을 추월하여 최고의 경지에 도달할 것이다.

어쩌면 그도 혈장천마가 존재하는 세계에 발을 디딜지도 모른다고 모든 장로들이 말하지 않았던가?

그런데 공손설이 나왔다. 그것도 초절정고수가 되어서. 미래의 초절정이 아닌 현재의 초절정이다. 그렇다면 미래의 천마다!

"지금 비무를 하면 공손 소저가 십장로를 쉽게 꺾을 수 있겠지. 하지만 제거를 할 수는 없을 거야. 그렇다면 십장로는 장래에 공손 소저의 무위를 따라잡을 수 있을까?"

가능할 것도 같았다. 무공의 재능에 대해서라면 어떤 상식도 통하지 않는 게 바로 소운이니까.

"으음, 무공이 같은 수준이면 심계나 처세술 등으로 볼 때 십장로 쪽이 나을까? 공손 소저는 일단 여자고… 아니지."

독심약왕은 생각을 바꿨다.

"아무리 여자라도 공손 소저는 날 때부터 천마신교, 굴러온 돌보다는 그쪽이 나을 것이다."

독심약왕은 다시 소운이 원래 외부인이라는 생각을 했다. 능력적으로 짝을 찾을 수 없이 발군이라면 모르지만 대등한 경쟁자가 있으면 굳이 외부인을 차대 교주로 삼을 필요는 없다.

천마신교는 인재의 출신을 따지지 않지만 그건 어디까지나 이념적인 것이고 사람의 감정이 그렇게까지 냉정해질 수는 없다.

"그리고 내가 교주의 심중을 모두 헤아릴 수는 없지만 그분이 외지인을 그다지 좋아하지 않는다는 것은 알지."

일단 혈장천마를 생각하자 아까의 추리가 다시 머릿속에
떠올랐다.

사실 혈장천마가 마음먹고 밀어주지 않는다면 아무리 공
손설이 공전절후의 천재라도 갑자기 그렇게 강해질 수는 없
다.

어떻게 이십대에 초절정고수가 될 수 있는지 독심약왕은
아직도 믿기지 않았다.

"그래, 이럴게 아니라 역시 내 눈으로 확인을 해봐야겠군.
수석장로하고도 상의를 해봐야 하고 말이야."

독심약왕은 중원으로 나가기로 결심을 굳히고 즉시 준비
를 하기 시작했다.

이 일은 비밀리에 행해야 하는 일이다. 내단을 책임지고 있
는 칠장로와 구장로 이외에는 그가 중원으로 나간다는 사실
을 알리지 않는 것이 좋다. 그런 만큼 여행 준비를 독심약왕
이 직접 해야 했다.

한참 짐을 꾸린 독심약왕은 모든 준비를 끝냈다. 그는 방
을 나서기 전 잠시 눈을 감고 앞으로의 계획을 정리했다. 그
리고 방을 나서며 마지막으로 마음속의 말을 입 밖으로 꺼냈
다.

"만약 공손 소저가 정말로 초절정의 영역에 들어섰다면 그

녀가 차대 교주가 되어야 한다.”

아무리 생각해도 역시 외부인이었던 소운이 차대 교주가
되는 것은 꺼림칙한 구석이 있었다.

＊　　　＊　　　＊

소운은 요즘 한참 장로들과 신경전을 벌이고 있는 중이었
다.

그 이유는 바로 천마신교의 비전절기 공개에 있었다.

무황성을 세우고 그곳에서 무공을 풀어 사람들을 모으는
일은 경천마뇌도 좋은 계략이라고 평할 정도였기에 다른 장
로들도 별 이견은 없었다.

하지만 막상 그곳에서 공개를 할 천마신교의 절기들의 목
록을 정할 단계가 되자 상황이 급변했다. 막상 절기가 거론되
자 아까운 생각에 모든 장로들이 대놓고 반대를 하기 시작한
것이다.

“삼혼절영은 우리 천마신교의 보물이라 할 수 있는데, 어
떻게 이걸 공개하여 어중이떠중이에게 익히게 할 수 있겠
소?”

“아니! 참절도법마저 공개를 하겠단 말이오? 그건 절기 중
에 절기라 교내에서도 선택된 제자들에게만 가르치게 되어

있소. 그래서 목숨이 위험할 때 이외에는 사용할 수도 없게 정했고, 일단 출수하면 무조건 상대와 그걸 본 자들까지 다 죽이게 되어 있는데 어떻게 이걸 공개할 수 있단 말이오?"

소운은 그런 장로들의 항의를 들을 때마다 속으로 그들의 십팔대 조상까지 욕을 했다.

'이 거지 같은 놈들아. 그럼 우리가 공개하려는 다른 문파의 무공 중에 문외불출의 비전절기가 아닌 것이 하나라도 있냐? 남의 것을 공개한다고 할 때에는 깨소금 맛이라는 표정으로 좋아라 하더니 왜 지금 와서 딴 소리야?

하지만 이런 말을 입 밖으로 꺼낼 수는 없다. 소운은 가능한 한 감정을 드러내지 않고 그들을 하나하나 설득해야 했다.

"넓게 봅시다. 우리가 공개하는 본교의 무공이 같이 공개하는 중원의 무공들보다 떨어진다면 어떻게 되겠소? 이번 계획 자체가 본교 무공의 우수함을 알리고 중원의 약소문파들에게 그것을 받아들이게 하는 것이오. 이성적으로 생각을 하길 바라오."

"크으으, 그건 그렇지만……."

조금만 생각해 보면 소운의 말이 옳다는 것을 알 수 있었다. 그러니까 결론적으로 볼 때 구파일방과 오대세가의 무공보다 더 뛰어난 무공을 공개할 수밖에 없다.

그때서야 장로들은 이 계획이 얻는 것도 많지만 잃는 것도 많다는 것을 깨달았다. 하지만 이미 무황성이 건설되기 시작한 지금, 계획을 중지할 수도 없다.

'그걸 지금에야 깨달은 너희들이 바보지. 암. 네놈들은 꼼짝없이 비전무공을 중원무림에 토해내야 하는 운명인 거다. 하하하하.'

"크게 걱정하실 필요는 없을 거요. 본교의 무공은 하나같이 절기이고 그 수도 바다와 같이 많소. 그러니 일부분은 공개를 하되 나머지 부분을 철저하게 숨기면 오히려 적은 우리의 무공을 안다고 착각하고 방심하다가 당할 것이오."

겉과 속의 말이 이렇게 다르다. 하지만 아무도 소운의 표리부동을 눈치 채지 못했다.

완벽한 표정 관리도 관리지만 말의 내용도 중요한 것이기에 생각을 해야 했다. 소운의 얼굴 표정을 자세히 살필 여유도 없는 것이다.

"확실히 십장로의 의견이 틀리지 않소. 우리 천마신교의 무공은 수련법에 따라 크게 여덟 종류로 구분될 수 있는데, 그중 두 종류에 속한 무공을 공개하고, 본교의 교도들에겐 다른 여섯 종류의 무공을 전수하면 실전에서 큰 이익을 볼 수도 있소."

경천마뇌가 다시 소운의 말을 정리해서 말했다. 그때서야 장로들은 일단은 납득을 하겠다는 듯 저마다 고개를 끄덕였다.

"그러고 보니 여기 있는 목록의 무공들은 사장로가 말한 대로 유사한 수련법의 무공만 모아놓았군."

백면살마의 말이 결정타가 되었다. 소운이 선별하여 공개하자고 한 무공들이 생각없이 대충 고른 게 아니라 오히려 계략에 의한 것이라는 게 드러나는 순간이었다.

"그런데 이건 내가 익힌 무공에 속한……."

혈해광투는 인상을 팍 하고 쓰며 말을 꺼냈다.

이번에 공개할 무공들은 마병전 사람들이 주로 익히는 무공들이 많았다. 그리고 혈해광투의 장법 또한 절반 정도 공개 목록에 속해 있었다.

이게 공개되면 다른 장로들에 비해 그와 그의 수하들이 가장 큰 손해를 보게 될 것이다.

"오장로, 불만 있는가?"

소운은 고개를 돌려 불평을 터뜨리려는 혈해광투를 보았다.

"없습니다."

혈해광투는 그냥 입을 다물었다. 충성을 맹세한 몸으로 소운의 행동에 불평을 토로하는 것도 그의 성격에 맞지 않았다.

"다른 분들도 반대하지 않으시겠다면 이대로 가겠습니다."

분위기가 어느 정도 안정되자 소운은 그대로 선언을 해버렸다. 장로들의 불만을 어느 정도는 다독거려 주어야 하지만 그렇다고 해서 일일이 비위를 맞출 필요는 없다. 이미 그들 모두가 소운에게 충성을 맹세한 것이다.

다른 장로들도 혈해광투가 인정하자 어쩔 수 없이 소운의 결정에 따르기로 했다. 그러나 감정적으로는 천마신교의 무공을 외부로 유출하는 것에 대해 별로 좋지 않게 느꼈다.

그날 밤, 혈해광투는 달을 보며 술을 마셨다.

"씨발, 아주 날 잡아먹으려 드는군. 차라리 그때 죽을 걸 그랬나?"

혈해광투는 소운에게 충성 맹세를 한 걸 상당히 진지하게 후회했다. 역시 그는 남에게 허리를 굽히고 사는 것에 익숙지 않았다.

미친개는 아무나 물어뜯어야 미친개다. 그런데 남에게 길들여졌으니 이건 아니라는 기분이 강하게 들었다.

"제기랄!"

벌컥벌컥.

혈해광투는 거칠게 술병을 들어 거꾸로 목구멍에 박았다. 술에 취하기 위해 내공을 단전에 모은 채 술병을 수십 개나 비웠다. 그러나 선천적으로 술에 강해 별로 취하지도 않았다.

"간에 기별도 안 가네. 그냥 술독 채 열 개 정도 들고 와야
지."

마지막 남은 술병을 단숨에 비운 혈해광투는 빈병을 거칠
게 집어던지고는 자리에서 일어났다.

그런데 막상 몸을 일으켜 뒤로 돌리니 소운이 서 있는 것이
보였다.

"어? 언제 왔… 습니까?"

"방금 전에."

"크흥, 기척을 죽이는 것도 능숙하시군요."

"불만이 많은가 보군."

소운은 일일이 말을 받아주기 귀찮은 듯 왼손을 들어 앞으
로 뻗었다. 그러자 거센 기운이 그의 장으로부터 생겨나 혈해
광투의 가슴을 향해 뻗어갔다.

"어억쿠!"

혈해광투는 소운의 기습에 놀라 비명을 질렀다. 그러나 그
의 몸은 이미 반응하여 마주 장을 내뻗었다.

퍼펑!

장이 한 번 부딪쳤는데 파공음은 두 번이 났다. 소운이 장
력 속에 숨긴 암타를 혈해광투가 정확하게 막아낸 증거다.

"왜 이러……! 십니까?"

"그냥."

퍼퍼펑!!

태연하게 대답하며 다시 쌍장을 뻗는 소운, 말투와는 전혀 상관 없이 강맹한 공격이 계속되었다.

혈해광투는 이를 악물고 뒷발로 땅을 차며 앞으로 나왔다. 그 기세를 이용하여 장력에 기운을 더욱 강하게 실었다.

이미 내공에서 소운이 혈해광투를 압도하고 있는 상황이기 때문에 이렇게라도 하지 않으면 피하거나 밀릴 수밖에 없다.

소운은 그런 혈해광투의 투지를 보고 입가에 미소를 띠며 말했다.

"이건 어떨까?"

위이잉!

장이 움직이기도 전에 공기가 울리는 소리가 났다. 자세히 보면 소운의 장심에 검은 기운이 뭉쳐 소용돌이처럼 회전하는 것이 보였다.

"앗, 묵혈마라장!"

혈해광투는 기겁을 하며 즉시 신법을 사용하여 옆으로 피했다.

묵혈마라장은 강한 내공으로 약한 내공을 부수는 장법. 소운의 내공이 혈해광투보다 우위에 있는 이상 혈해광투가 맞받아쳐도 장력을 상쇄시킬 수 없다.

“하하하, 이건 피하는군?”

소운은 크게 웃으며 계속해서 묵혈마라장법을 사용해 혈해광투를 공격했다.

“이런 씹어먹을!”

혈해광투는 결국 참지 못하고 욕설을 내뱉기 시작했다. 그의 성격상 성질이 나는데 참는 것은 불가능한 듯 보였다.

그러나 그는 성질에 못 이겨 자살 행위를 할 마음은 없는지 계속해서 소운의 장법을 피했다. 맞받아치는 순간 죽는다는 걸 알기에 허점을 노려 반격을 가하려 했다.

일단 혈해광투가 싸움에 몰두하자 확실히 만만한 상대가 아니었다. 장법에 있어서 만큼은 그의 경지를 무시할 수 없는 것이 틀림없다.

결국 소운은 공격을 멈추었다.

“나쁘지 않군.”

“도대체 왜 그런 거요?”

겨우 숨을 돌린 혈해광투가 두 눈에서 살기를 뿜으며 외쳤다.

차라리 자결을 하라고 명을 내리면 기꺼이 죽을 마음이 있는 그였다. 그것이 충성을 맹세한 것에 대한 신의라 할 수 있다. 하지만 이렇게 성질을 돋우면 죽든 살든 싸우고 싶어진다.

소운은 그런 혈해광투의 마음을 아는지 모르는지 웃으면서 말을 했다.

"내가 사부님께 내공을 전수받은 이상 오장로는 장법으로 나를 이길 수 없다고 봐야 하지 않은가?"

"뭐라고……! 요?"

"무적의 내공과 혈천마라장. 이걸 깰 방법은 과연 없는가 하고 생각하게 되지."

"……."

"난 평생 검을 수련했지 장법은 그렇게까지 깊게 배우진 않았다. 그런데 내공과 혈천마라장의 연공만으로 평생 장법만 익힌 그대를 꺾을 수 있다면 장법이란 것은 검법에 비해 한참 단순한 무공이 아니겠는가?"

"그게 무슨 헛소리요? 장법이야 말로 가장 오묘한 무공인 것을! 그리고 혈천마라장이 아무나 구결만 알면 익힐 수 있는 무공은 아니오."

혈해광투는 그야말로 전신의 털이 거꾸로 곤두서는 듯한 분노를 느꼈다. 평생 익힌 무공이 부정당하고 조롱받으면 결코 참을 수 없을 것이다.

"내 생각도 그렇다. 비결은 죽은 것이고, 수법은 살아 있는 것이지. 혈천마라장이 아무리 뛰어나도 제대로 이치를 깨닫지 못하면 구결 따위는 아무런 의미도 없을 터."

“씨바, 본론만 말하쇼.”

“본론은 별것 아니지. 혈해광투, 무공에 목숨을 걸었으면 끝까지 걸어야 한다. 그리고 본교는 실력을 최우선으로 생각하지. 장법에 대해 말하려면 적어도 내가 검을 들지 않으면 그대를 상대할 수 없을 정도가 되어야 하지 않을까?”

“크으으으.”

“난 이미 그대에게 혈천마라장의 전반부를 주었다. 그러니 지금 이걸 받아라.”

소운이 손을 살짝 휘젓자 그의 소매 속에서 하나의 책자가 튀어나왔다. 혈해광투는 엉겁결에 그걸 받아 들고 물었다.

“이건?”

“혈천마라장의 후반부다.”

“어억!”

“쉿, 조용히 해라. 난 아직 교주가 되지 않았기 때문에 천마무공을 남에게 전해줄 수 없게 되어 있다.”

“크흠.”

“조용히 하고 잘 들어라. 넌 지금부터 이걸 보며 연구를 해야 한다.”

“연구?”

“혈천마라장의 파훼법을 찾아라!”

“커허헉! 그게 무슨 소리요?”

천마의 무공은 무적이다. 그것이 바로 천마신교의 모든 교도들이 철석같이 믿고 있는 그들만의 진실이었다. 아니, 신앙이었다. 그런데 지금 소운은 혈장천마에게 그런 믿음을 스스로 깨고 무적의 허점을 파헤치라고 말하고 있었다.

소운은 엄숙한 표정으로 말했다.

"내가 이미 말했을 것이다. 구결은 어디까지나 구결, 무공에 무적은 없다. 그러니 연구하고 발전시키지 않은 무공은 언젠가는 퇴화하게 되는 법이지. 지금 우리 천마신교의 무공 중 상당수가 바로 그렇다."

"……!"

"그런데 교내의 사람들은 그저 과거의 것을 익히기에 바쁘다. 기록을 보면 최근 백여 년 동안 본교에서 쓸 만한 무공이 거의 만들어지지 않았다."

소운의 말은 진실이었다. 사실 천마신교에는 뛰어난 무공이 너무나도 많이 존재하여 이것만 익히기에도 벅차다.

소운은 비장한 목소리로 말했다.

"천마무공도 마찬가지. 아직 발전의 여지는 있다고 본다. 그런데 본교에서는 천마무공을 신성시하여 감히 대항할 방법을 생각하는 것조차 하지 않는다."

"천마무적은 대항할 수 없기에 무적 아닙니까."

"무적은 없다. 단지 지금까지는 한 시대에 천마경에 도달한 사람이 둘 이상 나온 적이 없었을 뿐이다. 하지만 이번에 그것이 깨어졌지."

"……."

"나는 사실 검 하나만 파기도 바쁘다. 그러니 장법을 연구할 시간은 없다. 그리고 그대는 본교에서 장법으로는 최고라 할 수 있다. 실전 능력도 거의 최고라 평가받고 있지. 그러니 이제부터는 혈천마라장을 연구하라. 그와 더불어 마병전의 무공도 같이 발전시킬 수 있을 것이다."

소운의 말에 혈해광투는 귀가 솔깃했다. 마병전의 무공이 외부로 공개된다고 해도 자신들은 더욱 좋은 것을 익히면 되는 것이다. 그는 자신이 깨달은 것을 재차 확인하듯 물었다.

"으음, 그럼 내가 혈천마라장을 익혀도 되는 것이오? 그리고 혈천마라장의 구결을 마병전의 무공 중에 섞어 넣어도 상관없다는 뜻이오?"

"물론! 하지만 혈천마라장을 익힌 것만으로는 절대로 내 앞에서 장법에 대해 말하지 못할 것이다. 내공에서 나를 앞서지 못하는 한, 혈천마라장은 다른 장법에 비해 절대적이라고 할 수 있다. 또한 마병전의 옛 무공은 모두 공개가 될 터이니 새롭게 변화하지 못하면 크게 퇴화할 것이다."

소운은 그렇게 선언하고는 할 말을 다 했다는 듯 몸을 돌렸다. 그리고는 천천히 걸어서 어둠 속으로 사라졌다.

혈해광투는 그런 소운의 뒷모습과 자신이 들고 있는 혈천마라의 후반부를 번갈아볼 뿐, 뭐라고 말을 하지 못했다.

술을 퍼마시며 신세 한탄을 하다가 뜬금없이 천마무공의 완본을 손에 넣으니 이게 꿈인지 생시인지도 구분하기 어려웠다.

소운은 그런 혈해광투의 심정을 능히 짐작할 수 있었지만 상관하지 않았다. 이렇게 장로들이 천마무공의 허점을 찾기 위해 연구를 하게 되면 정말로 무공 자체가 점점 발전할 수 있다.

'비결을 안으로 감춰 숨기는 것보다 밖으로 퍼뜨려 발전시키는 것이 옳지.'

소운은 그렇게 생각했다. 그래야 거기서 또 적절한 이익을 남길 수 있다.

*　　　*　　　*

며칠 후, 소운은 혈해광투가 폐관에 들었다는 보고를 받았다. 아마 혈해광투가 본격적으로 혈천마라장을 연구하려는 듯했다.

그 뒤로도 소운은 시간이 나는 대로 장로들을 하나둘 만나 천마의 무공 중 그들에게 필요한 것을 살짝 전해주었다.

혈해광투처럼 전부는 아니더라도 중요한 요결을 하나라도 알려주면 장로들은 크게 기뻐했다.

곧 대부분의 장로들은 무공수련에 집중하기 시작했다.

교내의 일을 등한시하는 것은 아니나 아무래도 당장 강해질 수 있는 길이 있으니 무인으로서 그쪽 부분에 더욱 신경을 쓸 수밖에 없었다.

아직 소운이 하는 일에 적극적으로 찬성을 할 수는 없지만, 그의 의도는 확실하게 전해진 셈이다. 장로들도 나름대로 이익을 보았으니 일단은 소운의 정책에 따라 불평없이 일을 진행시켜 나갔다.

소운의 위험하고 파격적인 계획은 그렇게 서서히 실현되기 시작했다.

그러던 어느 날, 소운은 천마의 직속 비밀감찰단인 천목밀혼단으로부터 한 가지 의외의 보고를 받을 수 있었다.

"응? 사매가 출관을 했다고!"

보고서에는 분명 공손설이 천마관을 나와 내단을 나갔다고 쓰여 있었다. 그런데 어디로 사라졌는지 내단으로는 돌아오지 않았다는 것이다.

하지만 소운은 그런 사소한 부분보다는 공손설이 깨어났다는 사실에 크게 기뻐했다.

"아, 정말 잘된 일이야. 사매, 사매는 정말 대단하군!"

소운은 공손설이 바로 옆에 있는 것처럼 칭찬의 말을 건넸다. 공손설이 미혼경에서 벗어났다면 그녀가 마침내 벽을 깨고 경지에 올랐다는 것을 의미한다.

확률적으로 거의 가망성도 없고, 만약 깨어나도 적어도 수십 년 후일 거라고 생각했는데 벌써 깨어나게 되다니?

"음, 그렇다면 미혼경에서의 수련이 그렇게 효과가 좋다는 것일까? 스스로를 자아 속에 가두고 정신의 감옥에서 의식 수련을 하는 것이……."

생각해 볼 만한 일이다. 보통 사람이 처음 내공수련을 할 때에도 정신을 집중하여 몸 외부로부터 벗어나 내부를 살피게 된다. 그렇기 때문에 운기조식에 완전히 빠지면 어린아이가 다가와 칼로 찔러도 대응할 수가 없지 않는가?

그런데 거기서 한 단계 더 벗어나 완전히 의식 속에 정신을 가두어 수련을 한다면 어떤 효험이 있을지는 짐작하기조차 어렵다.

분명한 것은 만약 이게 의식적으로 가능해 진다면 어쩌면 정말 획기적인 수련법이 될 수도 있다는 점이다.

"하지만 문제는 과연 깨어날 수 있는가 하는 점이란 말이야."

공손설의 경우는 일종의 기적이라 할 수 있다. 천마의 무공 중엔 한 번 익히기 시작하면 멈출 수 없고, 대성을 할 가능성은 백분의 일 정도밖에 안 되는 그런 무공도 있다.

소운은 의식의 폐관수련 역시 그것과 일맥상통하지 않을까 하고 생각했다.

"그 부분은 천천히 생각하자. 일단은 사매가 어디로 갔는지를 알아야지."

소운은 곧 현실적인 문제에 생각이 미쳤다. 그는 즉시 천목밀혼단에 지령을 내려 이 일에 대해 더욱 자세히 조사를 할 것을 명했다.

그 뒤로 며칠이 지났다.

의외로 공손설의 행적은 쉽게 찾았다. 그녀는 옥문관을 넘었는데, 그때의 복장이 소운이 천마관의 석실에 둔 옷과 같았다. 얼굴만 면사로 가렸지 옷을 갈아입을 생각은 하지 않는 듯했다.

"그렇다면 사매는 나를 만나러 오는 것이군."

소운은 보고를 받자마자 왜 공손설이 중원으로 들어왔는지 깨달았다.

비무! 공손설은 소운과 비무를 하러 오는 것이다.

"하하하하, 맞아. 우리는 비무를 해야 하지. 그게 약속이었거든."

웃음이 나왔다. 오랜만에 느껴보는 정말로 즐거운 기분이었다. 공손설이 초절정의 경지에 올랐다면 그녀와의 비무에서는 거의 전력을 다해야 할 것이다. 소운은 그 점이 기뻤다.

실력을 숨기고 계산에 따라 행동하는 생활은 결코 그가 원하던 것이 아니다. 무인으로서 믿을 수 있는 사람과 실력을 다해 비무를 하는 게 얼마나 좋은 일인가!

특히 그 대상이 공손설이라면 즐거움이 몇 배나 더할 것이다.

소운은 손가락으로 자신의 턱을 툭툭 팅기며 중얼거렸다.

"흠, 이렇게 되면 계획을 약간 수정해야 하겠는 걸? 사매가 깨어난 이상 차대 교주는 사매가 되는 게 좋겠군."

예상외의 일이지만 결코 나쁜 일이 아니다. 소운의 머릿속에서 여러 가지 계략이 오뉴월의 장대비처럼 사정없이 쏟아지기 시작했다.

원래 소운이 혈장천마의 사망을 숨기고 무황성을 건설하려는 데에는 이런 계책이 있었다.

삼 년 동안 죽은 천마를 방패 삼아 중원에 뿌리를 내린다는 이야기는 장로들에게 먹혔다. 그럼으로써 무황성의 건설도 진행되고 있는 실정이다.

하지만 이건 일종의 모험이라 할 수 있다. 만약 이 년쯤 지난 시점에서 천마의 죽음이 알려진다면?

무림맹은 당장 총력을 기울여 이곳을 칠 것이다. 마교는 중원에 뿌리를 내리기 위해 모든 것을 투자하다가 뒤통수를 맞고 신강으로 쫓겨날 것이다. 그야말로 쪽박을 차는 셈이다.

반대로 무림맹은 위기에서 기사회생하는 격으로 무황성을 얻고, 또 마교가 풀어놓은 수많은 무공마저 얻는다. 중원의 무림은 크게 융성하게 될 것이다.

소운은 그때 죽을 계획이었다. 그리고 그 뒤로는 조용히 은거를 하다가 가끔씩 일이 있을 때만 일로마협으로 활동하면 된다.

그야말로 완벽한 금선탈각이 아닌가?

물론 혈불이 다시 중원으로 들어와 천하를 손에 넣으려 할지도 모르지만 소운은 그 점에 대해 별로 심각하게 생각하지 않았다.

혈불과 서장의 무인들이 중원을 장악할 수 있다면 그전에 마교가 성공했을 것이다. 그들이 얻을 수 있는 것은 많지 않다.

혈불의 나이가 나이니만큼, 그가 십 년 뒤에 중원에 들어와 군림을 한다 해도 얼마 못갈 터이다.

그런 만큼 혈불은 짧은 기간 동안 천하제일고수로 인정받을 뿐이다. 그것도 혈장천마가 죽었기 때문에 얻은 천하제일고수다. 아무리 혈불이 강해져도 그는 천마보다 강하다는 것을 증명할 수 없다. 천마는 이미 죽었기 때문이다.

혈불만 죽으면 승리는 문제가 안 된다. 지금은 몰라도 십 년 쯤 뒤에는 승리를 꺾을 자신이 있는 소운이었다.

결국 마교는 이 년 후에 쪽박 차고 신강으로 쫓겨나고, 혈불은 짧은 제일인의 여생을 보낸다. 그리고 중원무림은 일시적인 굴욕을 참아 넘기고 엄청난 실리를 얻게 된다.

중요한 것은 그 실리의 중앙에 천외신무회가 있게 된다는 점이다. 천외신무회는 아는 사람만 아는 무림맹의 숨은 핵심 세력이 될 것이다.

그러나 여기서 한 가지 남은 문제가 있었다. 바로 의식을 잃은 공손설이다. 마교가 신강으로 물러간 이후, 새롭게 교주를 선출하면 그는 천마관으로 가서 공손설을 발견할 것이다.

소운은 고심 끝에 공손설을 따로 빼내어 그녀가 의식을 되찾을 때까지 보살피기로 결심했었다. 아무리 대를 위해 소를 희생해야 한다지만 공손설을 희생시킬 수는 없었다. 그런 성격이었다면 활선문을 위해 이렇게 목숨을 걸고 움직이지는 않았을 것이다.

그런데 공손설이 깨어났다.

"그렇다면 이제 공손설을 신강에 머물게 한 후 차후 그녀가 교주가 될 수 있도록 안배를 하면 되는군."

소운은 기분 좋은 표정을 지으며 중얼거렸다. 그러나 곧 한 가지 안타까운 감정이 그의 가슴을 스쳤다.

"으음, 그러면 그 이후에는 사매를 만날 수 없는 건가?"

생각을 정리하던 소운은 이게 꼭 좋은 계획만은 아니라는 걸 알았다.

소운의 지금 신분은 혈장천마의 제자인 서정인데, 차후에 그걸 죽은 사람으로 만들면 더 이상 공손설을 만날 수 없게 된다. 그걸 생각하자 가슴이 찌르르 울리는 듯했다.

"어쩔 수 없는가……."

소운은 고개를 저으며 보고서의 다음 내용들을 읽기 시작했다.

第二章
후계쟁투(後繼爭鬪)
복이 넘쳐 오히려 걱정거리가 되다

南斗延壽保兩時老君告天師曰

天八會之真文三洞三清之上

彙道元始天尊昔經歷于傖莫劫天地始終

太上說南斗延壽保兩

安真經太上說南斗

此經乃九天八

興衰而人倫五運遷變萬彙道

후계쟁투(後繼爭鬪)

복이 넘쳐 오히려 걱정거리가 되다.
그래도 진심은 통하는 법

독심약왕은 철저하게 모습을 감추고 감숙 지방에 들어왔다. 그 후 소운과 다른 장로들이 머물고 있는 은하장의 근처까지 오자 일단 아무 짓도 하지 않고 며칠 동안 주변을 살폈다.

"삼엄하군. 역시 우리 천마신교는 분위기부터 달라."

독심약왕은 은하장의 경계 태세가 마음에 드는 듯 웃음 띤 얼굴로 고개를 끄덕였다. 그러나 곧 한숨을 쉬었다.

"저걸 어떻게 뚫고 들어가지?"

독심약왕은 용담호혈이라고 할 수 있는 이곳 은하장에 몰래 잠입할 자신이 없었다.

신분을 속이고 들어가는 것은 좋지 않다. 누군가 수석장로나 삼장로를 방문했다고 하면 그걸 소운이 모르고 지나친다고 확신할 수가 없다. 적어도 중원에서는 외총단 단주인 십장로의 힘이 가장 강하기 때문이다.

그렇다고 밤에 잠입을 하다 잘못하면 칼을 맞고 죽는 수가 있다. 사로잡히면 그냥 신분을 밝히고 목숨을 구할 수 있지만, 문답무용으로 공격을 당하지 않는다고는 장담할 수 없다.

어떻게 할까? 독심약왕은 방법을 찾지 못하고 다시 며칠간을 보내며 은하장 주변을 신중히 배회했다. 그러던 중 그는 백면살마의 심복 중 한 명인 파혈극 모운동을 보았다.

"저놈에게 심부름을 시키면 되겠군."

자신이 들어갈 수 없다면 그들에게 나오라고 하면 된다. 독심약왕은 즉시 모운동의 뒤를 좇아갔다. 그리고 비교적 으슥한 곳으로 접어들자 모운동의 옆으로 가서 슬쩍 말했다.

"모운동, 나 이장로 독심약왕이다."

"어! 이장로님을 뵙……."

"쉿, 고개 돌리지 말고 말도 하지 마라. 그냥 이 편지를 수석장로에게 전해주면 된다."

"다른 사람에게는 비밀로 해야 합니까?"

"그래, 그리고 이건 설화단이라는 건데, 내상을 입었을 때

먹으면 상처 회복에 좋고, 또 전화위복으로 내공증진의 효과
까지 있으니 필요할 때 써라."

독심약왕이 그렇게 말하며 슬쩍 손을 휘젓자 어느새 모운
동의 손에 한 장의 밀지와 밀랍으로 싼 단약이 하나 쥐어졌
다.

모운동은 과연 이 사람의 목소리나 무공 수준이 독심약왕
과 비슷하다고 판단하고는 그것을 품속에 숨겼다.

그 뒤 밀지는 자연스럽게 수석장로 백면살마에게 전해졌
다. 설화단까지 받은 모운동이 심부름을 게을리 할 리가 없
다.

백면살마는 모운동으로부터 전후 사정을 듣고는 심각한
표정을 지었다. 그리고는 조심스럽게 밀지의 겉에 그려져 있
는 수결을 살폈다. 독심약왕의 독문수결임에 틀림없었다.

"이장로가 맞는 듯하다. 자네는 이만 나가 보게. 그리고 이
일은 비밀이네."

"예, 수석장로님."

독심약왕이 비밀리에 밀지를 전하는 일이라면 결코 가볍
지 않으리라. 그 역시 백면살마처럼 긴장된 얼굴로 대답을 하
고는 숙소로 돌아갔다.

혼자가 된 백면살마는 주변에 사람이 없다는 것을 확인하
고는 밀지를 펼쳐 보았다. 그리고는 잠시 고민을 하다가 삼장

로인 무언교수를 찾았다.

얼마 후, 백면살마는 아무도 몰래 은하장을 빠져나와 약속된 장소로 향했다. 그는 몇 번이나 자신의 뒤를 미행하는 자가 있는지를 살폈다. 그 뒤 아무도 없다는 것을 확신하게 되자 어느 사당 안으로 들어갔다.

"내가 가장 먼저 온 건가?"

아직 약속 시간이 되려면 좀 기다려야 한다. 무언교수와 함께 움직이는 것이 위험하다고 판단한 그는 일부러 상당히 일찍 나온 편이었다.

해질 무렵이 되자 먼저 무언교수가 들어왔다.

그 뒤에 자정이 되자 독심약왕이 왔다. 백면살마는 독심약왕을 보자마자 인사도 하지 않고 물었다.

"이장로, 어찌하여 이곳까지 온 거요? 아무런 전갈도 하지 않고 비밀리에 오다니, 그렇게 큰일이 내단에서 일어났단 말이오?"

"큰일이라기보다는 좋은 일입니다."

"흠, 좋은 일인데 비밀을 지켜야 하다니? 빨리 말씀해 보시오."

"공손 소저가 폐관에서 나와 이곳으로 향하고 있는 중인데, 그녀는 이미 벽을 깨고 초절정의 경지에 이르렀다는 것이오."

"뭣! 공손 소저가 초절정의 경지에? 확실한 거요?"

"확실한 듯하오. 칠장로가 직접 보았는데, 공손 소저가 남도왕을 격살했다고 하더군요."

"남도왕을……."

백면살마는 더 이상 말을 하지 못하고 신음성만 흘렸다. 벙어리인 무언교수 역시 고개를 절레절레 저으며 숨만 헉헉 내쉬었다. 정신적인 충격이 상당한 것 같았다.

독심약왕이 다시 말했다.

"수석장로도 알다시피 환희전은 여성 천마가 탄생하기를 원합니다. 칠장로는 이미 공손 소저에게 충성을 맹세하기로 마음을 굳혔다고 하오. 그리고 구장로인 은엽어림도 공손 소저를 지지한다고 하더군요."

"그렇겠지요."

"그래서 이 일에 대해 수석장로와 상의를 하러 왔소이다. 공손 소저가 지금 그토록 높은 경지에 올랐다면 십장로는 상대가 되지 않을 터. 하지만 천마께서 건재하시니 현재의 무공 수위보다는 장래의 성취를 따져야 할 것이 아니겠소?"

현재 공손설의 무공이 소운보다 높다고 해서 십 년 뒤에도 높다는 보장은 없다. 그리고 무공뿐이라면 몰라도 다른 능력까지 합해서 생각을 한다면 결코 소운을 무시할 수 없는 것이다.

　독심약왕은 일단 결단을 백면살마에게 맡긴다는 태도를 보였다. 그 자신도 머리를 잘 쓰는 편이지만 수석장로인 백면 살마가 대국을 보는 안목은 정말로 대단하다.

　무언교수 역시 손으로 바닥을 몇 번 두드려 백면살마의 결 정에 따르겠다는 표시를 했다.

　백면살마는 상당한 시간동안 결정짓지 못하고 고민만 했 다. 그러다가 마침내 한숨을 내쉬며 독심약왕에게 말했다.

　"휴우, 사실을 말하자면 혈장천마께서는 이미 돌아가셨 소."

　"뭐라고요!"

　이게 웬 청천 하늘에 날벼락 같은 소리란 말이냐! 독심약왕 은 꿈에서도 천마가 이미 죽었으리라고는 생각해 보지 못했 다.

　백면살마는 다시 한 번 한숨을 내쉬며 마양평야에서 있었 던 일들을 설명했다.

　"이 일은 이곳에 있는 일곱 명의 장로들만 알고 있는 사실 이오. 천마께서는 돌아가시기 전에 전음으로 우리들에게 삼 년간 이 사실을 비밀로 하라 하셨소. 그리고 삼 년 안에 중원 에 뿌리를 내리라는 것이오. 또한 천마께서는 일신의 내공을 모두 십 장로에게 전해 삼 년 후에 그가 교주의 후임을 잇도 록 했소이다."

"으으으, 그런 일이 있었다니……."

독심약왕은 충격이 큰 듯 신음성을 흘렸다. 그러나 백면살마의 설명은 아직 끝나지 않았다.

"십장로는 십 년 후에 혈불과 싸우겠다고 맹세했고, 우리 일곱 명의 장로들은 이미 십장로에게 충성을 맹세했소."

"그런 사정이 있었구려. 그럼 두 분께서는 십장로의 편을 들어야겠구려."

독심약왕은 백면살마와 무언교수의 고충을 이해한다는 듯 고개를 끄덕였다. 이미 충성을 맹세했다면 아무래도 지금에 와서 공손설의 편을 들기가 쉽지 않을 것이다.

하지만 백면살마는 고개를 저었다.

"이 일은 개인의 일이 아니니 쉽게 결단을 내릴 수는 없지요. 내 비록 십장로에게 충성을 맹세했지만 그것은 십장로가 이미 천마의 내공을 이어받아 우리들보다 강해졌기 때문이오. 하지만 그렇게 강해진 내공으로도 초절정의 경지에는 이르지 못한 이상, 십장로는 공손 소저를 감당하지 못할 것이오."

"그건 그렇지요."

"비록 십장로가 십 년 안에 혈불만큼 강해지겠다고 큰소리를 쳤지만 그건 어디까지나 호언장담에 불과할 뿐, 현실적으로 볼 때 오히려 공손 소저가 가능성이 있지 않겠소?"

“공손 소저의 성취를 생각할 때 충분히 가능성이 있소.”

현재 공손설의 나이를 생각하면 혈장천마보다 오히려 십 년 이상 빠르다. 앞으로 십 년 후에 그녀가 얼마만큼 강해질지 장로들은 상상하기도 힘들었다.

세 사람은 잠시 동안 입을 다물고 이 일에 대해 다시 한 번 심사숙고를 하기 시작했다. 교의 장래가 걸린 너무나도 큰일이기 때문에 쉽게 결정을 내릴 수가 없었다.

그러나 어느 쪽이든 결정을 내리긴 내려야 한다. 마침내 백면살마가 한숨을 쉬며 말했다.

“확실히 십장로는 뛰어나지. 공손 소저가 기적적인 성취를 얻기는 했어도 장래에는 십장로가 그녀를 따라 잡을 수 있을 거요. 하지만 문제는 십장로가 요즘 주장하는 일련의 정책들이오.”

“일련의 정책들이라니요?”

독심약왕은 아직 무황성의 건설과 무공 공개에 대한 일들을 모른다. 백면살마는 먼저 그 일에 대해 자세하게 설명을 했다. 그러자 독심약왕은 눈살을 찌푸리며 고개를 저었다.

“그건 말이 안 되는 일입니다. 본교의 무공을 외부에 전하는 것은 최소한 원로원의 인가가 있어야 시행할 수 있는 일인데 그걸 강행하다니요?”

“원로원에는 알릴 수 없었소이다. 천마께서 돌아가셨다는 걸 그쪽에 알리면 당장 새롭게 교주를 뽑아야 하지. 그건 천마의 유지에 반하는 일이 아니겠소?"

"으음."

"내 그래서 어쩔 수 없이 십장로의 계획에 큰 반대를 하지 않았소. 하지만 이장로의 말대로 이건 정말 아니지. 아니고말고."

툭툭.

무언교수가 바닥을 두 번 두드려 백면살마의 말에 동의한다고 표시했다. 그 역시 불만이 많았던 것이다.

백면살마는 한숨을 내쉬며 계속 말했다.

"아무래도 십장로는 본교의 사람이 아니라 교에 대한 마음이 없는 것으로 보이오. 기본적으로 그가 정말로 본교를 아낀다면 절대로 그런 짓을 하지 않겠지요. 이번에 활선문에서 벌인 연극과는 너무나도 비교가 되는군요."

마양평야의 결전, 그리고 그 이전의 계획된 일들은 모두 소운의 치밀한 계획에 의한 것이었다. 그 일로 인해 정파와 신교 어느 쪽에서든 활선문은 안전한 입장이 되었다고 할 수 있다.

독심약왕은 소운과의 거래에 의해 활선문의 의술에 패배를 시인한 셈이 되었다. 물론 그 대가로 활혼금침대법의 일부를 얻었지만 막상 그 사실이 떠오르자 불쾌한 기분이 들었다.

　백면살마가 활선문에 대한 소운의 배려를 거론하자 독심약왕은 사적인 감정을 스스로 정당화할 수 있었다. 아무리 생각해도 십장로는 신교보다 활선문을 더욱 생각하는 것이 틀림없다고 판단한 것이다.

　“그렇지요. 전에 십장로가 활선문이 위기에 빠졌다고 했을 때에 취한 행동들과도 비교해 보면 그는 본교에 대한 충의가 그렇게 크지 않은 것이 확실합니다.”

　독심약왕의 말에 백면살마는 고개를 끄덕였다. 사실 그는 이러한 결과를 예측하고 활선문의 일을 의도적으로 언급했다. 이미 마음이 기울었으니 이제는 자신이 내린 결정을 말해도 좋겠다는 생각이 들었다.

　“공손 소저가 성취를 얻었다니 이건 정말 본교의 홍복이오. 본인은 공손 소저를 만나 직접 확인을 해보겠소. 그리고 만약 그것이 사실이라면 그 자리에서 공손 소저에게 충성을 맹세하고 십장로의 정체를 밝히도록 하겠소.”

　“수석장로, 그것은!”

　“비록 그 일은 돌아가신 천마 앞에서 비밀을 지키기로 맹세를 했지만, 새로운 교주가 묻는다면 맹세에 앞서서 말을 할 수도 있는 법. 개인의 명예와 신의를 교의 미래보다 우선할 수는 없소.”

　백면살마는 독심약왕이 꺼리는 이유를 직접 드러내어 말

하면서 오히려 자신의 정당성을 밝혔다. 과연 그 말이 효과가 있었는지 뭐라 반박하려던 독심약왕은 잠시 입을 다물고 고민을 하는 듯했다.

그리고 곧 오래지 않아 그의 고개는 위아래로 끄덕여졌다.

"확실히 맞는 소리요. 그것이 가장 좋은 일인 듯하오."

툭툭.

곧바로 무언교수도 동의의 뜻을 밝혔다.

마침내 세 사람의 의견이 일치했다. 백면살마는 입가에 미소를 지으며 고개를 끄덕였다.

"가능하면 비무 전에 공손 소저를 먼저 만나는 게 좋겠소. 그러면 비무 중 공손 소저는 마음껏 손을 쓸 수 있을 것이오. 만약 비무가 끝난 이후에도 십장로가 살아 있다면 우리가 다시 손을 씁시다. 그게 제일 확실하오."

"그게 좋겠군요."

툭툭.

독심약왕도 웃으면서 말했다.

"공손 소저는 아직 교내 외의 일에 대해 잘 모르지만 적어도 태어날 때부터 본교의 사람이니 틀림없이 무리한 일은 하지 않을 겁니다."

"그건 우리가 알아서 잘 보좌하면 되지 않겠소?"

"그렇지요. 허허허허."

세 장로는 모두 웃었다. 갈등이 사라지고 결정된 일을 진행하는 것만 남으니 기분이 좋았다.

그들은 곧 공손설이 아직 교에서 아무런 직위도 없어 실무적인 일에 어두운 것에 대해 말하며 앞으로는 장로들이 알아서 일을 처리해야 한다고 말했다.

이미 마음이 정해진 장로들의 표정에는 소운에게 어떤 아쉬움도 없어 보였다.

충성 맹세나 비밀 엄수도 때에 따라서는 깰 수도 있는 것이다. 중요한 것은 교의 미래다.

그들은 그렇게 생각했다. 그들에게 있어 소운은 천마신교를 위한 하나의 장기짝에 불과할 뿐이다. 애초에 납치를 해왔을 때에는 일이 끝난 후 제거하려 했으니 이제라도 그걸 실행하면 된다.

별들이 하나둘씩 사라지고 달도 흐려졌다. 곧 날이 밝을 듯 동녘이 점점 파랗게 변했다.

세 장로들은 이 일에 대한 세세한 상의를 마치고 사당을 나섰다.

독심약왕은 당분간 근처에서 머물다가 공손설을 만나게 되면 먼저 이야기를 하기로 했다.

또한 다른 두 장로들은 은하장 안에서 기다리다가 공손설이 독심약왕을 만나지 않고 그곳에 도착했을 때에 소운보다 먼저 공손설을 만날 수 있게 준비를 한다.

아직 다른 장로들에게는 알리지 않는 것을 원칙으로 했다. 세 사람은 일심동체나 다름없지만, 다른 장로들 중 누군가는 소운의 편을 들지도 모르기 때문에 섣불리 비밀을 발설할 수는 없다.

소운이 활선문의 문주였던 신침의룡이라는 사실은 소운이나 공손설이나 세 장로에 의해 죽은 이후에 다른 장로들을 설득하기 위해 쓰일 것이다.

"십장로의 지모는 결코 얕잡아 볼 수 없으니 아무쪼록 이 일이 새어 나가지 않게 조심합시다."

"그게 제일 좋겠소. 일이 성공하고 실패하는 것은 얼마나 은밀하게 진행하느냐에 따라 달라질 테니까 말이오. 허허허."

그들은 일단 공손설이 소운과 비무를 하기만 하면 소운의 운명은 끝이라고 생각하는 것 같았다.

*   *   *

공손설은 지금 한 상단과 함께 여행을 하고 있었다. 내단을 나와 무리없이 중원행을 하는 가장 좋은 방법으로 택한 것이 바로 이것이다.

상행을 하는 이들은 호위를 위해 보통 표국에 의뢰를 한다. 개인적으로 무사를 고용하는 것보다 훨씬 안전하기 때문이다. 그리고 표국에 의뢰되는 것은 물건만이 아니다.

개인이나 소수의 사람들이 여행을 하려면 위험이 따르게 마련이다. 이럴 때 표국에 의뢰를 하면 지금처럼 같은 방향의 상단 의뢰에 동행을 할 수 있다. 표국으로서는 어차피 나선 길이니 딱히 수고하지 않고 돈을 벌 수 있는 좋은 방도라 할 수 있다.

'이제 사흘 정도 남은 건가?

공손설은 야영지에서 자신에게 배정된 천막 안에 있었다. 다행히 상행은 순조로웠고 별다른 어려운 일도 없었지만 생각보다 여정이 길어진 것은 어쩔 수 없다.

그녀가 신교 밖으로 나온 것은 난생 처음이었다. 그래서 초반에는 신기한 것도 많고 볼거리도 있었지만 이제는 그마저도 지루하기 짝이 없었다. 그나마 목적지가 얼마 남지 않은 것이 위안이라고 할 수 있다.

무엇보다 그녀를 불편하게 하는 것은 높아진 경지로 인해 선명하게 들려오는 바로 저 소리들이었다.

"덕분에 오히려 녹림까지 조용하니 우리에겐 다행이 아닙니까?"

젊은 표사의 목소리가 들리자 표두의 대답이 바로 이어

졌다.

"당장에야 그렇지만 마교 놈들이 하는 짓을 알 수가 있나?"

"그야 그렇지요. 그래도 천마가 선언한 바가 있으니 한동안 우리 상인들에게는 피해가 없을 겁니다."

"그러길 바라야지."

공손설은 몇 번이라도 신교는 그런 곳이 아니라고 반박하고 싶었지만 참을 수밖에 없었다. 분명 자신들의 입으로도 천마께서 하신 일이 득이 된다고 하면서도 저들은 신교를 엄청난 악의 집단으로 단정 짓고 있었다.

'표국 사람들이야 무인이니 그렇다고 치더라도……'

공손설의 안색이 어두워졌다. 이른 바 정파라 자칭하는 이들이 신교와 대적하는 것은 이미 알고 있었던 사실이다. 표국의 사람들이 신교를 적대시하는 것은 그런 면에서 당연하다 할 수 있다.

아무리 세상 경험이 없다고 해도 공손설은 현명한 여인이다. 적대하는 두 집단이 있을 경우 상대를 악으로 치부하는 것은 꼭 필요한 일이기도 하다는 사실을 잘 알고 있다.

문제는 저들 무인들뿐만이 아니라 중원으로 들어선 이후 만난 모든 사람들이 대부분 그러하다는 것이다. 중간에 들렀던 마을에서 얼핏 들은 바에 의하면 오히려 신교에 대한 오해는 평범한 이들이 더했다.

그들의 말을 듣자면 마교라는 집단은 사람의 목숨을 빼앗고 괴롭히는 것을 즐기는 악마들의 모임인 셈이다.

"휴우."

공손설은 자신도 모르게 크게 한숨을 내쉬고는 자신이 낸 소리에 번뜩 정신이 들었다.

이제 길어야 사흘. 그 후엔 사부와 사형을 볼 수 있다.

사부!

천마에 대한 일을 떠올리자 공손설의 표정이 다시금 복잡해졌다. 그녀는 사부를 만나 물어볼 것이 있다.

그녀가 익힌 무공은 완전한 것이 아니었다. 그냥 불완전한 것도 아니고 안에 엄청난 함정이 숨어 있어 계속해서 익힐 경우 필히 공손설이 이미 경험한 상태로 빠지게 되어 있었다.

공손설은 초절정의 경지에 들면서 그걸 깨달았다. 잘못된 부분을 고쳐서 제대로 익혔기에 벽을 깰 수 있었던 것이다.

그렇게 무엇이 잘못 되었는지 알게 되니 마음 한구석으로부터 혈장천마에 대한 의문이 들 수밖에 없었다.

곰곰이 생각을 해보았는데, 어쩌면 혈장천마가 자신에게 새로운 무공 이론을 시험해 본 것 같은 기분이 들었다. 죽을 가능성이 아주 높은 위험한 무공 이론을 일단 제자에게 시험하는 것은 천마신교 내에서 가끔 벌어지는 일이다.

하지만 이런 점을 과연 혈장천마에게 직접 물어 확인해 볼
수 있을까?

"그만!"

공손설은 스스로에게 말하듯 낮게 중얼거리고는 몸을 일
으켰다. 슬쩍 주변을 둘러보니 주위를 경계하는 몇 명의 기운
만 느껴진다. 다른 이들은 이미 내일의 상행을 위해 잠에 빠
져든 것이 틀림없었다.

일행 중 여인은 오직 그녀뿐인 관계로 그녀의 천막은 조금
동떨어진 곳에 위치해 있었다. 물론 외곽을 경계하는 이들의
범위 내에 들어 있었지만 일개 표사들을 피하는 것쯤은 그녀
의 경지에서는 어려운 일이 아니다.

'한적한 곳을 찾아 수련이라도 할까?'

무공수련을 하면 모든 잡념을 잊을 수 있다. 그것은 여러
문제로 머리가 복잡한 그녀에게 꽤 큰 유혹이라 할 수 있었
다. 잠시 고민하던 그녀는 고개를 저으면서 잠자리에 들었다.
목적지가 코앞인 지금 굳이 위험을 자초하는 것은 현명한 일
이 못된다.

그렇게 어렵게 청한 휴식의 시간은 그리 오래가지 못했다.
두 시진쯤 후 그녀는 잠에서 깨 일어났다.

'이 기운은?'

무공이 높은 사람만이 알 수 있을 정도로 의도적으로 보내

는 기세! 그것을 느낀 공손설은 기척도 없이 천막 밖으로 나
갔다.

*   *   *

소운은 오늘도 바쁜 일과를 보냈다. 교내의 정무를 돌보는
것은 결코 쉬운 일이 아니다. 의도적으로 장로들에게 무공을
수련하게 한 이상 소운의 일이 늘어난 것은 어쩔 수 없다.

그러나 그는 요 며칠 동안 기분이 좋았기에 전혀 피곤해하
지 않았다.

이제 곧 그녀를 만날 수 있다. 소운의 명으로 천목밀혼단은
공손설을 찾았다. 지금 상인들과 함께 남하하는 중이다. 시간
적으로 이제 이삼 일 후면 공손설은 이곳에 도착할 것이다.

하지만 소운은 은하장에서 공손설이 올 때까지 기다리지
않았다.

소운은 때를 맞추어 은하장을 나섰다. 그리고는 밤새 경공
술을 펼쳐 반나절 만에 공손설이 있는 곳까지 갔다.

동이 틀 무렵에 소운은 상단이 보이는 언덕 위에 설 수 있
었다. 노숙을 위해 몇 개의 천막이 쳐져 있었는데 그중 하나
에 공손설이 있을 것이다.

스스스스.

소운은 의도적으로 기세를 퍼뜨렸다. 새벽 공기가 소운의 기운에 겁을 먹은 듯 부르르 떨었다.

그러자 곧 천막 중 한곳에서 누군가가 나와 소운을 보았다.

검은 머리를 붉은 머리띠로 동여매고 녹색의 무복 위에 청색장삼을 입은 여자, 공손설이었다. 그녀가 소운의 기운을 가장 먼저 알아차린 것이다.

"여어, 사매."

소운은 손을 한 번 흔들어 보이고는 숲 안쪽으로 몸을 날렸다. 그러자 공손설은 즉시 소운의 뒤를 따랐다.

한참을 달려 인적이 없는 곳까지 오자, 소운은 갑자기 몸을 돌리며 검을 뽑아 공손설의 어깨를 찔렀다.

"회천비설!"

소운의 입에서 날카롭게 초식명이 튀어나오자 공손설은 달리던 기세를 살려 몸을 회전시키며 허리에 감은 무음할공대를 풀었다.

"화엽비풍!"

공손설의 몸이 소운의 검기를 타고 옆으로 튀었다. 동시에 무음할공대가 회전을 하며 소운의 검을 옆으로 밀어냈다. 회피와 공격을 같이 하니 공손설은 기세를 얻어 더욱 빠르게 회전을 하게 되고 소운은 중심이 흐트러졌다.

그러나 소운은 흐트러짐을 거부하지 않고 오히려 기울어

진 몸을 기묘하게 비틀며 아래에서 위로 연속해서 베어나갔
다.

"뇌전상조!"

옆으로 회전하는 팽이를 아래에서 위로 치면 더 이상 돌지
못하고 쓰러진다. 소운의 공격은 그런 이치를 담고 있었다.

"하풍을 역이용하여 상풍을 치는 건가요? 비천월녀!"

공손설은 지지 않겠다는 듯 크게 외치며 몸을 허공으로 띄
웠다. 그러자 그녀의 손에 들린 무음할공대가 승천하려는 용
의 몸부림처럼 땅을 때렸다.

"멸영비천무인가? 땅이 아닌 허공 중에서 마음대로 춤을
추다니!"

소운은 공손설이 절기를 펼치기 시작했다는 것을 알았다.
할공멸영대법이 경지에 오르면 땅과 공간의 구분이 없어진다
고 했다.

가장 아름다우면서도 살기가 짙은 춤을 위한 허공답보의
절기, 사미인보가 할공멸영대법과 완전히 융합되면 멸영비천
무가 펼쳐진다.

공손설은 허공 중에서 멈춰 서서 웃었다. 무음할공대는 끊
임없이 움직이지만 그녀는 마음만 먹으면 얼마든지 정지할
수 있는 듯했다.

햇빛을 받은 그녀의 치아가 옥처럼 은은하게 빛났다.

“오면서 이걸 주로 연습했어요. 땅을 디딘 채로는 사형의 청염을 피할 수가 없더라고요.”

“햇빛 속에 숨어도 피하긴 쉽지 않을 걸? 화조추혼!”

화르르륵!

마침내 소운이 검에 강기를 모아 발출했다. 파란 강기가 화기를 담아 불새의 모양을 형성했다.

공손설은 방심하지 않고 무음할공대로 땅을 치며 허공 중에서 위아래로 몸을 움직였다. 그야말로 하늘을 나는 듯한 몸놀림에 강기는 그녀의 옆을 스쳐 지나갔다.

동시에 무음할공대의 천이 소운을 둘러싸고 사방에서 파도처럼 일렁거렸다. 그러자 일렁이는 파동에 따라 녹색의 강기가 내가고수의 장력처럼 튀어나와 소운을 공격했다.

“이런, 사람이 아닌 무기로 포위를 하다니!”

소운은 무음할공대의 무서움을 다시 한 번 느끼며 검을 휘둘러 공손설의 강기를 깼다. 그러나 곧 공손설이 들고 있는 다른 한쪽의 무음할공대가 하나의 창처럼 꼬이며 소운을 향해 쏘아져 들어왔다.

쎄에엑!

“쇄공창!”

소운의 안색이 굳었다. 이번 공격은 어설프게 막을 수 없다!

"심형조물!"

소운이 다시 검을 뻗어내자 강기의 불새가 다시 형성되었다. 그러나 그사이 사방에서 날아드는 무음할공대의 공격은 계속해서 소운의 몸을 핍박했다.

쾅! 퍼퍼퍼펑!

쇄공창과 강기의 불새가 부딪치자 굉음을 일으키며 폭발했다. 그에 이어 다른 강기들이 소운의 몸에 연속해서 부딪쳤다.

그러나 소운은 흔들리지 않고 재차 검을 뻗었다.

"심려사해!"

소운의 검은 공손설의 몸을 노리지 않았다. 그는 아무것도 없는 곳에 자신의 힘을 집중시켰다. 그리고는 빈 허공 몇 곳을 찌르고 베었다.

일견하기에 아무런 쓸모도 없는 허초, 그러나 소운의 그런 공격에 공손설의 움직임이 멎었다.

"아!"

"형에 얽매이지 않고 기의 흐름을 끊었다. 그리고 다음은 이것이지. 심극절혼!"

슈우우욱!

소운이 크게 검을 휘두르자 파란 검강이 넓게 퍼져 마치 벽처럼 변했다. 그것은 소운의 검이 지나간 뒤에도 잔상처럼 남아 한참 동안이나 사라지지 않았다.

그 검강막은 공손설의 무음할공대가 움직이는 곳곳을 막았다. 무음할공대의 움직임이 약해지자 공손설은 더 이상 허공에 떠 있지를 못하고 점점 아래로 내려올 수밖에 없었다.

공손설은 분한 표정을 지으며 다시 쇄공창을 날렸다.

"얕보지 말아요. 차핫!"

모든 것을 뚫고 일직선으로 공격해 들어오는 쇄공창의 위력은 이미 경험한 바 있다. 소운은 그것만큼은 우습게 여기지 못하고 일단 몸을 피하려 했다. 그러나 소운이 움직이자 사방의 무음할공대가 요동을 치며 그를 압박했다. 가장 강한 공격을 위해 모두가 힘을 합쳐 소운의 발을 묶는 듯한 형세였다.

소운은 결국 피하는 것을 포기하고 쇄공창을 향해 검을 정면으로 찔렀다. 그러나 이번에는 신검합일의 묘리를 이용해 그의 몸 전체를 검강으로 뒤덮었다.

콰쾅!

쇄공창이 깨어지며 무음할공대의 한쪽 자락이 찢겨졌다. 힘을 잃은 천 조각은 나비처럼 바람을 타고 하늘 위로 날아올랐다.

소운은 그 기세를 타고 공손설의 머리 위쪽까지 올라가 뒤로 재주를 넘으며 검끝을 공손설의 정수리 위에 있는 백회혈을 노렸다. 그리고는 허리와 다리의 탄력을 이용해 허공을 발로 찼다.

펑!

공기가 터지는 소리와 함께 소운의 몸이 공손설을 향해 일직선으로 떨어졌다. 파란 강기가 또 다시 소운의 몸을 덮어 그의 전신을 보호했다.

공손설은 소운의 검이 닿기도 전에 백회혈이 짜릿하게 울리는 것을 느끼며 급히 두 손을 어깨 위로 한 바퀴 돌려 무음할공대로 겹겹이 막을 쳤다.

그러나 소운의 검은 그걸 평범한 비단처럼 찢었다.

좌아악!

결국 검은 공손설의 백회혈 바로 앞까지 닿았다. 그리고 피부를 뚫기 전에 정확하게 멈췄다.

"아, 제가 졌어요. 역시 사형을 당할 수가 없네요."

공손설은 한숨을 내쉬며 손을 아래로 내렸다. 내력을 거두어들이자 사방으로 퍼져 있던 무음할공대가 서서히 조여들어 왔다.

소운은 땅에 내려서며 공손설에게 미소를 지었다.

"아니, 이건 경험의 차이라고 봐야 해. 사매는 쇄공창이 밀릴 것이라는 생각을 하지 않은 것 같더군. 내 청염마강의 힘과 거의 같은 파괴력을 가진 이상 부딪치면 서로 상살할 것이라고 말이야."

"맞아요. 그런데 사형은 연속해서 두 번 강기를 발출했지요."

"그게 보였나? 신검합일로 몸을 날린 게 그걸 숨기기 위해서였는데. 쩝."

"결국 제가 쇄공창을 연속해서 날릴 수 없다면 사형을 이길 수 없다는 소리네요."

"그건 아니지. 강기의 연속 발출은 어디까지나 임기응변에 불과해. 서로 부딪쳐 상살하는 것 자체가 나는 마음에 들지 않거든. 다음번에 나는 한 번의 강기 발출로도 쇄공창을 부술 수 있는 수법을 생각해 둘 거야. 반대로 말하면 사매는 사매가 싸우는 방법을 생각해야 해. 무엇보다 한 손으로 쇄공창을 펼치고 다른 한 손으로 할공대로 나를 포위 공격한 것은 충분히 놀랄 만한 수법이잖아."

"하지만 처음 공격을 사형은 몸으로 받아냈지요."

"충격이 상당했지만 참은 거야. 조금만 더 강했더라면 그럴 수 없었을 걸."

"그럼 만약 사형이라면 쇄공창과 팔면방진 중 어느 쪽에 더 힘을 기울이겠어요?"

"나라면 쇄공창이지. 하지만 결국 둘은 하나나 마찬가지고, 어느 한쪽만 집중해서 익혀도 결코 강해질 수 없을 거야."

"아무래도 그렇겠지요."

두 사람은 방금 전까지 치열하게 싸운 내용을 가지고 진지하게 의견을 나누었다. 초절정의 경지에 오른 지 얼마 되지 않은 두 사람이다. 이렇게 비무를 하며 서로의 무공을 견식하니 의문점이 구름처럼 일었다.

그러다가 곧 두 사람은 서로의 무공에 대해 깊은 곳까지 숨기지 않고 나누게 되었다.

소운은 공손설이 사용하는 무음할공대의 비밀에 대해 물었고, 공손설은 숨기지 않고 대답을 해주었다.

공손설 역시 소운의 심극검에 대한 요결 중 마음을 하나로 모아 힘을 집중시키는 방법에 대해 알고 싶어 했다.

소운은 직접 몇 번 시범을 보이며 그걸 공손설이 충분히 이해하도록 했다.

"모든 무공이 만류귀종이라고 했는데, 아직 난 그런 점에 대해서는 잘 모르겠어. 유함과 강함 중에 강함에 더한 매력을 느끼니까 말이야. 하지만 사매의 움직임을 보면 부드러움 속에 숨겨진 힘이 얼마나 강한지를 알 수 있지. 변화할수록 힘이 더해지는 것은 구결로는 이해하기 힘든 이치야."

"저도 사형의 무공과 제 무공이 크게 다르다는 걸 알겠어요. 지금까지 전 어떻게 하면 힘을 사방으로 퍼뜨리고 그걸 정교하게 제어하는 지에 대해 생각했었는데, 거친 힘이 오히려 예측할 수 없는 변화를 주기도 하는군요."

"그건 아니야. 거친 것의 매력에 빠져들면 그야말로 길을 잘못 드는 격이지. 거친 것은 모두 허상이고, 사실은 변화 대신 강기의 집중에 힘을 쏟는 것이지. 문제는 이렇게 강한 힘을 다룸에 있어서도 결코 제어가 서투르면 안 돼. 과유불급이라는 말처럼 제어하지 못하는 힘은 오히려 해가 되니까."

"아! 그렇군요. 제가 잘못 안 거네요."

"응, 가령 사부님의 혈천마라장만 해도 그래. 천하에서 가장 강맹한 장력으로 알려져 있지만 막상 구결을 보면 거의 대부분 장력을 어떻게 제어하는 가에 대해서 쓰여 있지. 다시 말해서 혈천마라장은 아무리 큰 힘도 제어할 수 있는 장법이지 힘을 기르는 장법은 아니거든."

"그런 거군요."

공손설은 소운이 진경의 가장 오묘한 곳을 아낌없이 설명해 주는 것에 대해 크게 감동했다. 이는 보통의 무인이라면 처자식에게도 함부로 말하지 않는 것으로 소운이 그녀를 정말로 아끼지 않으면 절대로 말하지 않았을 것이다.

공손설은 다시 몇 가지 무학 상의 궁금한 점을 물었고, 소운은 성심성의껏 대답을 했다.

아무래도 소운의 무공이 공손설보다 우위에 있기에 그는 공손설에게 있어 훌륭한 길잡이가 될 수 있었다.

한편 소운은 공손설이 어떻게 깨어났는가에 대해서 물었

다. 그리고 깨어나기 전에는 의식 속에서 어떤 식으로 수련을 했는지도 알고 싶어 했다.

공손설은 그 점에 있어서 숨기지 않고 대답을 했다.

"시간이 정지되어 있는 것 같았어요. 그리고 그 당시 저는 정상이 아니었기에 다른 것에 전혀 신경을 쓸 수가 없었지요. 그저 끊임없이 무공수련을 했을 뿐이에요."

"그렇군. 그럼 시간의 흐름 같은 것은 전혀 느끼지 않았어? 실제로는 반년 정도 지난 셈이거든."

"반년인지 십 년인지 전혀 알 수가 없었어요."

"흐음."

소운은 공손설의 말에 자신의 생각이 옳았다는 것을 알았다. 의식 속에 갇히면 현실의 시간 따위는 거의 의미가 없는 듯했다. 어쩌면 인간이 가진 잠재력을 모두 사용할 수 있게 되는 걸까?

공손설이 만약 그런 상태에 빠지지 않고 그냥 평범하게 수련을 했다면 최소한 이십 년은 지나야 지금의 경지에 올랐을 것이다. 그렇다면 정말 그녀는 반년 사이에 이십 년에 해당하는 수련을 했단 말인가? 알 수가 없다.

소운이 일단 말을 않고 생각에 빠지자 공손설도 더 이상 입을 열지 않았다. 그녀가 보기에 소운은 뭔가 중요한 생각을 하는 듯했다.

그사이 공손설도 생각을 했다. 그녀는 수련에 대해서는 조금도 숨기지 않고 말했지만 사실은 다른 부분에서 숨긴 것도 있었다.

그것은 바로 그녀가 이상하게 된 이후에도 두 눈으로 보고 귀로 들은 것을 모두 기억하고 있다는 점이었다.

하녀인 초초가 울면서 그녀를 말리려 했던 것도, 소운이 청염의 불새로 자신을 제압한 것도 모두 방금 일어난 것처럼 생생하게 기억했다.

그리고 소운이 자신을 안고 천마관으로 들어가 옷을 벗기고 약물을 채운 항아리 속에 넣은 것도 잊지 않았다.

그때의 일만 생각하면 자신도 모르는 사이 얼굴이 붉어진다. 알 수 없는 짜릿한 느낌이 등골을 타고 흘렀다.

공손설은 고개를 숙인 채 살짝 눈만 움직여 소운을 보았다. 그때 마침 소운도 생각을 정리하고 공손설을 보고 있던 참이었다. 두 사람의 눈이 허공에서 딱 마주쳤다.

공손설은 마음속을 들킨 듯한 느낌이 들어 얼른 눈을 돌렸다. 그리고는 급히 다른 화제를 찾았다.

"아, 그런데 사부님은 어떠세요? 오면서 들었어요. 마양평야에서 단신으로 혈불과 쌍성 등을 모두 물리치셨다면서요?"

공손설은 말을 하면서 혈장천마를 머릿속에 떠올렸다. 그러면서 이번에 깨달은 의문이 생각났지만 애써 내색하지 않으려고 했다.

그런데 사부에 대해 묻자 오히려 소운의 안색이 굳어졌다. 그는 잠시 뜸을 들였다가 마지못해 대답을 했다.

"사부님은……."

소운은 결국 말끝을 흐렸다. 그 모습에 공손설은 뭔가 좋지 않은 느낌을 받았다.

"혹시 편찮으신 건가요?"

"돌아가셨어. 그때 입은 부상으로 그만……."

"아! 어떻게 그런 일이. 흐흐흑."

공손설은 큰 충격을 받은 듯 울음을 터뜨렸다. 혈장천마가 죽었다는 말을 듣자 그녀의 머릿속이 하얗게 비어버렸다. 혈장천마가 그동안 그녀에게 잘 해준 것은 사실이다. 그녀는 하늘이 무너지는 듯한 충격을 받았다.

소운은 그런 그녀의 모습에 그저 한숨만 내쉬었다.

'혈장천마, 그대는 사매에게 몹쓸 짓을 하려 했지만 사매는 그대를 친부모처럼 생각하는군. 휴우, 내 차마 사매에게 혈장천마의 음흉한 의도를 밝힐 수 없구나.'

"사매, 너무 슬퍼하지 마."

소운은 그저 공손설을 달랠 수밖에 없었다.

공손설은 한참을 슬픔에 잠겨 있다가 소운의 다정한 말에 겨우 울음을 멈출 수 있었다. 그리고는 다시 멍한 상태로 있다가 문득 생각이 난 듯 소운에게 물었다.

"그럼 차대 교주는 어떻게 되었죠? 사형께서 이어받으셨나요?"

"아니, 지금은 아직 교주를 뽑지 않고 있어. 사부님의 유언대로 앞으로 삼 년간 사부님의 죽음을 숨기기로 했거든."

소운은 혈장천마가 마지막 순간에 장로들에게 전음으로 명을 내린 것과 자신에게 내공을 전수해 준 것을 설명했다.

공손설은 소운이 말하는 전후의 인과관계와 대국적인 사항에 대해서 모두 알아듣지는 못했지만 삼 년 동안 중원에 자리를 잡고, 십 년 뒤에 혈불과 상대할 준비를 하라는 내용임은 알았다.

모든 이야기를 들은 그녀는 간단하게 결론을 내렸다.

"그렇군요. 사부님께서는 사형께 본교의 미래를 부탁하셨군요."

"음, 그건……."

"사형께서 하지 못하신다면 아무도 하지 못할 거예요. 그런데 이제 어떻게 하실 건가요? 저도 이왕 중원으로 나왔으니 사형의 일을 돕고 싶어요."

공손설은 신강으로 돌아가기 싫었다. 소운과 같이 있고 싶은 마음도 있었고, 모처럼 무공을 연성했으니 실전에서 시험을 해보고 싶기도 했다.

"그전에 사매에게 말하고 싶은 것이 있어."

소운은 갑자기 진지한 표정으로 공손설을 보며 말했다. 그녀가 심마에 빠져 천마관에 들일 때부터 결심한 것을 지금 실행할 때가 되었다.

소운은 잠시 입을 다물고 의아한 표정으로 그의 말을 기다리는 공손설을 보았다.

문득 과거 구룡 중 한 명인 신침의룡으로서 강호를 돌아다닐 때를 회상했다. 꿈이 많은 시절이었고, 항상 패기가 넘쳤었다. 사문 밖에는 친구들이 있었고, 안에는 사부님과 사저가 항상 있었다.

'그런가. 난 지금 외로움을 느끼고 있군.'

소운은 자신이 왜 그냥 은하장에서 기다리지 않고, 일부러 나와 공손설과 비무와 대화를 하고 있는지 새삼 깨달았다.

은하장 안에서는 아무도 믿을 수 없어 항상 마음이 편하지 않았다. 사람은 많아도, 마음을 터놓을 만한 친구는 없었다.

머릿속에 사제인 서문량이 했던 충고가 떠올랐다.

"아무리 마교가 험한 곳이고 모든 사람을 믿을 수 없다 하더라도 사형께서는 적어도 한 명의 믿을 수 있는 사람이 필요합니다. 그 사람은 비밀을 알고 있어 만약의 사태가 벌어졌을 때에도 사형의 편이 되어 주어야 할 것입니다. 그렇지 않고 혼자 모든 일을 추진하려면 운신의 폭이 좁아지고, 또한 언젠가 한 번이라도 실수를 했을 때 모든 일이 틀어져 버릴 것입니다. 무엇보다 홀로 있다는 것은 괴롭지요."

'그의 말이 맞다. 난 지금 해야 할 일이 열 가지인데 몸은 하나다. 이대로라면 어디선가 탈이 나도 날 것이다.'

비밀을 공유하게 되면 그만큼 위험하다. 하지만 혼자 일을 하는 것과 둘이 하는 것은 차이가 크다. 그것이 바로 비밀의 가장 큰 모순이다.

소운은 이전부터 천마신교 내에서 진정한 조력자를 찾으려 했다. 이미 그의 비밀을 알고 있는 세 장로가 있지만 그들은 아무래도 믿을 수 없었다.

오히려 고목신군이 가장 믿을 만했다. 실제로 소운이 천마신교 내에서 운신하는 데 큰 도움을 주고 있고, 둘이 같이 꾸민 음모도 적지 않다.

언젠가는 고목신군에게 진실을 말하고 진정으로 도움을 받아야 할지도 모른다고 생각한 적은 있다.

그러나 소운은 그러지 않았다. 그에게 모든 것을 털어놓을 마음이 생기지 않았다. 그런데 공손설이 그렇게 되었을 때, 소운은 공손설에게만은 말을 하겠다고 결심했다.

설사 그것이 어떤 결과로 나타나더라도 후회는 하지 않을 것 같았다.

'지금이다. 지금 말을 하는 게 좋다.'

소운은 마음속으로 다시 한 번 결심하고 드디어 입을 열었다.

"사실 난 사매가 알고 있던 것과는 달리 신강 태생이 아니야. 중원에서 태어났지."

"아!"

"원래 나는 중원의 의원이었어. 그런데 당시 사정이 복잡하게 꼬여 천마신교에 납치를 당했지."

"납치를 당했다고요?"

공손설은 당황한 표정으로 되물었다. 이런 이야기는 상상도 해본 적이 없으리라.

소운은 담담한 목소리로 그동안 있었던 일들에 대해 말했다. 공손설은 처음에는 너무나도 놀라 뭐라고 말도 하지 못했지만 곧 머릿속으로 하나하나 정리를 하는 듯했다.

"사부님의 주화입마를 치료하기 위해……."

"그래, 그런데 사부께서 내 재능을 보시고 제자로 삼은 거야. 그리고 무공도 전수해 주셨지. 또한 내가 중원 출신이라고 하면 교내에서 입지가 불편해질까 봐 그 점은 명확히 밝히지 않으셨어."

"그랬군요."

공손설은 알았다는 듯 고개를 끄덕였다. 그러고 보니 소운이 어느 집안의 누구인지 알려진 바가 없었다. 사람들은 혈장천마가 소운을 어렸을 때부터 비밀리에 키웠다고만 알고 있을 뿐이다.

공손설은 잠시 침묵한 채 생각을 했다. 그러나 곧 미소를 지으며 말했다.

"그게 뭐 대수인가요. 어차피 우리 천마신교에 중원 출신도 많잖아요. 우리 천마신교는 재능으로 사람을 뽑지 출신 성분은 보지를 않아요. 저만 해도 고아나 다름없는 신세였는 걸요."

따지고 보면 공손설의 출신도 그렇게 좋은 편은 아니다.

그냥 빈민촌의 병든 어린 여아였을 뿐이다. 혈장천마가 거두어들이지 않았다면 그녀는 십오 세가 되기 전에 죽었을 것이다. 죽지 않았다고 해도 빈민가의 여아로서의 장래는 거의 정해진 것이나 다름없다.

어떻게 보면 소운보다 그녀 자신이 더욱 천마의 제자로서 손색이 있는 셈이다. 적어도 공손설은 그렇게 생각했다.

그러나 소운은 이 일이 그렇게 간단하지 않다는 것을 공손설에게 설명했다.

"아니, 그런 사람들은 대부분 백 년 이전부터 이곳에 자리를 잡은 사람들이야. 나처럼 중원에서 태어난 사람은 그렇게 많지 않아. 특히 장로들 중에서는 고목신군뿐이지.”

공손설은 소운이 무엇을 말하고자 하는지 알 것 같았다. 천마신교가 사람을 가리지 않는다고 해도 결과만 보면 결국 신강 출신들이 주요 위치를 독점하고 있는 것과 다름없다.

그녀가 알고 있는 주요 직책의 사람들은 모두가 신강 출신이라는 것을 떠올리자 저절로 고개가 끄덕여졌다.

“그건 그래요.”

“뿐만 아니라 지금 본교는 중원무림을 정복하여 군림하려고 하는 상황이야. 그런데 내가 원래 중원의 무인이라고 한다면 아무도 인정하려 하지 않을 걸?”

“그건 말이 안 돼요. 일단 본교에 입교를 하면 과거는 일절 묻지 않고 또 의심도 해서는 안 됩니다. 하물며 사형은 교주이자 천마인 사부님께서 직접 거두어들이셨어요. 사형을 부인한다면 그건 사부님과 저마저 부인하는 것입니다!”

공손설은 굳은 얼굴로 말했다. 천마신교의 전통에 대한 무한한 자긍심이 그녀의 표정에 나타나 있었다.

확실히 그녀의 말은 정론이었다. 그러나 세상은 이론만으로는 절대로 돌아가지 않는 법. 당장 소운 자신이 천마신교를 원망하고 천마신교를 털어먹고 있는 상황이 아닌가?

소운은 아무 말 없이 고개를 저었다. 그의 얼굴에 말 못할 고뇌의 감정이 떠올랐다. 그것은 칠할 정도는 연기라 할 수 있었지만 남은 삼할 정도는 본심이었다.

공손설도 한숨을 내쉬었다. 그녀가 세상 물정을 모른다고 해도 사람의 심리를 모를 정도로 어리석지는 않다. 팔은 안으로 굽는 법, 아무래도 외지 출신이라는 건 알게 모르게 차별을 받을 수 있다.

그 점을 인정한 그녀는 소운의 고뇌를 이해할 수 있었다. 아니, 이해한다고 생각하고 입을 열었다.

"확실히 장로들이나 원로들은 별로 좋아하지 않을 거예요. 사형의 고민을 잘 알겠어요."

공손설의 눈빛이 반짝 빛났다. 그런 일이라면 자신이 도움이 될 수 있다. 초절정에 이른 그녀가 사형을 지원한다면 작은 반발은 무마할 수 있을 거라고 생각했다.

지금 남은 천마의 제자는 단 둘. 그 둘이 합심해서 일을 하는데 반대할 신교 인은 없다. 여기까지 떠올린 공손설은 무엇이든 말만 해보라는 듯 소운을 바라보았다.

"그래, 그래서 내가 생각한 바가 있어."

"무엇인데요?"

그녀는 티를 안내고 물으면서도 과연 사형은 모든 일을 자신에게 털어놓고 협조를 구하려고 하는 것이라고 생각했다. 하지만 정작 소운이 입에서 나온 말은 그녀의 생각과는 전혀 달랐다.

"사실 사매가 심마에 빠졌을 때, 난 사부님께 말씀을 드렸었지. 만약 사매가 스스로 벽을 깨고 초절정의 경지에 올라 깨어난다면 사매를 차대 교주로 밀겠다고 말이야."

"네에?"

이건 또 무슨 황당한 소리인가? 공손설은 가까스로 정리한 머릿속이 단숨에 헝클어지는 것을 느꼈다.

"의식 속에 자신을 거두어 무공수련을 하는 것은 지극히 위험한 일이야. 전례가 없기에 더욱더 위험하지. 우선 언제 깨어날 지도 알 수 없고, 그때까지 몸이 버틸 수 있을지도 모르는 거야. 하지만 일단 깨어나면 사매가 초절정고수가 되었다는 것을 의미하지. 충분히 교주의 중임을 감당할 수 있는 무력이잖아."

"그건 말도 안 돼요. 제가 비록 조그만 성취를 얻었지만 사형은 저보다 더욱 강하잖아요."

'설마 사형이 약하더라도 전 사형이 교주가 되기를 원해요.'

공손설은 이 말을 속으로 삼켰다.

그런데 갑자기 소운이 공손설에게 물었다.

"사부님이 중원을 어떻게 얻을지에 대해 사매에게 말한 적이 있어?"

"예? 그건 한 번도 말씀해 주시지 않으셨어요. 저에게는 그저 무공에 대한 말씀만 하셨어요.”

소운은 다시 공손설에게 물었다.

“혹시 사매는 중원의 사람들이 우리 천마신교에 대해 어떤 감정을 지니고 있는지 알고 있어?”

“아! 그, 그건… 아무래도 좋은 감정은 아니더군요.”

공손설의 안색이 어두워졌다. 천마신교 출신인 그녀가 여행을 하면서 그런 일에 신경을 쓰지 않을 리가 없다.

주막에서, 혹은 여행길에서 사람들이 천마신교에 대한 이야기를 하면 언제나 귀를 기울였다.

그녀는 지금까지 남의 증오를 이토록 강하게 직접적으로 받아본 적이 없었다. 중원 사람들이 천마신교를 마교라 부르며 증오하는 것은 거의 활화산과도 같았다.

소운은 고개를 끄덕이며 말을 이었다.

“사부님과 나는 그것을 알기에 지금까지 여러 가지 일들을 해왔어. 힘으로 밀어붙이는 것만으로는 안 되는 경우도 있다는 것을 알거든. 중원에 우리가 뿌리를 내리고 다른 자들의 인정을 받기 위해서는 힘보다는 감정적인 문제를 해결해야 하는 거야.”

공손설은 그 말에 수긍했다. 오면서 본바로 천마신교의 무력에 대해서는 당연히 인정하는 분위기라 할 수 있었다. 그런데 그것이 좋게 작용하기보다는 반대로 더 큰 위협감으로 느꺼지고 있었다.

신교의 강자존의 원리에 익숙한 그녀로서는 강함을 인정하면서 거기에 더 크게 반발하는 그들의 모습은 참으로 의외였다.

'역시 짧은 여행이었지만 깨달은 바가 있었나 보군.'

소운은 자신의 말에 쉽게 수긍하는 공손설을 보며 새삼스레 그녀의 성품에 감탄하며 말을 이었다.

"중원은 넓어. 단순히 힘으로는 모든 이들의 위에 설 수 없지."

소운은 천천히 설명을 했다. 과거 진나라의 시황제가 천하를 통일했으나 그 아들 대에서 진나라 자체가 사라지고 초나라와 한나라가 서로 힘을 겨루게 되었다.

그런데 천하에서 가장 힘과 무용이 센 항우가 있는 초나라는 결국 한나라에 패해서 망하고 만다.

그때 항우는 끊임없이 싸우고 계속해서 이겼지만 천하의 인심이 한나라에게 있었기 때문에 그런 결과가 되었다.

마찬가지로 천마신교가 아무리 강해도 싸우면 싸울수록 힘은 소모되고, 언젠가는 패해서 신강으로 물러날 수밖에 없다.

"네, 사형의 말씀이 옳아요."

"결국 중원에 뿌리를 내리려면 그들이 스스로 우리를 받아들이게 하는 수밖에 없어. 하지만 싸우면 결코 받아들여지지 않지."

"그게 가능할까요?"

"실제로 이곳 감숙 지역에서는 이미 우리를 어느 정도 받아들이고 있잖아. 은근슬쩍 무공을 배우고 가는 자들도 적지 않지."

"……"

"가장 좋은 것은 쓸 데 없는 싸움을 줄이는 거야. 꼭 필요한 것이 아니면 힘을 소모하고 원한을 살 필요가 없는 거지."

"하지만 아무리 우리가 노력해도 근본적인 문제는 해결되지 않아. 그들은 여전히 우리를 증오할 것이고, 우리와 싸우기 위해 힘을 합하게 되겠지."

"예……"

"그러면 결국 큰 싸움이 날 거야. 자존심에 의한 싸움이지. 쓸 데 없는 소모전인데 일단 시작하면 결코 멈출 수 없어. 멈추는 순간, 곧 지는 거니까."

"……"

공손설은 소운의 말을 듣고 깊이 생각했다. 공손설 역시 천하를 피로 씻는 것을 원하지 않았다. 쓸 데 없는 싸움을 줄이는 것은 그녀가 생각하기에도 필요했다.

소운은 진지한 표정으로 공손설의 눈을 직시하며 말했다.

"지금부터 하는 얘기는 사부님과 나만 아는 이야기야. 수석장로도 이 일에 대해서는 모르니 아무에게도 말을 하지마."

"예."

꿀꺽.

공손설은 대답을 하며 자신도 모르게 침을 삼켰다.

심각한 이야기다. 그런데 지금까지 한 말보다 더 심각한 내용이 있을 수 있을까?

"결국 사부님과 내가 내린 결론은 하나야. 그런 싸움은 없어야 한다는 것. 그리고 그걸 위한 계책이 있지. 바로 저쪽의 중심 인물이 우리 쪽과 통하면 돼."

"저쪽의 중심 인물과 우리가 통한다고요?"

"가령 무림맹 맹주가 우리에게 호감을 가지고 암중에서 서로 연락하는 상황이라면 쓸 데 없는 싸움을 대폭 줄일 수 있지."

"어떻게 그럴 수 있겠어요? 전대 맹주인 검성이 사부님께 패해 죽었으니 그들은 우리를 철천지원수로 여길 거예요."

"지금은 몰라도 장래에는 다르지. 사매도 일로마협이라는 자에 대해 들어봤을 거야."

"예, 본교에 대항하다 죽었다고 들었어요."

“죽지 않았어. 그는 지금 검성의 진전을 이어 비밀리에 무공수련을 하고 있지.”

“그런!”

“그런데 그게 바로 나야.”

쿠쿵!

공손설은 머릿속에서 무엇인가가 터지는 소리를 들었다. 너무나도 큰 정신적인 충격이 그런 환청을 만든 모양이다. 그녀는 그저 눈을 둥그렇게 뜨고 입을 반쯤 벌린 채 아무런 말도 못했다.

천마신교의 제일척살 대상이라는 일로마협이 천마의 제자인 서정의 화신이라니?

소운은 공손설이 제정신을 차릴 때까지 묵묵히 기다려 주었다.

시간이 흐르자 어느덧 공손설의 눈빛이 다시 고요하게 가라앉았다.

“저는 전혀 몰랐어요.”

“응. 원래 무황성을 건설하여 사부님이 군림하고, 난 일로마협으로서 중원의 세력을 모으기로 했었지. 이것이 바로 본교의 중원군림계획 중 가장 핵심이 되는 전략이야. 사부님과 나만 아는.”

“사부님이 천마로서 무황성에… 사형은 일로마협으로 중

원의 세력을……."

확실히 무서운 계획이라 할 수 있다. 이게 이루어진다면 중원은 천마신교의 것이 된다고 할 수 있다.

하지만 그럴 경우 소운은 일종의 첩자가 되는 셈이다. 첩자의 일이 얼마나 힘들고 위험한지는 공손설도 능히 미루어 짐작할 수 있었다.

공손설은 흔들리는 눈으로 소운을 보았다.

소운은 공손설을 보고 있지 않았다. 그는 뒷짐을 진 채 하늘을 지긋이 노려보며 중얼거리듯 말했다.

"힘든 일이지만 그렇게 하는 것이 싸움을 피할 수 있는 가장 확실한 방법이니까 말이야. 하지만 사부님께서 돌아가셔서 이 일이 조금 복잡해졌지."

"그렇군요. 그럼 이제 어떻게 하실 거예요?"

"내가 지금 해야 할 것은 단 하나야. 바로 십 년 뒤에 혈불과 싸우는 것. 그리고 이기는 것."

소운의 말투는 평범했지만 그 안에는 비장한 각오가 엿보였다.

천마와 대등하게 싸운 고수가 바로 혈불이다. 그런 자와 십 년 뒤에 싸워야 한다니? 그건 보통 사람들에게는 참을 수 없는 공포일 것이다.

그러나 소운의 눈동자에 느껴지는 것은 투지. 소운은 십 년 뒤에 자신이 질 것이라고는 전혀 생각지 않는 듯했다.

공손설은 그런 소운의 기백이 좋았다.

"사형이라면 가능하실 거예요."

"그리고 사부님께서 세우신 계획을 완성시키는 것도 중요해. 난 때가 되면 일로마협이 되어야 해. 아무도 모르게 말이야. 그러니 사매가 사부님의 뒤를 이어 차대 교주가 되도록 해."

"그건 받아들일 수 없어요."

공손설은 갑자기 한 걸음 뒤로 물러났다. 그리고는 땅에 한 쪽 무릎을 꿇고 말했다.

"저, 공손설은 서정 사형께 충성을 맹세합니다. 사형께서 교주가 되시어 천마신교의 모든 교도들을 이끌어 나가시는 데 조금이라도 도움이 되도록 목숨을 아끼지 않고 보필하겠습니다."

"사매!"

"교주는 사형이 하세요. 전 수석장로를 하지요. 그래서 사형께서 외유를 하실 때에는 사형 대신 교내의 일을 처리하겠어요. 사형께서는 아무런 염려도 하실 필요가 없어요. 십 년이든 이십 년이든 사형께서 교를 떠나 계서도 교주는 사형이에요."

"사매… 너는……."

"사형, 저는 사형을 위해 평생을 살겠어요."

공손설은 고집스럽게 말했다. 소운이 모든 것을 털어놓은 지금 이 순간, 그녀는 마음을 정했다.

소운은 그런 공손설의 눈에서 진심을 엿볼 수 있었다. 뭐라고 대답을 해야 할까? 소운은 머릿속으로 수많은 단어들을 생각했다. 그러나 어떤 단어도 입 밖으로 나오지 않았다.

그가 지금까지 말한 것은 대부분 진실이었고 소운에게 있어서 치명적인 약점이 될 수 있는 것이다. 하지만 그렇다고 해서 완벽한 진실은 아니다.

진실 아닌 진실을 밝히고 한 여자의 마음을 얻었다. 너무나도 기쁜 상황인데 이상하게 마음이 아팠다.

'내가 말 할 수 있는 것은 여기까지. 사매, 미안하다.'

한참 후, 소운은 한숨을 쉬며 말했다.

"충성 맹세는 하지 마. 나는 부하보다 사매가 더 필요해."

第二章
삼대장로(三代長老)
결국 그들이 움직인다

南斗延壽保算時老君告天師曰

大八會之真文三洞三清之上

稟道元始天尊昔經歷于億萬劫天地始修

太上說南斗延壽保算

安真經太上說南斗

此經乃九天八人

熙袞而人倫五運遷變萬稟道

삼대장로(三代長老)

결국 그들이 움직인다. 그리고 선택했다

공손설과 만나 비무를 한 이후, 소운은 즉시 경공술을 펼쳐 다시 은하장으로 돌아왔다. 공손설은 그냥 남아서 계속 상인들과 함께 오기로 했다. 그사이 소운은 공손설을 맞이할 준비를 할 것이다.

경공을 전력으로 펼쳐 몇 시진 동안 달려야 하는 거리다. 그냥 일반 사람의 걸음으로는 삼사 일은 걸린다.

소운이 은하장에 도착했을 때에는 정오가 지나 해가 이미 천중의 한가운데에 떠 있었다. 꼬박 만 하루를 떠나 있었던 셈이다. 하지만 이미 조치를 취해 놓은 덕에 그의 행적을 궁

금하게 생각하는 이는 아무도 없었다.

그는 조용히 사장로인 경천마뇌를 불러 물었다.

"전에 그대가 올린 보고서에 사매가 총단을 떠났다고 했지요?"

"그렇습니다."

경천마뇌는 순순히 긍정을 했다. 그는 천마신교의 정보조직인 천밀당의 당주를 맡고 있다. 그렇기 때문에 중요한 정보는 소운에게 정기적으로 보고를 하는데, 얼마 전에 공손설이 천마관을 출관하여 중원으로 향했다는 보고도 있었다.

이 일은 일종의 비밀이기는 하나 천밀당의 이목마저 속일 수는 없다. 단지 공손설이 초절정의 경지에 올랐다는 보고는 없었다.

"그럼 지금 사매가 어디 있는 지 아시오?"

소운이 묻자 경천마뇌는 살짝 미소를 지으며 대답했다.

"공손 소저는 이미 은하장 근처까지 와 있습니다. 아마 삼사 일쯤 더 있으면 도착을 할 것입니다."

'역시 알고 있었군.'

소운은 속으로 능구렁이 같은 경천마뇌에게 욕을 했다. 아무도 몰래 기세로 그녀를 불러냈기에 망정이지 안 그랬으면 아마 천밀당의 이목에 걸릴 뻔했다.

그러나 그런 내색을 할 수는 없기에 소운은 혀를 차며 말했다.

"허, 그럼 어째서 환영 준비를 하지 않는 것이오?"

"십장로님의 의사를 알 수 없어 그냥 기다리고 있었습니다. 환영준비를 할까요?"

"그야 이를 말이겠소? 즉시 사람들에게 사매가 오는 것을 알리시오."

"명을 받들겠습니다."

경천마뇌는 소운의 명대로 즉시 사람들을 불러 이 사실을 알렸다. 그러자 수석장로인 백면살마 전홍은 크게 기쁜 표정을 지으며 말했다.

"공손 소저가 출관을 했다면 이보다 더한 경사는 없습니다. 어서 빨리 사람을 보내 마중을 해야 합니다. 제게 그 일을 맡겨 주십시오."

교주의 제자가 온다면 정식으로 환영 준비를 해야 한다. 당연히 마중도 나가게 될 것이다. 그런 격식은 가능한 한 지키는 것이 좋다.

소운은 고개를 끄덕여 허락을 했다.

"그게 좋겠군. 그럼 수석장로가 수고해 주시오."

"알겠습니다."

전홍이 진심으로 기쁜 표정을 지으며 밖으로 나가는 것을 보며 소운은 덩달아 기분이 좋아져 미소를 지었다.

‘확실히 사매는 모든 사람이 좋아하는군. 특히 장로들은 그녀를 딸이나 조카처럼 생각할지도 모르지.’

이래서 자기 터전이 중요하다. 소운과는 달리 공손설은 어렸을 때부터 천마신교 소속인 것이다.

그 후 사람들은 저마다 공손설에 대해 가벼운 이야기를 나누다가 그녀의 출관 축하 선물을 준비한다고 뿔뿔이 흩어졌다.

한편 전홍은 수하들에게 환영 잔치를 준비하라고 지시하고는 그 자신이 삼장로 무언교수와 함께 이십 명의 수라혈살대 대원들을 이끌고 공손설을 마중하러 갔다.

원래 장로가 둘이나 마중을 가는 것은 확실히 과한 행위이나 사람들은 별로 의심을 하지 않았다.

전홍은 떠나기 전에 조용히 제자인 모운동을 불러 독심약왕에게 밀지를 전하게 했다.

＊　　　＊　　　＊

“후후후, 드디어 공손 소저가 오셨군.”

독심약왕 무준은 밀지를 보고는 웃음을 터뜨렸다. 기다렸던 보람이 있었다. 그는 밀지를 받자마자 공손설이 있다는 곳으로 향했다.

약 하루를 가니 전흥 일행의 뒤를 따라잡을 수 있었다. 그 후로 무준은 조용히 일정한 거리를 두고 그들을 좇았다. 수라혈살대 대원들은 결코 얕볼 상대가 아니기에 은신도 신중하게 해야 했다.

다시 하루를 가니 드디어 공손설을 만날 수 있었다. 공손설은 멀리서 전흥 일행을 보자 곧 상인들에게 작별 인사를 하고 그들과 헤어졌다. 괜히 상인들에게 그녀의 정체를 밝힐 필요는 없었다.

상인들이 모두 가고 공손설이 혼자 남자 전흥은 앞으로 나아가 그녀에게 정중한 인사를 했다.

"공손 소저의 출관을 축하드리오."

"수석장로님을 오랜만에 뵙습니다. 사부님과 사형께서는 잘 계신가요?"

"그야 이를 말이겠습니까? 자자, 어서 가시지요."

그 뒤로 공손설은 얼굴을 가린 면사를 벗고 천마의 제자로서 당당하게 길을 걸었다. 일대를 장악하고 있는 공포의 천마신교 무리들이 길을 가니 사람들이 알아서 피했다.

그날 밤, 그들은 인근 마을의 가장 큰 여관의 후원을 통째로 빌렸다.

전흥은 공손설에게 내일이면 은하장에 도착하게 된다고 했다. 공손설은 그냥 경공을 써서 오늘 내로 은하장에 들어가고 싶었지만 격식이라는 것이 그렇지 않다. 무엇보다 잔치 준비를 하는 데에 적어도 삼 일은 걸린다.

"알았어요. 그럼 오늘은 이만 쉴 테니 내일 새벽에 일찍 떠나요."

공손설은 혼자 있고 싶다는 뜻을 비추었다. 그런데 전홍과 갈웅은 방을 나서지 않았다.

의아한 표정으로 그들을 보니 곧 전홍이 말했다.

"본 장로가 공손 소저께 한 가지 물어보고 싶은 게 있소."

"무엇이지요?"

"소저께서 출관한 뒤에 남도왕을 격살했다는 것이 사실인지 알고 싶소. 또 이미 벽을 뚫고 경지에 도달했다고 하는데 그걸 본 장로에게 보여주실 수 있겠소?"

"아! 그걸 어떻게 아셨어요?"

공손설은 상당히 놀랐다. 설마 사형이 말을 했단 말인가?

그러나 전홍은 이미 대답을 들은 셈이 되었다. 어떻게 알았냐는 질문은 바로 긍정을 뜻한다.

전홍은 두 손을 모아 포권을 취하고 허리를 약간 굽혔다. 갈웅도 같은 자세를 취했다. 바로 윗사람을 대하는 자세이다.

"대공을 이루신 것을 축하하오."

"작은 성취에 과례는 필요없어요. 그런데 어떻게 그걸 아셨는지 아직 대답을 안 하셨군요."

초절정의 경지에 든 것이 작은 성취라고 한다. 전홍은 속으로 혀를 내둘렀지만 공손설은 정말로 그렇게 생각하고 있었다.

실제로 과거 소운과 비무를 했을 때보다 이번에 더욱 쉽게 패하지 않았던가? 말하자면 소운의 성취가 그녀보다 더욱 크다는 것이다.

전홍은 사람 좋은 미소를 거두고 진지하게 말했다.

"이 일은 결코 작지 않습니다. 이미 이장로가 내단에서 나와 이곳에 왔고, 공손 소저의 성취에 대한 것을 우리에게 알렸습니다."

"어? 이장로께서 오셨다고요?"

어떻게 그럴 수 있을까? 분명히 소운에게는 독심약왕에 대해 전혀 듣지 못했다.

공손설이 의아해하는 표정을 지었지만 전홍은 일일이 설명할 필요를 못 느꼈다. 자세한 말을 하는 것은 독심약왕이라고 미리 정했다.

"피곤하시더라도 잠시만 기다려 주십시오. 곧 이장로가 올 것입니다."

"좋아요. 그럼 기다리죠."

공손설은 금세 냉정을 회복하고 자리에 앉았다. 그렇게 일각쯤 기다리자 과연 누군가가 소리없이 후원의 담을 넘어 들어왔다. 경공의 수준을 보건데 독심약왕 무준이 틀림없었다.

무준은 공손설을 보자 일단 미소를 지으며 예를 취했다.

"대공을 축하드리오, 소저."

"이장로님께서 이곳에 계실 줄은 미처 몰랐네요."

"허허허, 공손 소저께서 아무도 모르게 교를 나오신 것처럼 본 장로도 나왔지요."

"저를 좇아오신 건가요?"

"그렇소이다. 공손 소저의 신위를 본 칠장로가 구장로에게 말을 했고, 다시 구장로가 저에게 말을 했지요. 그런데 제 성격이 원래 이런 일은 직접 봐야 직성이 풀리니 어쩔 수 없이 만사 제치고 소저를 좇아온 거라오."

"하아, 그럼 내단은 칠장로님과 구장로님께서 맡고 계시는군요."

무준은 당연하다는 듯이 고개를 끄덕였다.

"원래 그 두 사람이 열심히 일을 하고 본 장로는 약왕당에서 대충 놀고 있었기 때문에 별 문제는 없을 거요."

무준은 분위기를 조금이라도 밝게 바꾸려는 듯 일부러 익살스러운 표정을 지으며 말했다. 콧구멍 밑에 달린 얇은 염소 수염이 그가 말을 할 때마다 파르르 떨렸다.

과연 그의 노력은 결실을 맺어 공손설은 입가에 살짝 미소를 지었다.

사실 그녀는 천마의 제자로서 항상 긴장된 삶을 살았기에 성격과 표정이 차갑게 되었지만 원래는 속정이 많았다. 모든 장로들이 그녀에게 잘 대해 주었는데 그중에서도 괴팍하지만 웃긴 독심약왕 무준을 가장 좋아했다.

이번에 갑자기 수석장로 전홍이 비밀로 했던 일을 꺼내 경계를 했지만 독심약왕이 와서 하는 말을 들어보니 확실히 이 사람이라면 호기심에 자신을 좇아올 만하다.

그러나 곧 공손설은 여기에 뭔가 맞지 않는 게 있다는 것을 깨닫고 다시 정색을 했다.

"그런데 왜 이렇게 비밀리에 오신 거지요? 기왕 오셨으면 은하장에서 기다리시면 될 터인데요. 사형께는 이장로께서 오신 것을 알렸나요?"

정곡을 찌른 질문에 독심약왕은 속으로 움찔했지만 전혀 표를 내지 않았다. 그는 오히려 껄껄 웃으면서 손을 내저으며 말했다.

"물론 비밀로 했지요. 장로씩이나 되는 제가 사사로이 내단을 벗어난 걸 어떻게 알릴 수 있겠소이까?"

"으음, 그런가요?"

공손설은 그렇게 말하면서도 뭔가 석연치 않다는 표정을 드러냈다. 하지만 늙은 생강이 매운 법, 독심약왕은 그녀가 다른 말을 하기 전에 다시 너털웃음을 지으며 말했다.

"허허허, 그러지 마시고 공손 소저의 경지를 한 번 보여주시구려. 혹시 아오? 본 장로를 비롯해서 여기 두 사람은 벌써 이십 년 동안 무공에 별다른 진척이 없었는데, 소저의 가르침을 받고 나아갈 길을 찾을지도 모르지요."

공손설이 약간 주저하는 듯하자 이번에는 전홍까지 나섰다.

"저 또한 독심약왕과 같은 마음입니다. 우리 늙은이들이 안계를 좀 넓히게 해주시죠."

전홍의 옆에 선 갈웅까지 정중하게 허리를 굽히며 부탁을 했다. 어디까지나 공손설의 경지를 눈으로 확인하지 않으면 직성이 풀리지 않는 그들이었다.

남이라 할 수 없는 장로들이 이렇게 예를 갖추어 청하니 공손설은 거절하기 어려웠다. 마침내 그녀는 자리에서 일어나 허리에 감은 무음할공대를 풀며 말했다.

"그렇게까지 말씀하시니 제가 부족하나마 한 번 보여 드리겠습니다."

공손설은 곧 방 밖의 공터로 나가 두 손을 머리 위로 올렸다. 그러자 무음할공대가 살아 있는 것처럼 하늘을 향해 하늘거리며 뻗어 올랐다. 그리고는 곧 천공 중에 넓게 퍼지며 그녀의 주위의 공간을 점유했다.

휘리리리.

부드럽기 그지없는 비단천이 힘이 하나도 없이 바람에 날리는 듯했다. 그러나 세 장로는 알 수 있었다. 천이 바람에 날리는 것이 아니라 바람을 일으키며 조정하고 있었다.

무거운 중병기를 거세게 휘둘러도 이렇게 바람을 일으킬 수는 없다. 지금 무음할공대는 어떠한 중병기보다 무거운 힘을 싣고 있다.

"대, 대단하군."

"저것이야말로 멸영할공대법의 진수라 할 만하다."

장로들은 크게 감탄하여 그 광경을 보았다. 그때 공손설의 손이 좌우로 살짝 흔들리자 무음할공대가 급격한 변화를 보였다.

놀라운 것은 그 변화에 따라 일어난 바람이 색을 띠고 있다는 점이다. 녹색의 바람은 또 하나의 비단천처럼 보였다.

파파팍!

녹색의 바람과 부딪친 바위가 작은 소리를 내며 부스러졌다. 갈라지거나 조각난 것이 아니라 거의 가루와도 같은 형태가 되었다.

"강기막!"

"저런 파괴력이라니……."

강기를 바람에 실어 날리는 것일까? 아니면 강기가 바람을 가르며 나아가는 것일까?

구분이 가지 않았다.

너무나도 얇고 넓은 강기막은 그야말로 무음할공대가 늘어난 것처럼 사방으로 퍼졌다.

공손설은 소운과의 비무 후 그가 충고해 준 것들을 염두에 두고 천천히 수를 펼쳤다. 가벼우면 가벼울수록 힘이 있다는 것을 알 수 있었지만 아직 강기를 일으키려면 무음할공대에 변화를 주어야 했다.

'더욱 자연스럽게 강기를 일으키지 않으면 안 된다. 하지만 그건 너무나도 어렵구나.'

다른 사람들이 감탄을 하건 말건 그녀는 아직 갈 길이 멀다고 속으로 한숨을 내쉬었다. 그래도 남도왕과 싸운 것과 소운에게 가르침을 받은 것이 크나큰 경험과 도움이 되었다는 것만큼은 확실했다.

'그래, 사형은 항상 목숨을 걸고 적과 싸웠으니 그만큼 성취를 얻은 거야. 반면에 나는 그냥 수련에만 전념했지.'

역시 실전은 중요하다. 공손설은 내심 소운이 왜 그렇게 강해질 수 있는지를 납득했다.

공손설은 이런 상황에서도 틈만 나면 소운을 생각하게 되었다는 것을 미처 자각하지 못했다. 하지만 그녀의 감정은 확실하게 움직였고, 그에 따라 춤이 더욱 부드럽게 변했다.

어느 순간 강기막이 더 이상 퍼져 나가지 않게 되었다. 그

낭 무음할공대가 움직이는 외각에 머문 채 공손설을 감싸듯
이 존재했다. 가끔씩은 부드러움이 깨져 강기가 외부로 새어
나갔지만 그래도 머무는 강기가 더욱 많았다.

공손설은 입가에 잔잔한 미소를 지었다. 그리고는 서서히
춤을 멈추었다.

"어떤가요?"

"대단하시오. 공손 소저는 이미 강기를 자유롭게 다루는구
려."

"유혼천마의 멸영할공대법이 완벽하게 재현되는 것이 멀
지 않은 것 같소."

장로들의 감탄과 칭찬에 공손설은 오히려 고개를 숙였다.

"유혼천마께서 비급에 남기신 경지를 흉내 내려면 아직 멀
었어요."

"아무리 멀어도 소저께서는 틀림없이 도달할 것이오. 과거
유혼천마께서도 소저의 나이에는 그런 성취를 보이지 못했다
고 알고 있소."

끊임없이 이어지는 칭찬이다. 공손설은 상당히 기분이 좋
아졌지만 한편으로는 부담이 되었다. 그녀는 자신에게 집중
되는 관심과 찬사도 돌릴 겸 독심약왕을 향해 물었다.

"그럼 이제 이장로께서는 돌아가실 건가요?"

"에잉, 제가 왜 돌아갑니까?"

"그럼 은하장으로 같이 가시는 건가요?"

"그것도 아니죠."

독심약왕 무준은 계속해서 고개를 저었다. 그리고는 점차 얼굴에 머금은 웃음을 지우고 진지한 표정이 되었다. 다른 두 사람의 장로들도 입을 다물었다.

이제 공손설의 경지를 확인했으니 본론을 꺼내야 한다.

"사실 본 장로가 공손 소저를 만나려 한 것은 또 다른 이유가 있소이다."

"다른 이유라고요?"

"그러니까 말이오……."

독심약왕 무준은 말끝을 흐렸다. 그때 백면살마 전홍이 끼어들었다.

"소저, 사실은 긴밀히 전해 드릴 말이 있소."

"무엇이지요?"

"천마께서 돌아가셨소."

"뭐라고요?"

공손설은 충격을 받아 약간 멍한 표정을 지었다. 그리고 곧 사부의 죽음을 깨닫고는 눈물을 억지로 참는 듯 입술을 지그시 깨물더니 살짝 몸을 돌렸다.

'눈물을 보이기 싫은 모양이군.'

장로들은 그녀의 행동을 이해할 수 있었기에 잠시 기다렸

다. 생각보다 공손설은 빠르게 냉정을 찾고는 장로들을 향해
돌아 섰다. 그녀는 냉기가 풀풀 날리는 표정으로 말했다.

"자세히 이야기 해보세요."

이런 빠른 변화는 전에 소운과 이야기를 하면서 정한 바 있
는 연기였다. 그녀의 성격에 따른 충격의 재현을 소운의 감독
아래 몇 번이나 연습했다.

과연 세 장로들은 공손설이 이미 이 사실을 알고 있다는 것
을 눈치 채지 못했다.

'흐흐흐, 감정을 잘 추스르고 속을 드러내 보이지 않는군.
알고 보면 공손 소저도 호락호락한 사람은 아니었어.'

독심약왕 무준은 속으로 기쁨의 웃음을 지었다. 이 정도는
되어야 교주의 중임을 담당할 수 있다고 생각했다.

그사이 전홍의 설명이 끝났다. 공손설은 천천히 고개를 끄
덕이며 대답했다.

"그런 일이 있었나요? 저는 일이 이렇게 된지 몰랐는데 상
당히 심각한 상황이라 할 수 있군요."

"그렇소이다. 한 시도 지체를 할 수 없는 상황이라 이렇게
일부러 우리가 소저를 만나러 온 것이오."

그러면서 전홍은 무준을 슬쩍 보았다. 이에 무준이 전홍의
말을 이었다.

"칠장로가 말이오. 공손 소저의 무위를 보고 크게 감명을

받았단 말이오."

이 부분은 미리 준비를 해온 바 있다. 무준은 천천히 하나씩 설명을 하기 시작했다.

칠장로 은발월희가 공손설의 무위를 보고 환희전의 모든 사람들을 대표하여 공손설을 밀기로 했다. 그리고 구장로 은엽어림도 이에 동의를 했으니 내단은 이미 공손설의 지지 세력으로 가득 차 있는 셈이다.

이에 독심약왕이 이곳에 와서 두 장로를 만나 상의한 결과, 두 장로도 공손설을 밀기로 했다.

"잠깐, 세 분 장로님께서 저를 교주로 추대한다고요?"

공손설은 믿기지 않는다는 표정으로 되물었다. 은발월희의 이야기를 들었을 때는 아차 하는 심정이었지만 그래도 이해가 갔다. 확실히 환희전은 그럴 수가 있다는 것을 그녀도 알고 있었다.

물론 오해다. 자신이 교주 자리에 욕심이 없다는 점을 안다면 그들의 태도도 바뀔 것이다. 이건 나중에 잘 이야기 하면 된다.

그런데 눈앞의 세 장로까지 자신을 지지한다는 것은 말이 안 된다. 특히 수석장로와 삼장로는 이미 사형에게 충성을 맹세했다고 하지 않았던가?

'아니다. 난 이들이 사형께 충성을 맹세한 것을 아직 모

른다.'

공손설은 급히 마음을 가라앉히며 다시 말했다.

"오해를 하신 것 같은데, 저는 교주의 자리에는 관심이 없어요. 단지 비무를 한다는 것은 사형과 사부님께 저의 성취를 보이고 싶었기 때문입니다."

"공손 소저께서 그렇게 순수한 의도를 가지셔도 결과는 같소이다. 곧 교내의 모든 사람들이 소저의 경지를 알게 될 것이오. 그러면 지금 이 상황에서 그들이 십장로와 소저 중에 누구를 선택하겠소이까?"

"……."

공손설은 눈앞의 장로들이 진심이라는 것을 알았다. 그렇게 생각하자 한심한 마음이 들 수밖에 없다.

'사형께서는 무공을 숨기셨다. 그런데 이 멍청한 자들은 그런 사실을 전혀 모르고 나에게 왔구나.'

강자존, 약자종의 법칙이 살아 숨 쉬는 천마신교에서는 당연한 일일 수 있다.

'사실을 말해주어야 할까?'

공손설은 순간적으로 망설였다. 그러나 사형이 숨긴 일을 그녀 입으로 말을 할 수는 없다. 생각을 정리한 공손설은 담담한 음성으로 말했다.

"저는 지금까지 무공 수련만 하느라 교내의 일에는 전혀 관심이 없었어요. 그런 제가 갑자기 중임을 맡는다고 해도 잘 해낼 자신이 없군요. 무엇보다 저는 그냥 이대로 무공을 수련하는 것이 좋아요.”

“소저.”

전홍이 급히 공손설의 말을 막으려 했다. 사람의 마음이란 묘해서 일단 말이 입 밖으로 나오면 그것을 따르려는 습성이 있는 것이다. 그러나 공손설은 고개를 저으며 선언하듯 말했다.

“사부님께서 사형께 뒤를 맡기셨다면 저는 그대로 따르겠어요. 세 분 장로님께서는 당분간 저의 무공에 대한 것을 비밀로 해주세요.”

이것으로 좋다. 공손설은 은근슬쩍 물러나는 길을 택했다. 또한 이들 장로들에게 소운이 무공을 숨길 수도 있다는 것을 우회적이나마 이야기 해주고 싶었다. 눈치 빠른 이들이라면 한 명쯤은 알아차리지 않을까?

그러나 이미 장로들은 공손설의 무공에 눈이 팔려 그런 생각을 할 겨를이 없었다. 그들은 서로 눈짓을 교환했다. 예상했던 것과는 다르다. 공손설은 정말 야심이 없는 모양이다.

‘좋지 않다.’

무준이 속으로 생각하며 전홍을 바라보았다. 이런 면에서는 자신보다 백면살마가 몇 수 위일 것이다. 과연 전홍이 보란 듯이 크게 한숨을 내쉬고는 고개를 저으며 말했다.

"천마께서는 어쩔 수 없는 상황이라 그리 하셨을 것이오. 설마 공손 소저가 출관을 하게 될 줄은 모르셔서 그런 것이 아니겠소? 무엇보다 솔직히 말해 본 장로들은 십장로를 믿지 못하겠소이다."

"그게 무슨 소리지요?"

아직도 포기하지 않았나? 공손설은 살짝 이마를 찡그렸다.

'이들이 이런 식으로 말을 하면 할수록 스스로에게 해가 될 수 있는데… 사형께서 교주가 되시면 어찌 이들을 믿고 일을 할 수 있을까?'

공손설의 속마음을 그들은 읽지 못했다. 전홍은 설명을 계속했다.

"사실 십장로는 본교의 사람이 아니었소이다."

"……."

공손설은 묵묵히 전홍의 말을 들었다. 전홍은 그들이 소운을 납치하고 혈장천마의 병을 치료하게 한 것부터 모든 것을 말했다.

"천마께서는 병의 치료를 위해 그자를 곁에 두신 것이지 결코 총애를 해서 그런 것이 아니오. 그런데 십장로는 천마께서 불의의 죽음을 당하신 후 본교의 전통을 무시하고 무공을 유출하는 등 눈 뜨고 보기 어려운 일을 계속해서 자행하고 있소이다.”

“…….”

공손설은 여전히 입을 다물고 침묵했다. 언뜻 보기에 갈등하는 듯했다. 그러나 그녀는 분노가 일어나는 것을 억지로 참고 있었다.

‘이 신의 없는 자들이. 사부님께서 그 사실을 비밀로 하라고 명하셨다고 했는데 그것을 깨다니. 또 그대들은 이미 사형께 충성 맹세를 했는데 그 부분은 나에게 전혀 말하지 않는구나.’

유리한 것만 말하고 불리한 것은 전혀 말을 하지 않는다.

그것만이 아니다. 공손설이 전날 소운에게 이 사실에 대해 들었을 때, 소운은 정말 상세하게 설명을 해주었다. 그때, 그는 조금도 자신에게 유리하게 말을 하지 않았다.

그냥 있는 사실을 그대로 나열해 가며 일어난 일들에 관해서만 말했을 뿐이다. 그때 그는 세 장로를 원망하지도 않았다. 처음에는 원망을 했지만 그들도 필사적이었으니 어쩔 수 없는 운명이라고만 말했다.

그런데 지금 이들은 사실 속에 은근슬쩍 거짓을 섞어 넣어 소운을 나쁘게 만들고 있었다.

‘나를 속여서 설득을 하려 하는구나.’

통탄할 만한 일이다. 이건 그녀를 어리게 보고 교언으로 속여 움직이려는 것이라고 밖에는 생각할 수 없다.

'이자들을 어떻게 하지?'

공손설은 정말로 심각하게 고민을 했다. 다른 자였다면 이 자리에서 크게 꾸짖고 제압하여 소운에게 넘겼을 것이다. 그러나 역시 이들은 천마신교의 장로이자 그녀와는 오래전부터 알고 있던 사이이다.

이들이 소운을 싫어하고 있는 것은 사실이나, 어쩌면 스스로 교에 이익이 되는 행동을 하고 있다고 생각하고 있는지도 모른다.

"다시 한 번 말을 하겠어요. 저는 교주를 하지 않을 것입니다."

공손설은 차갑게 말했다. 칼로 비단을 베듯 단호한 목소리였다.

"오늘 이 자리에서 들은 말은 모두 듣지 않은 것으로 하겠어요. 그러니 세 분께서는 이만 나가주세요."

공손설의 추상같은 축객령에 장로들은 어쩔 수 없다는 표정을 지으며 물러났다.

그들의 등을 보며 공손설은 한숨을 내쉬었다. 이것으로 된 것이다.

'내가 하지 않겠다면 그들도 어쩔 수 없을 것이다. 차후에 사형께서 진정한 무공을 보이시면 모두 마음을 바꾸고 충심

으로 따르겠지.'

공손설의 상식과 생각으로는 그것이 당연했다. 음모의 중심에 말려들어 갔다 나오니 생각 이상으로 피곤했다. 그토록 격렬하게 비무를 해도 전혀 힘들지 않았던 것에 비하면 하늘과 땅의 차이가 있다.

공손설은 창밖에 떠 있는 달을 보며 빨리 소운을 만나고 싶다고 생각했다.

한편, 세 장로들은 공손설을 설득하지 못하고 물러난 후 다시 앞으로의 일에 대해 논의를 하고 있었다.

"이봐, 이장로. 말이 다르잖아."

"그걸 왜 나한테 뭐라고 하시오? 설마 공손 소저가 교주 자리에 관심이 없었을 거라고는 아무도 생각하지 않았지 않소?"

"그거야 그랬지. 출관을 하자마자 십장로와 비무를 하러 온 게 그냥 순수한 마음이었다니? 그걸 믿어야 할까?"

"믿든 안 믿든 그게 중요한 게 아니오. 지금 이 시점에서 중요한 건 그녀가 과연 정말로 교주를 할 건지 안 할 건지 하는 것 아니겠소?"

"그렇지. 그런데 그걸 모르겠단 말씀이야……."

전홍은 손가락으로 머리를 톡톡 두드리며 말했다. 사람의 마음속을 읽는 것은 그에게는 쉬운 일이었는데, 공손설의 속마음만큼은 알기가 어려웠다.

무공이 초절정이 되면 속마음을 숨기는 데에도 초절정이 되는 것인가… 전홍은 그렇게 생각하며 깊은 한숨을 내쉬었다.

톡톡톡.

"응? 삼장로, 할 말이 있나?"

무언교수가 신호를 보내자 두 사람은 일제히 그를 보았다.

평소에는 거의 먼저 의견을 내지 않는 그였다. 왜냐하면 의견을 내려면 수화로 일일이 설명을 해야 하는데 그게 싫기 때문이다. 그저 다른 사람의 의견에 찬성이나 반대만을 하는 게 편하다.

하지만 그런 만큼 의견을 내는 것은 정말로 중요하기 때문이다. 그때에는 두 사람 모두 무언교수의 의견에 따르는 것을 원칙으로 하고 있었다.

무언교수 갈웅은 손을 움직여 수화로 말했다.

[중요한 것은 공손 소저가 아니오. 십장로요.]

"잉?"

"아!"

무준이 의아한 표정을 지은데 비해 전홍은 곧바로 갈웅의 뜻을 알았는지 살짝 감탄사를 내뱉었다. 갈웅은 무준을 향해 다시 손을 움직이기 시작했다.

[그가 없으면 공손 소저가 교주를 할 것 같소? 안 할 것 같소?]

"오호, 그거야 하겠지? 안 한다고 해도 교를 위해서라고 무조건 밀어 붙이면 할 수밖에 없지."

[결국 그녀가 안 한다면 우리가 하면 되는 거요.]

이제는 무준도 갈웅이 말하고자 하는 바를 알게 되었다.

기호지세!

무언교수가 괜히 장로가 된 것이 아니다. 알고 보면 그는 형당을 맡고 있다. 지금 이 자리에서 가장 독하게 마음을 먹은 것은 결국 갈웅인 것이다.

이미 갈웅의 의도를 짐작했던 전홍은 다시 한 번 상황을 정리해서 확인하듯 물었다.

"그러니까 우리가 알아서 걸림돌을 제거하고 앞길을 닦자 이 말인가?"

[애초부터 그렇게 하기로 하지 않았소?]

"그거야 그랬지. 공손 소저가 직접 손을 쓰면 더할 나위 없지만, 만약 그게 거북하다면 우리가 손을 써도 상관은 없다고 생각했으니까."

[그럼, 그렇게 합시다.]

말은 쉽지만 사실 많이 다르다. 처음 계획대로 공손설이 자발적으로 소운을 비무로 이긴다면 확실한 명분이 생기는 셈이다. 하지만 공손설이 한 발 물러선 지금 그들이 나서는 것은 정말로 위험한 결심이라 할 수 있다.

무준 또한 심각한 얼굴로 고민을 하기 시작했다. 실제로는 자신이 가장 먼저 꺼낸 일이지만 생각보다 위험도가 높게 생겼다. 과연 이 일을 밀어붙여야 하는지 몇 번을 재고해도 지나치지 않다.

이미 확고하게 의사를 밝힌 갈웅은 다른 두 장로가 결정을 내릴 수 있도록 독촉하지 않았다. 길지 않은 시간 두 장로의 머릿속에 수많은 생각과 계산이 지나갔음은 서로 말하지 않아도 알 만한 바였다.

그리고 결론은 갈웅의 의도대로 났다.

세 사람 모두 일단 소운의 출신에 대해 불안감이 있었다. 하지만 실제로 그 부분보다는 각자의 감정과 이득이 이들의 결정을 이끌었다.

'십장로가 죽으면 굳이 활선문과의 약조를 지킬 필요가 없지. 일단 받은 금침법을 다 익힌 후 어떤 방법으로든 완전한 금침대법을 얻을 수 있을 거야.'

독심약왕은 최고의 의원이라는 이름이 다시 욕심이 났다. 물론 거래에 의해 나름의 이익을 얻었지만 그건 그거고 다른 방법이 생겼으니 이참에 명예도 챙겨보고 싶었다.

갈웅과 전홍의 생각은 또 달랐다. 이들이 노리는 것은 바로 천마신교의 권력이라 할 수 있다.

'공손 소저가 교주 자리에 관심이 없다는 건 오히려 좋은 일이 될 수 있다!'

'어차피 실무에 관해서는 우리들을 의지할 수밖에 없을 거란 말이지.'

충성의 대상인 혈장천마가 죽으니 이들의 생각도 모두 나름대로의 이익에 의한 것으로 바뀌는 모양이다.

각자의 계산이 모두 끝난 후 갈홍이 입을 열었다.

"교의 미래를 위해서라면 어느 정도의 위험은 감수해야 하지 않겠소?"

"옳은 말이오. 공손 소저가 의리와 정이 있다는 건 좋은 일이지. 생각해 보면 교주가 될 사람 손을 더럽히는 것보다 이 늙은이들이 나서는 게 순서라 할 수 있을 거요."

이미 생각을 끝낸 무준이 진지한 표정으로 맞장구를 쳤다. 결국 소운의 제거는 세 사람이 할 수밖에 없다는 결론이 다시 나왔다.

"역시 그 수밖에 없나? 하지만 이건 정말로 조심스럽게 해야 하지. 중간에 걸리면 반역자로 몰릴 수밖에 없거든."

전홍의 말에 갈웅의 손이 다시 움직였다.

[실패를 할 리가 없소. 아무리 십장로의 무공이 강해졌다

해도 우리 세 사람의 암중으로 손을 쓰는 것을 피하리라고는 생각지 못하겠소.]

"역시 그렇지?"

독심약왕 무준은 히죽 하고 웃었다. 삼대 일이고, 암중에 손을 쓴다면 실패는 없다. 그도 그렇게 판단했다.

"그런 삼장로의 의견 대로 하지. 일단 쌀을 익혀 밥으로 만든 다음에 누가 먹을지를 고민하는 게 좋겠어."

"그 비유는 원래 색마들이 여자를 겁탈하고 나서 쓰는 말이오. 비슷한 표현으로 나무를 깎아 배를 만든다고 있지요."

"쩝, 꼭 여기서 그걸 집고 넘어가야 하겠나? 그냥 대충 쓰자고."

세 사람은 서로 농담을 주고받으며 자신들이 충성 맹세를 했던 자를 암살할 계획을 짜기 시작했다.

第四章

일로불사(一路不死)

마고를 몰아내기 전까지 난 죽지 않는다!

說南斗延壽保爾時老君告天師曰
天八會之真文三洞三清之上
彙道元始天尊昔經歷于億萬劫天地始終

太上說南斗延壽保爾

安真經太上說南斗
此經乃九天八
興衰而人倫五運遷變萬彙

일로불사(一路不死)

마교를 몰아내기 전까지 난 죽지 않는다!
천마보다 강해질 때까지 난 끊임없이 싸운다

공손설은 무사히 은하장에 들어섰고, 은하장의 모든 사람들은 그녀를 반갑게 맞이하여 준비한 잔치를 크게 벌였다.

'급하게 먹는 밥이 체하는 법이지.'

이미 계획을 세워놓은 전홍은 조용히 며칠을 기다렸다. 그리고 날을 잡아 소운에게 독대를 청했다. 전홍의 방문을 받은 소운은 다과를 준비하여 권하며 이런 저런 안부를 물었다.

"그런데 별안간 조용히 할 이야기라니 무슨 일인지 궁금합니다."

사소한 잡담이 오간 후 소운이 먼저 용건을 묻자 전홍은 대답보다 오히려 질문을 했다.

"공손 소저에 대해 어떻게 생각하십니까?"

"음? 사매에게 무슨 일이라도 생긴 건가요?"

"그게 아니라 공손 소저의 처우에 대한 부분을 생각해 놓으신 것이 있으신지 알고 싶습니다."

전홍의 말은 확실히 이유가 있었다. 수석장로인 위치를 보더라도 이러한 일은 그가 말하지 않으면 딱히 꺼내기가 껄끄러울 수 있을 것이다.

소운은 과연 수석장로는 생각하는 것이 다르다는 표정을 지으며 입을 열었다.

"그러고 보니 사매에게도 적당한 직책과 권한이 필요하겠군요. 안 그래도 인력이 많이 모자라던 참이니까요. 혹시 고견이 있으신지요?"

"저는 공손 소저에게 외총단을 맡겼으면 합니다."

"흠."

소운은 더 설명해 보라는 듯 전홍을 바라보기 만했다.

'오호라, 역시 사이가 나쁘지 않은 모양이군.'

외총단은 십장로인 소운의 영역이라 할 수 있다. 다른 설명 없이 그것을 공손설에게 맡기라고 하는 데도 그다지 불쾌한 기색조차 없다. 이는 소운이 공손설을 전혀 경계하지 않는다는 짐작을 가능하게 했다.

"현재 우리 천마신교의 모든 힘은 이곳 외총단에 모여 있
습니다. 따라서……."

전홍은 자신이 구상한 내용에 대해 상세히 설명을 했다. 소
운도 그의 의견이 일리가 있다는 표정으로 연신 고개를 끄덕
였다.

"무황성을 내가 맡고 사매를 강남 외총단의 책임자로 보내
는 것은 장기적으로 볼 때는 충분히 좋은 일이라 생각합니다.
문제는 사매가 지금 바로 그 일을 하기에는 실무 경험이 전무
하다는 점인데 이것에 대한 대책은 무엇인지요?"

이것은 전홍이 노리던 바였다. 그는 속으로 쾌재를 부르며
겉으로는 진지한 표정을 유지하며 입을 열었다.

"십장로의 말대로 공손 소저가 지금 혼자서 강남의 외총단
을 이끄는 것은 불가합니다. 하지만 차일피일 미뤄서 좋을 일
도 아니니 부족하나마 제가 한동안 도움을 준다면 어떻겠습
니까?"

"하나, 그것은 수석장로의 입지에……."

소운은 전홍의 말을 반기면서도 미안한 표정을 감추지 못
했다. 전홍의 말대로 하면 이 일은 쉽게 해결된다고 볼 수 있
다. 하지만 개인적인 입장에서 이는 전홍에게 결코 좋은 일이
라 할 수 없어 주저하는 마음이 드는 듯했다.

전홍은 소운이 뭐라 더 말하기 전 단호한 태도로 입을 열

었다.

"저 개인의 권한이 크고 작아짐이 뭐 대단한 일이겠습니까? 지금 우리 모두는 교주의 유훈대로 한마음으로 움직일 때라고 생각합니다."

전홍의 말에 소운은 크게 마음이 움직인 듯 고마워하며 대답했다.

"수석 장로님의 의지가 그토록 굳건하시니 우리 신교의 홍복이 아닐 수 없습니다. 혹시 다른 의견이 더 있으신지요?"

"의견이라기보다는 청이 있습니다. 실제로 앞으로 어느 정도 기간에는 공손 소저가 실무에 도움이 되지는 못할 것입니다. 외총단의 일을 저 혼자 하는 것은 무리가 있으니 이장로인 갈웅을 동행하면 좋겠습니다."

"그건 가능합니다만 이장로가 허락할까요?"

"이미 여기 오기 전에 양해를 구했습니다. 이장로 또한 저와 뜻을 같이 하기로 했습니다."

"그렇군요. 좋습니다."

"그럼 제가 일단 장로 회의를 소집하여 모두의 앞에서 의견을 내도록 하겠습니다."

이 또한 전홍이 모든 짐을 지겠다는 것과 다름없었기에 소운은 더욱 고마워하는 표정을 지었다. 소운이 회의에 안건을 올리고 진행하는 것이 아니라, 수석 장로가 제안하는 형태가 될 것이다. 결국 소운은 자신의 권한 부분에서 이에 동의하는 것으로 모든 일이 순조롭게 진행될 수 있다.

다음날, 수석장로 백면살마 전홍은 정식으로 공손설에게 직위를 내려야 한다고 건의를 했다.

그 결과 장로회의가 열렸다.

백면살마 전홍은 그 자리에서 말했다.

"우리가 중원으로 들어온 이상 외총단의 중요성은 과거와는 다르오. 외총단은 더 이상 본교의 부속물이 아닌, 중추와도 같은 역할을 해야 할 것이오."

"그것 참 옳은 소리입니다."

마치 기다렸다는 듯 고목신군이 동의하자 다른 장로들도 반박을 하지 않았다. 하지만 그들 대부분은 속으로 생각했다.

'수석장로가 저런 발언을 하는 것은 십장로의 입김이 있었기 때문일 것이다. 십장로는 외총단의 힘을 강화할 생각인가? 우리는 중원으로 들어온 이후 많은 실권을 잃었다. 그 대부분은 외총단이 담당하고 있지. 그런데 또 무엇이 부족하단 말인가?'

장로들이 평소에 하던 일들은 내총단의 여러 활동들이다. 그런데 이렇게 중원으로 나오고 나니 할 일이 대폭 줄었다.

비록 소운이 그들에게 무공 비급을 주어 수련을 하게 한다고는 해도 장로들은 교에 대한 자신들의 영향력이 줄어드는 것을 별로 좋아하지 않았다.

그것은 수석장로도 마찬가지일 텐데? 그들은 의아한 시선으로 전홍을 보았다.

그런데 전홍은 그들이 염려했던 것과는 전혀 다른 말을 꺼냈다.

"그래서 본인은 외총단을 더 이상 십장로 한사람이 모두 관리하면 안 된다는 생각을 했소. 앞으로 외총단은 중원총단이라고 명칭을 바꾸고, 관리 또한 다른 장로들께서 분담하여 맡아주어야 할 것이오."

이것은? 사람들은 긴장한 시선으로 소운의 눈치를 보았다. 그러나 소운은 별로 기분 나쁜 표정이 아니었다. 그렇다면 이미 수석장로가 소운과 말을 맞추었다는 뜻이다.

경천마뇌가 조심스럽게 물었다.

"구체적으로 어떻게 하자는 말씀이십니까?"

"일단 십장로께서 이곳 은하장과 앞으로 건설되어질 무황성의 일을 전담하고, 공손 소저가 새로운 외총단주가 되는 것이 어떨까 하오."

팔장로인 천흉문사가 이의를 제기했다.

"과연 나쁘지 않은 의견이오. 하지만 공손 소저는 아직 조직 경영에 대한 경험이 부족한데 비밀거점이라 할 수 있는 외총단을 잘 운영할 수 있을지 걱정이 되는구려."

"그 부분에 대해서는 생각을 해본 바가 있소이다. 십장로
께서 허락을 해준다면 본 장로가 당분간 이곳 일을 정리하고
공손 소저를 도와 외총단의 일을 돕고 싶소이다."

소운은 잠시 천천히 고개를 끄덕였다.

"그럼 삼장로도 같이 가시오. 두 분께서는 손발이 맞으시
니 같이 일을 하시는 것이 좋겠소."

"감사합니다."

전홍이 인사를 하자 소운은 결정이 되었다는 듯 말했다.

"그럼 앞으로 이곳 일은 나와 사장로가 맡고, 강남의 외총
단은 강남총단이라고 개명하여 사매가 맡는 것으로 합시다.
두 분 장로께서는 사매를 도와주시오."

"그렇다면 이곳은 과거 내총단과 같이 업무 분담을 하게
되는 것입니까?"

"그렇소. 사장로가 전반적인 운영과 정보조직을, 오장로가
실전부대를 총괄하면 될 것이오. 육장로는 형당을 맡아 교내
의 규율이 흐트러지지 않게 하시오. 팔장로는 인근 문파들과
무인들을 포섭하는 임무를 맡아주셨으면 하오."

소운의 선언에 장로들은 고개를 끄덕였다. 원래 내총단에
서는 수석장로가 진이당을 맡아 교내의 제반 업무를 총괄했
었는데, 소운은 이번에 사장로인 경천마뇌에게 그 직위를 맡
긴 것이다. 이것은 장로들에게 있어 바람직한 일이라 할 수

있었다.

예외로 수석장로와 삼장로가 강남으로 가는 것은 어떻게 생각하면 좌천이라고 할 수 있지만 본인들은 납득한 표정이니 상관이 없다.

이제 이곳 은하장은 중원총단으로 불리게 될 것이다.

수석장로인 백면살마가 대표로 소운에게 포권을 취하며 대답했다.

"명을 받들어 외총단을 맡겠습니다."

"좋소. 그러면 가능한 한 빠르게 강남으로 내려가도록 하시오."

"알겠습니다."

그렇게 회의는 끝났다.

의도한 대로 백면살마는 무언교수와 함께 강남으로 가서 외총단을 관리하기로 결정이 났다. 그들은 곧 비밀리에 독심약왕을 만나 이 일에 대해 상의를 했다.

"계획대로군요."

"그렇지. 강남의 외총단은 원래 십장로의 안마당이라 할 수 있는데 그걸 우리가 넘겨받는 셈이니 말이야."

"흐흐흐, 그야 이를 말이겠소? 먼저 외총단을 장악하면 십장로의 힘은 완전히 사라진 것이나 마찬가지. 십장로를 제거하는 것은 그 뒤에 해도 늦지 않습니다."

"그건 순서겠지."

외총단은 소운의 영역이고 다른 사람들은 거의 알지 못하는 곳이다. 그런 만큼 소운을 제거하면 외총단을 장악할 때 무슨 일이 있을지 알 수 없다.

혹시라도 소운이 살아서 도망가는 사태가 벌어지면 그것 또한 큰일이다.

그러나 일단 외총단을 장악하면 소운은 완전히 발가벗겨진 것이나 다름없다. 그가 직접 관리하는 전투조직인 청운전병대는 알고 보면 다른 장로들의 입김이 더욱 강하지 않은가?

백면살마는 세심하게 주판알을 튕겨 계산을 해보고는 답을 얻었다.

독심약왕은 일이 뜻대로 되어가자 무척 기분 좋은 표정으로 말했다.

"서두를 필요는 없소. 내가 독혈진에 사용될 독물을 모으려면 다시 내단에 갔다 와야 하니 그 뒤에 일을 벌입시다."

"시기상으로 육 개월 쯤 뒤가 되겠군."

독혈진은 가장 완벽한 독진이다. 미리 준비된 해약이 없으면 내공을 거의 쓸 수 없게 되는데, 당한 사람은 그걸 모른다. 자신도 모르게 악화가 되는 것이다.

그들은 진지한 토의 끝에 소운을 제거할 때 공개적으로 자신들을 드러내면 안 된다는 것에 합의를 했다. 가능하면 적에게 불의의 사고를 당한 것으로 해야 한다.

전홍이 말했다.

"이장로가 준비를 끝내고 돌아오면 내가 수를 써서 십장로를 강남으로 부르겠소. 그때 중간에 손을 쓰면 다른 자들은 모두 무림맹의 짓으로 생각할 것이오."

"그걸로 계획은 완벽합니다."

전홍은 만족한 듯 얼굴에 웃음을 띠었다.

"십장로는 모든 것을 손에 넣은 기분에 자신의 주머니를 털었지. 하지만 그게 얼마나 큰 착각인지는 육 개월 뒤에 나타날 것이오."

그들은 의미심장한 미소를 서로 교환하며 자리에서 일어났다.

일주일 뒤, 백면살마와 무언교수는 은하장을 떠났다.

공손설은 이곳에서 조금 더 있으면서 사장로인 경천마뇌에게 이런 저런 교육을 받아야 했다. 그 뒤에는 신분을 감추고 강남의 각 지역을 돌아다니면서 중원의 실정을 눈으로 살피기로 예정되어 있었다.

그사이 두 장로가 외총단으로 먼저 가서 조직을 정비하고 공손설을 맞이할 준비를 하는 것이다.

비밀리에 움직여야 했기 때문에 많은 수하들을 데리고 갈

수는 없었다. 하지만 소운의 배려로 특별히 이십 명의 수라혈살대 대원들이 그들을 따르기로 했다.

남은 다섯 명의 장로들은 더욱 바쁘게 일을 해야 했다. 무언교수는 그렇다 치고 백면살마가 떠난 빈자리는 정말로 컸다. 그동안 은하장의 운영을 거의 백면살마가 했었다.

경천마뇌는 무황성의 일을 맡고 있었는데 은하장의 일까지 늘어나니 일이 세 배나 많아진 셈이다.

고목신군은 물론이고 혈해광투도 더 이상 게으름을 피울 수 없게 되었다. 팔장로 천흉문사가 약간 여유가 있어 경천마뇌를 도왔지만 그는 원래 행정 쪽 업무는 별로 뛰어나지 못했다. 말이 문사지 실제로는 겉멋만 든 돈 독 오른 무인일 뿐이다.

얼마나 바쁜지 그들은 더 이상 불평을 할 수도 없게 되었다. 그래도 그들은 열심히 일을 했다. 권한이 많아지면 바빠지는 것은 당연한 일이다. 시간이 지나 안정이 되면 다시 여유가 생길 것은 확실하다.

한편 독심약왕은 한참 그의 비밀거처를 정리하고 신강으로 돌아갈 준비를 하고 있었다. 그런데 누군가가 그를 찾아왔다.

"독심약왕, 이런 곳에 있었군."

"오잉? 네놈은 누구냐? 처음 보는 놈인데……."

독심약왕은 인상을 찡그리며 물었다. 겉으로는 익살스러운 표정을 짓고 이상한 영감처럼 말을 했지만 속으로는 크게 경계를 하며 비밀리에 내공을 모았다.

누굴까? 만만한 놈은 아니다. 어떻게 내가 여기 있다는 것을 알았지? 의혹이 구름처럼 일어났지만 지금 중요한 것은 상대가 적이냐 아니냐는 것이다.

나타난 자는 검은 철립을 얼굴 깊숙이 눌러쓴 자였는데 드러난 턱선이 고집스럽게 생겼다. 체구는 크지도 작지도 않았고, 근육질도 아니었다. 하지만 몸에서 뿜어내는 기세는 그가 무서운 고수라는 것을 알려주고 있었다.

갑자기 나타난 남자는 냉막하게 웃으며 말했다.

"곧 죽을 놈에게 이름을 알려 줄 필요는 없지. 마교 놈들은 모두 내 손에 죽는다!"

창!

그가 검을 뽑자 날카로운 검기가 하늘의 구름을 찢을 듯 솟아올랐다. 이건 또 검을 뽑기 전과는 전혀 다른 느낌이었다. 적어도 그냥 서 있을 때보다 세 배는 강해 보였다.

독심약왕은 대경하여 욕설을 내뱉으며 급히 독문병기인 약왕쌍척을 들었다. 상대는 이미 공격해 들어오고 있었다.

"버릇없는 놈!"

"마교의 악적에게 차릴 예의는 없다!"

카카캉!

"크윽!"

한 번의 공방에 독심약왕은 큰 손해를 봤다. 분명히 쌍척으로 상대의 검을 막았는데 쌍척이 튕겼다. 그리고 어느새 왼쪽 다리에 긴 검상이 났다.

"이놈, 이미 싸울 준비를 단단히 하고 왔구나!"

이건 기습이나 마찬가지이다. 상대는 이미 전신의 기를 충분히 살려 최고조의 상태로 온 것이다. 반면 독심약왕은 새벽 운기행공에 상당한 기를 소모했기에 아직 전력을 다 할 수 없었다.

독심약왕은 이를 악물고 양손의 쌍척에 진기를 주입했다. 그리고는 두 개의 강척을 합쳐 커다란 강철의 몽둥이처럼 만들어 단숨에 내려쳤다.

위잉!

중병기가 바람을 가르는 소리와 함께 쌍척은 벼락처럼 상대의 머리 위로 내리쳐 졌다. 동시에 독심약왕의 신발 밑바닥에서 하나의 바늘이 소리없이 날았다. 아무도 모르는 비장의 한 수를 펼친 것이다.

그런데 상대는 독심약왕이 암기를 발출하는 순간 그것을 알아챘다.

“흥, 암기인가?”

그 순간 상대의 검으로부터 푸른 검강이 일어나 독심약왕의 쌍척을 나무막대기처럼 가볍게 잘라 버렸다.

“검강!”

독심약왕은 기겁하여 쌍척의 남은 부분을 던지며 즉시 뒤로 물러났다. 이미 싸울 마음은 추호도 남지 않았다. 놀랍게도 상대는 초절정고수였던 것이다.

그러나 이미 늦었다. 독심약왕은 땅에 착지하기도 전에 발목에 따끔한 느낌을 받았다.

“크윽, 내 독침을!”

“호신강기로 튕겼지.”

철립인은 친절하게 대답을 해주며 그대로 앞으로 뛰어들어 독심약왕의 독에 중독된 발목을 잘랐다. 그리고 다시 손가락으로 지풍을 뻗어 그를 제압했다.

즉효성 극독에 당한 독심약왕은 그 상태로도 죽을 가능성이 구할도 넘을 테지만 상대는 쉽게 죽일 마음이 없는 듯했다.

“크으으.”

독심약왕은 분함에 이를 갈았다. 아무리 초절정고수라 하더라도 이렇게 쉽게 제압을 당할 수는 없다. 하지만 상대가 실력을 숨긴 데다가 기습까지 했기에 허무하게 꺾였다. 실로 초절정고수가 할 만한 짓은 아니다.

그러나 상대는 그런 심정을 전혀 알아주지 않고 천천히 독심약왕의 품속을 뒤져 그가 가진 모든 것을 꺼냈다. 그리고는 독심약왕을 들어 어깨에 들쳐 메면서 중얼거렸다.

"이 정도 검기를 흘렸으니 아무래도 날파리가 끼일 수 있지. 일단 자리를 옮기는 게 좋겠군."

그는 즉시 경공을 펼쳐 그곳에서 자취를 감췄다.

그렇게 독심약왕은 아무도 모르게 제거되었다. 바로 일로마협으로 분한 소운에 의해서. 소운은 그런 일을 한 다음에도 여느 때와 같이 업무를 보았다.

사실 백면살마 전홍이 소운에게 공손설을 강남으로 보내자고 건의한 날, 소운은 그것을 흔쾌히 승낙했다. 그렇게 전날 말을 맞추었기에 다음 날 회의가 순조롭게 진행될 수 있었다.

그러나 소운은 전홍이 돌아간 후 조용히 공손설을 찾아 물었다.

"사매, 혹시 이장로가 그대를 찾지 않았어?"

"네? 아… 맞아요."

공손설은 약간 망설이다 대답을 했다. 그녀는 이 사실을 말하지 않으려 했지만 소운이 와서 물어보니 거짓말을 할 수도 없었다.

소운은 공손설의 반응에 한숨을 쉬며 말했다.

"그럼, 수석장로와 삼장로도 같이 있었겠군. 그들이 사매보고 교주를 하라고 했을 테고."

"어떻게 아셨어요?"

"뻔하잖아. 내단에서 이장로가 사라졌다는 보고를 받은 뒤에 난 진지하게 그자가 무슨 생각으로 움직일까를 생각했지. 결론은 하나, 사매의 성취를 안 이장로가 수석장로를 찾아온 것이 아닐까 해."

"하아, 사형께서는 모든 것을 꿰뚫어 보고 계시는군요."

공손설은 어쩔 수 없이 시인을 했다. 그러면서 마음속으로 세 장로의 아둔함을 탓했다. 그들은 정말 바보들이다. 어떻게 사형을 배반할 생각을 했을까?

소운은 고개를 끄덕이며 중얼거렸다.

"아무래도 그들은 나를 인정하고 싶지 않는 듯하군."

"하지만 저는 이미 거절을 했어요. 그들은 포기할 수밖에 없을 거예요."

소운은 잠시 그녀를 보았다. 그리고는 한숨을 쉬며 말했다.

"오늘 수석장로가 와서 사매에게 강남을 맡기자고 말하더군."

“그건…….”

“그리고 그와 삼장로가 사매를 따라가서 일을 돕겠다고 말
하는 거야.”

“아! 그들은 아직 포기를 하지 않았군요.”

공손설은 바보가 아니다. 오히려 타의 추종을 불허할 만큼
머리가 좋다고 할 수 있다. 소운의 말을 듣자 그녀는 바로 알
수 있었다.

소운은 차갑게 말했다.

“사매가 거절을 해도 소용이 없어. 원래 한 가문에서 조직,
혹은 왕위의 후계자 자리를 둘러싼 다툼은 모두 비슷하지.
즉, 이쪽 후계자가 마음이 있든 없든 경쟁자를 모두 제거하면
끝나는 거야. 남은 한 사람이 무조건 차대 계승자가 되는 거
지.”

“그렇군요.”

“미안. 사매의 마음을 모르는 건 아니지만…….”

“아니요. 사형이 옳아요.”

피의 법칙은 비정하다. 공손설도 천마신교의 여인. 그 점
에 대해서는 잘 알고 있었다.

소운은 그녀에게 고백하듯 말했다.

“이번 일이 결정되면 강남으로 그들이 떠나게 될 거야. 그
러면 그들은 도중에 일로마협을 만나게 되겠지.”

원래 세 장로들은 소운을 강남으로 유인하여 제거하려 했다. 그런데 소운은 그보다 무려 반년이나 빠르게 그들을 강남으로 가는 길목에서 제거하기로 결심했다.

그렇게 그들의 운명은 결정되었다.

*　　　　*　　　　*

얼마 안 가 독심약왕의 시체가 발견되었다. 소운이 예상한 대로 그들이 싸운 기세를 천마신교의 무리들이 느꼈고, 그들은 사당에서 그 흔적을 찾았다. 그곳엔 최소한의 절정고수들이 목숨을 걸고 싸운 듯한 흔적이 있었다.

천마신교도들은 즉시 수색대를 편성하여 일대를 뒤졌다. 그 결과 인근의 동굴에서 독심약왕의 시체가 발견된 것이다.

소운은 이 일에 대해 남은 장로들과 상의를 했다. 독심약왕이 이곳에 온 이유가 무엇인지 알아야 했다.

경천마뇌가 조심스럽게 자신이 알고 있는 일에 대해 말을 꺼냈다. 그는 천마신교의 정보조직을 담당하고 있기에 독심약왕이 내단을 떠난 사실을 눈치 채고 있었다.

소운은 금시초문이라는 듯이 되물었다.

"허, 그럼 이장로가 사매를 좇아 중원에 들어왔단 말이오?"

"그렇습니다. 이유는 알 수 없지만 거의 확실합니다."

소운은 경천마뇌와의 대화를 통해 그가 아직 공손설의 경지에 대해서는 모르고 있다는 것을 알았다. 하기야 그걸 알 수 있는 방법은 없다.

독심약왕에게 들은 바로는 공손설의 경지를 직접 본 사람은 칠장로뿐이고, 나중에 그 사실을 들은 사람은 구장로와 독심약왕 두 사람밖에 없다고 했다.

수석장로 백면살마와 삼장로 무언교수가 다시 독심약왕에게 그 일에 대해 들었으니, 지금 살아 있는 사람 중에 공손설의 경지를 알고 있는 자는 칠장로 은발월희, 구장로 은엽어림, 수석장로 백면살마, 삼장로 무언교수, 그리고 소운뿐인 셈이다.

"분명히 무슨 이유가 있을 것이오."

소운은 시치미를 딱 떼고 물었다. 그러면서 주의를 기울여 경천마뇌의 기색을 살폈다. 무엇인가 알고 있다면 틀림없이 눈동자가 움직일 것이다.

아무리 그가 심기가 깊어도 소운을 속일 수는 없다. 소운은 무공만 초절정이 아니라 심계도 거의 같은 수준에 달해 있다.

경천마뇌는 고개를 저으며 말했다.

"지금 그것을 전력으로 알아보는 중입니다."

"우선 내단에 사람을 보내 다른 두 장로들에게 물어보시오."

"알겠습니다."

아마 두 장로는 절대로 사실을 말하지 않을 것이다. 왜냐하면 이걸 묻는 사람이 바로 소운이기 때문이다.

"이장로가 잠행으로 중원에 온 것은 그렇다 치고, 누가 이장로를 죽였는지도 알아야 하오."

소운은 차갑게 말했다. 장로급이 죽으면 필히 흉수를 찾아 복수를 해주어야 한다. 그래야 교의 명예가 유지된다.

천흉문사가 조심스럽게 말을 꺼냈다.

"이장로가 싸운 사당을 살펴보니 그가 이미 상당히 전부터 그곳에 있었음을 알 수 있었습니다."

"그렇다면?"

"이장로가 그곳에 보름이나 혼자 있을 리는 없습니다. 아무래도 은하장의 누군가와 연락을 주고받았을 것입니다."

소운은 미간을 찡그리며 사람들에게 물었다.

"이곳에 이장로와 연락한 사람이 있소? 추궁하지 않을 테니 솔직히 답해주시오."

"……."

아무도 대답하지 않자 경천마뇌가 말했다.

"이장로는 수석장로나 삼장로를 만났을 것입니다. 아니면 둘 다 만났는지도 모릅니다. 그분들 세 명은 원래부터 친했지요."

“수석장로와 삼장로가… 하지만 그들은 이미 이곳에 없소.”

“사태가 심상치 않습니다. 수석장로와 삼장로가 떠나자마자 숨어 있던 이장로가 죽은 것은 틀림없이 무슨 연관이 있을 것입니다.”

‘물론 연관이 있지. 젠장, 사장로는 너무 예리해서 탈이군.’

소운은 속으로 식은땀을 흘렸다. 그러면서도 겉으로는 태연하게 경천마뇌에게 반문했다.

“사장로의 고견을 듣고 싶소.”

경천마뇌는 살짝 고개를 기울이며 가능한 가정을 제시했다.

“둘 중 하나입니다. 우선 본교에 적대하는 흉수가 독심약왕을 몰래 쫓아다니며 이곳 은하장의 빈틈을 노리다가 수석장로와 삼장로가 떠난 것을 알고 우선 독심약왕을 제거한 후 그들을 쫓는 것.”

“또 하나는?”

소운이 묻자 경천마뇌는 약간 망설이는 표정을 지으며 잠시 입을 다물었다. 그러다가 소운이 눈빛으로 재촉하자 마침내 생각했던 것을 입 밖으로 꺼냈다.

“수석장로와 삼장로가 이장로를 제거한 것입니다.”

"그럴 리 없소!"

소운은 크게 외쳤다. 장로끼리 암습을 해서 제거를 하다니? 있을 수 없는 일이라는 표정이었다.

"저도 그럴 리는 없다고 생각합니다만 까마귀 날자 배 떨어진다고, 이장로의 죽음이 그들 둘과 연관이 없다고는 생각할 수 없습니다."

"그렇다면 공손 소저는 이 일과 관련이 없겠습니까?"

듣고 있던 고목신군이 물었다.

"그건 내가 사매에게 물어보겠소."

소운이 대답하자 경천마뇌가 다시 말했다.

"흉수가 노리는 사람 중에 공손 소저도 포함되어 있을 가능성이 큽니다."

"으음, 지금 사매가 외부로 나가면 위험할지도 모르겠군."

소운은 한숨을 내쉬며 중얼거렸다. 상황이 심각한데, 진실을 알 수 없어 답답하기 그지없다는 눈치였다.

다른 장로들도 거의 비슷한 기분이었기에 묵묵히 입을 다물고 나름대로 머리를 굴렸다. 그러나 그들이 알고 있는 것은 한계가 있고, 그것만으로는 어떤 추리도 하기 힘들었다.

어느 정도 시간이 흐른 뒤, 소운은 결심을 한 듯이 말했다.

"일단 수석장로와 삼장로를 불러들여 이 일에 대해 물어야겠소."

"제 생각도 그렇습니다."

사람들의 의견이 수석장로의 소환으로 귀결되자 소운은 알았다는 듯 말했다.

"아무래도 내가 직접 강남으로 내려가 보아야겠구려."

"그건 위험합니다. 흉수가 수석장로와 삼장로, 혹은 공손 소저를 노리고 있다면 아마 십장로님도 노릴 것입니다."

"흥, 본인은 두렵지 않소. 오히려 그자가 본인의 앞에 모습을 드러냈으면 좋겠소."

"다시 한 번 재고해 보심이 좋을 듯합니다. 만약 가신다고 하면 수라혈살대 전원과 동행해야 할 것입니다."

"수라혈살대 전원과 동행을 하면 그건 행진이지 잠행이 아니오. 본인은 혼자 가겠소."

소운은 고집을 피웠다. 그러나 다른 장로들은 그런 소운을 말려야 했다. 어쨌거나 충성을 맹세한 대상이 아닌가? 지금 소운이 혼자 강호에 나갔다가 죽으면 차대 교주 문제는 아주 복잡해진다.

한참 논의 끝에 결국 소운은 수라혈살대 이십 명과 동행을 하기로 했다. 최악의 경우라도 그들이 뒤를 막으면 소운은 살아서 빠져나올 수 있으리라 장로들은 생각했다.

그리고 일단 외총단으로 가서 그곳 사람들을 동원하여 두 장로를 찾는 것으로 계획이 세워졌다.

그사이 다른 장로들은 이곳의 일에 차질이 없도록 고생해 가며 일을 해야 할 것이다.

그렇게 소운은 떠났다. 대외적으로는 두 장로를 찾으러 가는 것이지만 사실은 제거하려는 것이 그의 목적인 것을 아무도 짐작할 수 없었다.

*　　　*　　　*

소운은 밤잠을 아끼며 이동했다. 백면살마와 무언교수를 따라잡아야 하기 때문에 쉴 틈이 없었다.

그의 뒤를 따르는 수라혈살대는 이런 강행군에 익숙한 듯 묵묵히 그를 따랐다. 처음에는 숲을 따라 이동하다가 장강의 줄기에 닿자 배편을 이용했다.

이십여 명의 무림인이 같이 움직이는 것은 의심을 받기에 충분하지만 소운은 오히려 의심을 할 테면 해보라는 식으로 당당하게 큰 배를 빌렸다. 그리고는 외총단이 만들어놓은 남경의 무학관 관장의 행세를 했다.

같이 배를 탄 사람들은 무학관의 관장과 관원들이 동행을 하니 어설픈 수적들은 넘볼 수 없게 되었다고 좋아했다.

그렇게 보름을 이동하니 절강의 경계선을 넘을 수 있었다. 이제 일주일 정도면 목적지에 도착할 것이다.

반쪽 달이 빛나는 밤이다. 소운은 선상에서 한잔의 술을 마시며 강의 흐름을 보다가 중얼거렸다.

"이제는 때가 되었군."

빠져나가려면 지금밖에는 없다. 그렇게 생각한 소운은 몸을 일으켜 자신의 방으로 들어갔다.

옆방에는 그를 호위하는 수라혈살대의 대원 열 명이 있다. 그들의 눈을 피해 혼자 몸을 빼려면 육지에서는 무리라 할 수 있다. 그래서 소운은 수로를 택했다.

소운은 침상 아래쪽으로 기어들어 가 손에 기를 담고 바닥을 둥그렇게 그었다.

스윽, 하는 소리와 함께 바닥에 사람 하나가 들어갈 만한 구멍이 뚫리자 그는 소리 없이 아래로 내려갔다. 그곳은 배의 가장 밑바닥이었는데, 몇 가지 짐이 쌓여 있을 뿐 사람은 없었다.

"이걸 손보면 되겠지."

소운이 택한 것은 바로 배의 용골이었다. 사람으로 말하면 척추 뼈와 같은 배의 중심 뼈대로, 가장 단단한 나무로 되어 있다.

하지만 소운이 용골을 손으로 잡고 힘을 한 번 쓰자 용골은 부득, 하는 소리와 함께 수수깡처럼 부러져 버렸다.

소운은 그걸로 그치지 않고 주변에 지공을 날려 몇 개의 구멍을 뚫었다. 그리고는 몸에 물이 튀지 않게 바로 몸을 날려 자신의 방으로 올라가 버렸다.

곧 우드득 하는 소리와 함께 배가 기묘하게 기울었다. 밖에서 누군가가 크게 외치는 소리가 들렸다.

"배 아래가 이상하다! 물이 새고 있어!"

"어엇, 갑판이?"

부드드드득.

일단 물이 바닥에 고이자 부러진 용골 부분이 압력을 감당하지 못하고 완전히 부러져 버린 모양이다. 그것은 바로 배가 두 동강 난다는 것을 의미한다.

"공자님, 배가 부서집니다!"

수라혈살대 대원 중 한 명이 문 밖에서 외쳤다. 소운은 일부러 바쁘게 움직이는 기척을 내면서 크게 외쳤다.

"즉시 탈출 준비를 해라! 무엇보다 물속에서의 습격에 주의를 하도록."

"옛!"

명령을 받은 대원들은 수중전에 대비하여 무거운 것을 몸에서 떼어놓고 몸의 온기를 보호할 수 있는 가죽옷을 입었다.

그사이 배는 완전히 두 동강이 나서 강 속으로 가라앉기 시작했다.

수부들이 비상용 쪽배에 타고 물에 빠진 사람들을 구하느

라 난리를 치는 사이 수라혈살대들은 물 속으로 뛰어들어 가
배를 부순 자가 어디 있는지를 살폈다. 그러나 의심스러운 자
나 그들을 습격하려는 자도 전혀 없었다.

그리고 어느 정도 사태가 안정되어 강가로 대부분의 사람
들이 나왔을 무렵, 수라혈살대 대원들은 소운이 사라졌다는
것을 알았다.

"어떻게 할까요?"

소운이 사라진 이상 선임자가 지휘권을 가진다. 대원들은
그들의 선임자에게 의견을 물었다. 선임자는 잠시 고민하다
가 어쩔 수 없다는 듯 말했다.

"인근 마을의 여관에서 대기를 한다. 보름 안으로 외총단
사람들이 우리를 찾으러 올 것이다."

그가 그렇게 장담하는 것은 며칠 전 소운과의 대화 때문이
다.

그는 그날 임무를 위해 외총단의 위치를 알아두는 것이 편
하겠다고 생각하고 소운을 찾았다.

"장로님, 우리는 외총단의 위치가 남경이라는 것은 알지만 정
확한 위치나 접선 방법을 모릅니다. 만약을 위해서 그걸 저희에게
알려주시면 안 되겠습니까?"

"안 된다."

“예.”

소운이 거절하자 그는 더 이상 말을 하지 않았다. 외총단의 위치나 접선 방법은 극비에 해당하는 것이니만큼 그들이 윗사람인 소운에게 강요를 할 수는 없다.

그런데 소운은 잠시 생각을 하더니 다시 말을 했다.

“만약의 경우에는 모두 신분을 감춘 채 적당한 여관에서 대기를 해라. 절대 섣불리 움직이면 안 된다. 그러면 보름 안으로 사람이 찾아갈 것이다.”

“알겠습니다.”

“이걸 가지고 있어라.”

소운은 반쪽짜리 동전을 하나 꺼냈다.

“찾아온 자는 그것에 맞는 동전을 가지고 있을 것이다. 하지만 여기서 중요한 것은 동전을 반대로 대야 딱 맞는다는 점이다. 앞면과 뒷면이 거꾸로 일 때 바로 맞아야지, 앞면에 앞면을 대면 맞지 않는다. 그런 자가 있으면 사람이 바뀐 것이니 즉시 제압해서 처리하고 알아서 살아남아야 한다.”

“반대로 대면 맞는 동전이군요. 명심하겠습니다.”

그는 과연 외총단의 일 처리는 빈틈이 없다고 속으로 감탄했다.

어디에 숨던지 보름 안에 찾아낼 수 있다는 것은 그들이 이미 강남 전역에 퍼져 있다는 것을 뜻한다.

그리고 동전으로 사람을 확인하되 거꾸로 대야 맞는다면 만약 적이 연결자를 잡아 동전을 빼앗는다고 해도 이 비밀을 모르는 이상 들통이 날 것이다.

"그런데 십장로님은 어디로 사라지신걸까요?"

대원 중 한 명이 물었다. 배 위에서 갑자기 사라지는 일은 있을 수 없다. 배를 타고 가든 헤엄을 치고 가든 수라혈살대 대원들의 눈을 피할 수는 없는 것이다.

선임자도 그 부분을 잘 이해할 수 없었다. 그의 생각으로도 소운이 고의든 타의든 이렇게 감쪽같이 자취를 감출 수 있는 방법은 없었다.

순간 그의 머릿속에 하나의 생각이 떠올랐다.

'십장로님은 배를 가라앉힌 흉수를 좇아가셨을지도 모르겠군.'

멀쩡하던 배가 갑자기 부서진 것은 결코 우연이라고 볼 수는 없다. 소란의 와중에 십장로는 그를 발견하고 은밀하게 좇고 있는 듯했다.

하지만 추측은 어디까지나 추측일 뿐이다. 그는 고개를 저으면서 말했다.

"모른다. 어쨌든 간에 지금은 대기하고 나중에 십장로님을 만나 직접 물어본다."

"알겠습니다."

그렇게 수라혈살대 대원들은 여관에서 조용히 외총단 사람들을 기다리게 되었다.

*　　　*　　　*

소운은 바람을 가르고 빠르게 숲을 지나고 있었다.

배가 부서질 때, 그는 강 위를 달렸다. 수라혈살대 대원들이 물속에 들어갔다 나온 사이 소운은 이미 강을 다 건넌 것이다.

수상비행의 경지는 보통 초절정의 고수가 아니면 힘들어 경공이 극히 뛰어난 절정고수라 해도 강을 뛰어서 건너지는 못한다.

한참을 달린 소운은 마을로 들어섰다. 그때에는 이미 다른 칠형면구를 사용하여 전혀 다른 얼굴과 체격으로 변해 있었다.

그곳에서 소운은 물건과 돈을 맡기는 전장을 찾아 '육통'

이라는 이름으로 하나의 보따리를 찾았다. 보따리 안에는 서문량이 소운에게 보내는 서신과 함께 그가 원하는 정보가 상세히 적힌 책자가 있었다.

소운은 그걸 보고 아직 수석장로와 삼장로가 이곳을 지나지 않았다는 것을 알았다. 수로를 이용하여 그들을 앞지른 셈이다.

"그럼 일을 벌일 장소로는 여기 남화림이 좋겠군."

소운은 그들이 지날 예상 경로를 살펴 하나의 숲을 정했다. 제법 큰 삼림지대라 큰 싸움이 나도 목격자가 있을 가능성이 거의 전무한 좋은 장소였다.

다음날, 남화림으로 들어선 소운은 숲 한가운데에 자리를 잡고 명상에 잠겼다. 가부좌를 틀고 눈을 지그시 감은 채 귀로는 숲이 숨을 쉬는 소리를 듣고 몸으로는 풀의 새싹이 돋아나며 움직이는 흙을 느꼈다.

기를 사방으로 퍼트리니 그 자신이 하나의 숲이 된 듯 숲 전체의 기운을 느낄 수 있었다.

이것이 바로 소운이 요 근래 깨닫기 시작한 심전검의 묘용이다. 심극검에 대정태극의 이론을 합하여 새롭게 보완한 그 자신만의 검리.

그것은 자신의 기를 다른 기운에 전해 동화를 하는 것.

남을 끌어들이지도 않고 흡수하지도 않는다. 그렇다고 해서 변화시키려 하지도 않는다.

나도 변하지 않고 상대도 그대로인데 서로 합쳐져 하나가 된다. 음과 양이 상극이나 마침내 하나로 섞이는 것처럼.

동화의 묘리. 그것은 바로 천지합일과 통하는 점이 있었다. 이걸 깨달은 이후로 소운의 감각은 몇 배나 확대되었다.

단순히 감각이 예민해지는 것이 아니라 인간의 한계를 벗어난다고 할까? 느끼는 것이 아니라 살피는 경지에 도달했다.

소운은 점차 숲과 동화되기 시작했다. 그러면서 소운은 또 한 가지를 깨달았다.

'이렇게 되면 기문진 따위에는 전혀 현혹이 되지 않겠는걸? 이 지역에서 나의 감각을 속이는 것은 불가능하다. 일부분을 속이려 해도 전체를 한번에 보면 모순이 드러나니까.'

재미있는 생각이다. 과연 최고의 절진에도 현혹되지 않는 것일까? 소운은 이번 일이 끝난 이후 시험을 해봐야겠다고 생각했다.

그러던 중, 소운은 그의 감각 영역에 일단의 사람들이 들어왔다는 것을 깨달았다. 눈으로 본 것처럼 그들의 모습이 생생하게 느껴졌다. 두 장로와 그들이 데리고 간 수하들이다.

"왔군."

소운은 천천히 몸을 일으켜 준비를 시작했다.

*　　　*　　　*

"오늘은 이곳에서 노숙을 하도록 한다."

백면살마 전홍은 공터가 나타나자 걸음을 멈추며 말했다.
하루 종일 빽빽한 숲의 나무를 헤치고 걸어온 그들이었기에
쉴 수 있을 만한 공터는 정말로 반가운 존재였다.

수하 중 두 명이 물을 뜨러 가고, 다른 자들은 불을 피웠다.
그사이 전홍은 무언교수 갈웅과 앉아 술과 말린 고기를 꺼냈
다.

"정말 이제는 나이가 들어 이 짓도 못해 먹겠군."

전홍은 웃으면서 말했다. 사람들의 눈을 피하며 이동을 하
느라 여관에 머물지 않고 노숙을 계속하니 심신이 별로 편하
지 못했다.

장로의 신분으로 편한 숙소에서 머물고 맛있는 것만 먹다
가 말린 고기 위주의 식사를 하니 위장이 별로 호의적인 반응
을 보이지도 않는다.

물론 내공의 힘으로 배탈이 나지는 않지만 맛이 없는 것은
없는 것이다. 무공의 고수라고 해도 스스로의 혓바닥 감각만
큼은 속일 수 없다.

갈웅도 씁쓸하게 웃으며 툭툭 하고 바닥을 두 번 두드렸다. 동의의 신호이다.

"그러고 보니 이런 잠행은 그때 이후 처음이군. 앞으로는 웬만하면 이런 일을 하지 말도록 하세."

툭툭.

그들은 말린 고기와 술을 마시며 그렇게 한담을 나누었다. 그사이 밑의 수하들은 야영을 할 모든 준비를 끝냈다. 아랫사람들은 신세 한탄할 시간도 없는 것이다.

그때였다. 숲 안쪽에서 칼이 부딪치는 소리와 함께 살기가 피어올랐다. 보통사람은 알아차리기 힘들 정도로 작은 소리였지만 여기 있는 사람들에게는 천둥소리처럼 크게 들렸다.

방향은? 바람이 불어오는 방향이다.

"음, 좋지 않군."

백면살마 전흥은 작게 중얼거리며 손가락으로 수하 중 두 명에게 가보라는 표식을 보냈다. 강호의 법규상 남의 일에 함부로 관여하는 것은 좋지 않으나 야영지 근처에서 어떤 일이 벌어지고 있는지는 알아둘 필요가 있는 것이다.

잠행에 능한 두 명의 수하가 어둠 속으로 사라졌다. 그런데 일각이 지나도 그들은 돌아오지 않았다. 보통 단거리 탐색을 보내면 일각 안으로 한 사람이 돌아와 보고를 하거나 신호라도 보내게 되어 있다.

전홍은 살짝 얼굴을 찡그렸다. 하지만 그는 천하의 수라혈 살대가 둘이나 갔는데 무슨 일이 일어났을 거라고는 생각지 않았다. 오히려 그들이 시간과 거리 계산을 잘못하여 늦는 것 이라고 판단했다.

"크흠, 사소한 규칙일수록 잘 지켜야 한다고 그렇게 말했 건만……."

전홍은 혀를 차며 중얼거렸다. 그런데 그때, 숲 안쪽으로부 터 찢어질 듯한 단말마의 비명소리가 울려 퍼졌다.

아아아악!

사람들은 일제히 벌떡 일어나 서로를 보았다. 비명소리는 분명히 그들의 동료의 목소리였다.

"저희들이 가보겠습니다."

"아니, 모두 여기 대기하라. 나와 삼장로가 직접 가겠다."

두 명이 순식간에 당했을 정도면 열여덟 명도 힘들다. 전홍 은 그렇게 생각하며 직접 몸을 움직였다. 그의 뒤로 무언교수 갈웅이 조용히 따랐다.

기척을 숨기지도 않고 있는 대로 기세를 끌어올리며 그들 은 달렸다. 비명이 들린 방향을 향해 일직선으로 나아가니 중 간 중간 혈흔이 보였다. 하지만 사람의 기척은 전혀 없었다.

생각보다 심각하다. 보이지 않는 적이 은밀하고도 용의주 도하게 일을 꾸몄음이 틀림없다.

'이건 우리를 노린 거다.'

전홍이 그렇게 생각할 때 갈웅이 뒤에서 손뼉을 쳤다. 되돌아갈 시간이라는 소리다.

전홍은 망설임 없이 몸을 돌렸다. 흉수가 누군지는 몰라도 자신들을 노린 것이라면 조금이라도 빨리 숲을 벗어나야 한다. 아직 천라지망이 쳐진 것 같지는 않으니 전력으로 안전한 곳까지 빠져나가는 게 옳다.

휘익, 획!

돌아가는 길은 더욱 빨랐다. 그들은 거의 정확하게 일각 만에 처음 장소로 돌아왔다. 전홍이 평소 주장했던 대로 작은 규칙도 습관적으로 지키는 것이다.

그러나 그들이 돌아왔을 때 이미 그곳은 변해 있었다. 열여덟 명의 수하들은 모두 피를 흘린 채 쓰러져 있었고, 모닥불 옆에는 철립을 쓰고 검을 든 무사 한 명이 버티고 서 있었다.

전홍은 전신을 긴장시키며 조심스럽게 공터에 자리를 잡았다. 자연스럽게 갈웅이 전홍과 합격할 수 있는 위치에 섰다.

눈앞의 남자가 성동격서의 계를 이용했다는 것은 명약관화한 일이다. 그것에 넘어가 수하인 수라혈살대 대원 이십 명이 이미 돌아올 수 없는 존재가 되었다.

전홍은 화를 참기 어려운 듯 이를 부드득 갈았다. 하지만 한편으로는 상대의 무위에 경악했다.

일각도 되지 않은 시간동안 이들을 모두 격살할 수 있다니? 이는 전홍 자신도 해낼 수 있을지 자신이 없는 일이다.

"누구냐? 우리의 신분을 알고 벌인 일이겠지?"

전홍은 일단 상대의 호구조사부터 하려 했다. 그래야 만약의 경우 도망을 가더라도 나중에 복수를 할 수 있지 않겠는가. 그러나 철립을 쓴 남자는 전홍의 말에 대답을 하지 않고 검으로 모닥불의 불꽃을 휘저으며 혼잣말을 하듯 중얼거렸다.

"마교 놈들의 몸에서는 악취가 심하게 난다. 특히 장로의 지위를 가진 놈들은 시체 썩는 냄새가 진동을 해서 가까이 가면 숨을 쉬기 어려울 정도지."

"크흐흐, 입심이 좋군."

"그런데 신기하게도 산 마교 놈들은 냄새가 지독한데 일단 숨이 끊어지면 거짓말처럼 사라진다. 아무래도 폐가 썩어서 입김으로 악취를 뿜는 모양이군."

"처음부터 우리를 노린 것 같군. 혼자인가? 주변에 다른 자는 보이지 않는데?"

그때서야 남자는 전홍 쪽으로 몸을 돌려 검을 겨누었다.

"둘이 같이 덤벼라. 마교 놈들의 피로 이루어진 길에 네놈들 것도 더할 때가 되었다."

"이제 보니 일로마협이라는 놈이구나!"

전홍은 드디어 상대의 대사로부터 정체를 알 수 있었다. 그러고 보니 소문으로 듣던 일로마협의 차림새와 똑같았다.

"흐흐흐, 잘되었다. 네놈이 우리 천마신교를 공공연히 적대시 한다고 해서 한 번 얼굴을 보고 싶었지."

전홍의 얼굴이 점점 하얗게 변했다. 살심을 극도로 끌어올린 것이다. 동시에 그는 허리에 차고 있던 도를 손으로 잡았다.

독문무공인 뇌력마도의 기수식, 기격뇌를 펼칠 준비가 끝났다.

그 옆쪽에 서 있던 갈웅도 등에 교차시켜 메고 있던 쌍도를 뽑아 들었다.

도신에는 각각 핏빛 부처가 그려져 있었는데, 하나는 자비로운 미소를 짓고 있었고 다른 하나는 아수라와 구분하기 어려울 정도로 흉악한 마불의 형상이었다.

바로 천마신교의 보물 중 하나인 천수혈불도다. 쌍도 자체의 이름과 독문무공이 같다.

갈웅은 쌍도를 서로 애무하듯 긁었다. 그르릉 하는 금속성이 속삭이듯 퍼졌다.

일로마협의 모습으로 나온 소운은 방심하지 않고 검에 진기를 주입했다. 그러자 모닥불의 불꽃이 검으로 빨려들어 꺼져 버렸다. 동시에 그의 검에서 파란 검강이 조금씩 흘러나오기 시작했다.

우우우웅.

달빛에 반사되어 더욱 밝게 빛나는 검강의 빛은 검의 울림과 동시에 파르르 떨렸다. 그 모습은 아름다웠지만 전홍과 갈웅에겐 죽음의 유혹과도 같았다.

"검강……."

그것이 의미하는 것은 바로 초절정의 경지! 어떤 초식도 검강 앞에서는 의미를 잃는다. 보통의 병기라면 스치기만 해도 잘리거나 부서지고 신병이기라 해도 엄청난 반탄력에 의해 쥐고 있던 사람이 큰 내상을 입을 정도다.

전홍과 갈웅의 무기는 검강에도 버틸 만한 천마신교의 보물이기는 해도 검강을 머금은 검과 정면으로 부딪치면 사람이 견뎌낼 수 없는 것이다.

소운은 차갑게 선언했다.

"너희들은 이곳에서 죽는다."

"개소리!"

파앗!

전홍이 크게 외치며 기격뇌를 펼쳤다. 발도를 하는 순간 양손으로 도를 잡아 속도와 파괴력을 극대화시켰다. 상대의 검을 정면으로 받아내기 어렵다는 것을 알면서도 오히려 정면

돌격을 한 셈이다.

그러나 소운은 전홍의 도발에 넘어가지 않았다.

그는 살짝 옆으로 걸음을 옮겨 중심을 이동시키며 검을 앞으로 내밀어 기격뇌를 흘렸다. 그리고 뒤에 이어 들어오는 갈웅의 천수혈불도를 연달아 두 번 때렸다.

카캉!

갈웅은 입가에 한줄기 핏줄을 흘리며 뒤로 튕겼다. 검강의 초식을 두 번이나 막으니 충격이 말도 못하게 컸다.

"이놈!"

뒤에서 전홍이 노호성을 터뜨리며 뇌력마도의 제이초인 뇌정분분을 펼쳤다. 도가 크게 횡으로 원을 그리자 우르릉 하는 특유의 검명과 함께 뇌기가 사방으로 퍼졌다.

소운은 옆구리가 찌릿해 지는 것을 느끼며 급히 검으로 뇌기를 막았다. 뇌기는 전문적으로 호신강기를 파고드는 성질이 있기 때문에 상대하기가 쉽지 않았다.

그사이 갈웅의 천수혈불도법이 완전히 펼쳐졌다. 칼은 두 갠데, 정말로 수십여 개나 되어 보일 정도로 빠르고 변화가 심했다. 그리고 다시 전홍이 무겁고 느린 뇌음쇄암의 초식으로 소운의 정면을 막아섰다.

이렇게 되자 소운은 경거망동을 할 수 없었다. 확실히 이들 둘은 수십 년 동안 친분을 다져온 자들답게 무공의 상성도 좋아 협공이 무시무시했다.

'일대일로라면 혈해광투가 이들보다 반수 정도 위일지 모르지만 합공을 하면 세 명의 혈해광투도 당해내기 힘들겠군.'

소운은 내심 감탄을 하며 차분히 둘의 합격에 맞섰다. 사방으로 퍼지는 뇌기의 기운이 그의 머리카락을 구부러지게 하고, 또 천 개의 도가 일으키는 바람이 옷자락을 조금씩 찢었지만 소운의 정신은 흔들리지 않았다.

"그래봐야 머리카락 그을리는 도법이고, 옷자락 베는 칼이다!"

소운은 갑자기 크게 외치며 대정태극검을 펼쳤다. 검이 느릿하게 태극을 그리며 갈웅의 쌍도를 서로 엮어버렸다.

카카카캉!

갈웅의 쌍도는 기세를 멈추지 못하고 날뛰듯이 부딪쳤다. 소운의 검이 그사이를 묶은 채 다시 전홍의 뇌력마도마저 눌렀다. 한 자루의 검으로 세 자루의 도의 움직임을 멈추게 한 것이다.

그리고 그 순간 소운은 전력으로 검강을 발출했다.

쾅!

"크으윽! 이럴 수가."

전홍은 피를 뿜으며 뒤로 팅겨나면서도 믿을 수 없다는 표정을 지었다.

뇌력마도의 힘이 얼마나 무거운가? 또한 갈웅의 쌍도는 얼마나 빠른가? 그걸 일순간에 누를 수 있는 검법이 존재할 수 있다니!

소운은 밀려나는 전홍을 따라잡으며 날카롭게 삼검을 찌르며 외쳤다.

"검성께서 남기신 대정태극검이란 것이다!"

다시 삼검이 펼쳐졌다. 처음 두 초식은 위와 아래로 원을 그리다가 태극의 형상을 취하며 안으로 모였다. 그 신묘한 검 끝에 두 장로의 도가 걸려 묶이듯 딸려들었다. 그리고 마지막 일 초로 태극의 중앙을 찔렀다.

쩡 하는 소리와 함께 푸른 검강이 터졌다. 전홍과 갈웅은 동시에 입에서 피를 토하며 뒤로 튕겨 날아갔다.

"크으으으."

전홍은 서 있기도 힘든 듯 도로 땅을 짚은 채 비틀거렸다. 갈웅은 일어나지도 못했다. 쌍도 중 한 자루는 손에서 놓치고 남은 한 자루만을 겨우 손가락 끝에 걸고 있을 뿐이다. 정신을 잃은 듯 전혀 움직이지 않았다.

하지만 소운은 그들의 숨통을 끊기 위해 다가가지 않았다. 오히려 한 발 물러나 검으로 전신을 가린 채 경계를 했다.

"흐으, 흐으."

전홍은 입에서 끊임없이 피를 흘리며 거친 숨을 억지로 내쉬었다. 그러다가 겨우 말을 할 수 있게 되자 한숨을 쉬며 소운에게 말했다.

"왜 오지 않지?"

소운은 솔직하게 대답했다.

"검강의 발출은 내력의 소모가 심하다. 연속으로 몇 번이나 검강을 발출할 수는 없지. 나도 내력 소모가 심해서 잠시 진기를 다스리고 있는 중이지."

"크크크, 그런가?"

"그리고 그대들은 아직 죽지 않았다. 거기 누워서 죽어가고 있는 놈조차 아직 싸울 마음이 남아 있군. 난 너희들을 죽이러 왔지만 같이 죽을 마음은 없다."

"무섭군. 네놈은 무공도 무섭지만 안목과 심계는 더욱 무섭구나."

전홍은 들켰다는 표정을 지으며 고개를 절레절레 흔들었다. 동시에 그는 쿨룩 하며 피를 토했다. 피에는 내장의 조각이 섞여 있어 이미 회생할 수 없는 상태임을 알 수 있었다.

그러나 곧 전홍은 고개를 들더니 입에 머금은 피를 소운에게 뿜었다.

푸우!

선홍색의 핏방울이 하나하나 무서운 암기로 변해 날아갔

다. 그 뒤로 두 눈이 붉게 변한 전홍이 따라붙었다. 그의 몸의 혈관이 툭툭 불거짐과 동시에 손에 든 도에도 금이 쩌저적 하고 가기 시작했다.

뇌력마도의 최후 절초인 천붕뢰, 도와 몸을 동시에 파괴하여 적을 멸하는 동귀어진의 수!

'맞받으면 피할 수 없다.'

받아치는 순간 상대는 터질 것이다. 물론 피해도 터지지만 그쪽이 훨씬 덜 위험하다. 소운의 몸이 세 개로 변해 양옆과 위쪽으로 흩어졌다. 이에 전홍이 이를 갈았다.

삼분은영은 경공이 이형환위의 경지에 오른 사람만이 쓸 수 있는 최고의 신법이다. 눈앞의 일로마협이라는 자는 경공에서도 극에 달한 성취를 보이는 것이다.

"파!"

전홍은 스스로 최후의 기합을 넣어 몸을 폭발시켰다. 퍽 하는 소리와 함께 사방으로 피와 살점이 튀었다. 그러나 가장 무서운 것은 그 안에 섞여 있는 도편이다. 호신강기마저 갈갈이 찢을 수 있는 힘이 그 안에 있었다.

하지만 소운은 당황하지 않고 호흡을 조절하며 허공 중에 머물렀다. 그리고는 검을 휘둘러 날아오는 도편을 하나하나 쳐냈다. 마교의 수석장로가 목숨을 버리며 펼친 수법이 그에겐 아무런 소용이 없었다.

문제는 삼장로 무언교수 갈웅. 소운은 처음부터 그에게서 시선을 떼지 않았다. 감각 역시 그쪽에 집중하여 상대의 내기가 움직이면 바로 알 수 있도록 했다.

'천붕뢰의 수법은 예상을 했다. 하지만 무언교수는?'

무언교수 갈웅은 손재주가 뛰어나 기존의 마교무공에 여러 가지 자신만의 수법을 섞었다. 그렇기에 최후에 어떤 기묘한 수를 쓸지 소운도 예측할 수 없었다.

갈웅이 선택한 것은 바로 지둔술, 그는 전홍이 몸을 날린 것과 동시에 땅속으로 파고들었다. 흙 파는 소리 하나 없는 은밀한 움직임이었다.

그리고 전홍이 천붕뢰의 수법으로 몸을 터뜨림과 동시에 땅에서부터 튀어나왔다. 전홍의 피와 살점이 그의 몸에도 박혔지만 그는 신음 소리 하나 내지 않고 도에 전신 내력을 집중하여 소운의 발 아래쪽으로 쏘아져 나갔다.

"차앗!"

소운은 즉시 비룡번신의 초식으로 몸을 뒤집어 머리를 바닥으로 향하게 했다. 그리고 그 회전력을 한 점에 모아 갈웅의 도를 노렸다.

슈욱!

순간적으로 검강이 일직선으로 뻗어나가 갈웅의 도를 부수고 그 뒤에 숨어 있는 정수리 한가운데로 파고들었다. 퍽

하는 소리와 함께 갈웅의 머리가 터졌다.

그런데 그 순간 소운의 머리에 떠오르는 것이 있었다.

"도가 하나?"

갈웅은 쌍도 중 하나를 양손으로 쥐고 있었다. 그렇다면 나머지 하나는? 소운은 직감적으로 위기를 느끼고 필사적으로 몸을 비틀었다. 그러나 그 순간 소운은 등에 화끈한 느낌을 받았다.

"크윽, 땅에서 도를 날렸군."

갈웅은 소운이 자신을 주시하고 있음을 알고 땅속에서 하나의 도를 집어던지고 자신은 미끼가 된 것이다.

그래도 소운은 죽지 않았다. 갈웅의 도가 그의 보의를 찢고 살을 갈랐지만 뼈는 부수지 못했다.

소운은 땅에 착지하자 바로 웃옷을 벗고 금창약을 꺼냈다. 하지만 그걸 바를 수가 없었다.

"젠장, 하필이면 등이네."

어쩔 수 없이 포기를 하고 급한 대로 혈을 집어 치료를 했다. 그리고 내공을 운기하여 몸 안에 들어온 독을 한곳으로 모았다.

갈웅의 도에는 청린사영이라는 절독이 묻어 있었다. 땅속에서 바른 모양이다.

청린사영은 마교의 비전독 중에서도 아주 귀한 것으로 일단 피에 섞이면 죽음을 면할 수 없다는 극독이다.

또한 청린사영에는 특별하게 훈련받은 개만 맡을 수 있는 기묘한 향이 난다. 중독된 사람 역시 몸에서 그 향기를 풍기게 되는데, 이로서 설사 독에 죽지 않은 사람이라 하더라도 죽음의 추적자들에게 쫓기게 되어 있다.

무언교수는 자신의 비장의 수가 상대를 절명시키지 못할 때를 대비하여 이걸 쓴 것이다. 그래야 나중에 다른 사람이 일로마협을 찾아 복수를 해줄 테니까.

"역시 독해."

소운은 머리를 절레절레 저었다. 안 된다고 생각하는 순간 서슴없이 동귀어진을 합공으로 펼치고, 또 그 와중에 추적의 꼬리를 붙이려 하다니. 어중간한 마음가짐으로 이들과 싸우면 죽는 것보다 못하게 될 것이다.

"가만, 이건 이용할 수 있을지도!"

소운은 청린사영의 향에 대해 생각했다.

독이야 그의 몸속에 있는 독정에 비하면 미숫가루와도 마찬가지라 할 수 있었기에 소운은 별로 걱정하지 않았다.

무엇보다 소운은 청린사영의 해독제도 가지고 있었다. 그는 운기를 끝낸 후 해독제를 먹고 그 기운을 다시 독이 있는 곳으로 보내 중화를 시켰다. 이것으로 향조차 남지 않는다.

사투 후 응급처치가 끝난 소운은 자리에서 일어나 그가 두 장로들과 싸운 곳을 보았다.

처참했다. 천하의 마교 장로들이 죽어서 시신도 온전히 보전하지 못할 줄이야.

"어쨌거나 이로서 마교내에서 내 비밀을 아는 사람은 없게 된 것이지."

소운은 냉정하게 마음을 정리했다.

"그리고 이들의 죽음으로 세상이 본격적으로 움직이기 시작할 테고 말이야."

세 장로의 죽음. 이건 끝이 아니고 시작이다. 소운은 자신의 피가 묻은 갈웅의 도를 들고 그 자리를 벗어났다. 피 묻은 도에서는 사람이 느낄 수 없는 청린사영의 향이 은은하게 퍼지고 있었다.

第五章

청린사영(靑鱗死影)

좇는 자 뒤에 다시 좇는 자가 있다

說南斗延壽保命時老君告天師曰
天八會之真文三洞三清之上
而彙道元始天尊昔經歷于億萬劫天地始終

太上說南斗延壽保命

安真經太上說南斗
此經乃九天八
熙衰而人倫五運遷變萬彙

청린사영(靑鱗死影)

좇는 자 뒤에 다시 좇는 자가 있다.
그리고 나는 그 뒤에서 함정을 판다

십장로 서정은 수라혈살대보다 며칠이나 앞서 강남 외총단에 도착해 있었다.

강남 외총단은 소운이 출발 전에 정식으로 보낸 장로 수색 명에 의해 한동안 정신없이 바쁜 시간을 보낸 후였다. 거기에는 십장로인 서정이 곧 외총단을 방문할 거라는 내용이 곁들여 있었다.

외총단 사람들로서는 소운이 방문하기 전 확실한 성과를 내라는 명으로 받아들일 수밖에 없었기에 마음이 급했다. 이렇게 일이 터지면 아랫사람이 괴로운 법이다. 그들은 그야말로 죽어라고 움직였다.

외총단에 도착한 소운은 여독을 풀 생각도 없이 집무전에 자리를 잡고 실무자들을 불러들였다.

"수색 결과는?"

"수석장로와 삼장로의 시신이 확인되었습니다."

"……."

소운은 무거운 표정으로 잠시 침묵하더니 다시 무언가를 물어보는 듯한 시선을 보냈다. 보고를 하던 자는 즉시 고개를 숙이면서 다시 말했다.

"장로님들의 시신은 이미 수습을 하여 안치해 놨습니다."

"흉수는?"

소운이 싸늘한 목소리로 묻자 보고자는 긴장으로 몸을 부르르 떨면서 답했다.

"삼장로께서 땅속에 숨기신 표식이 있었습니다. 그곳에는 일로마협, 청린사영이라는 말이 쓰여 있었습니다."

"일로마협… 안 죽었던가."

소운은 심각한 안색으로 표정 연기를 했다. 그러면서 속으로는 전혀 다른 생각을 하고 있었다.

'죽은 채 하고 뭐하나 했더니 그런 표식을 만들었나? 지둔술로 땅에 숨은 이유가 그걸 남기기 위해서였군.'

분위기는 더없이 무거워졌다.

보고자는 여전히 부복을 한 채 소운이 생각을 정리하기를 기다렸다.

이윽고 소운이 다시 보고자에게 말했다.

"그곳에서 청린사영의 향이 감지되었는가?"

"청린사영이 무엇인지 속하는 모릅니다."

"아, 그렇지. 그건 장로들이 특별히 지니고 있는 비밀 독향이다. 즉시 혈아맹견들을 데리고 그곳으로 가라. 청린사영의 향은 맹견들만이 맡을 수 있다."

"그럼 청린사영이라는 것이 바로 추적향입니까?"

"그렇다. 본교에서도 극비로 취급하는 물건이다. 서둘러라! 향은 한 달 동안 사라지지 않으니 틀림없이 일로마협을 찾을 수 있을 것이다."

소운은 잠시 뜸을 들였다가 전신에서 살기를 뿜으며 차갑게 말했다.

"일로마협은 본교의 주적 중 한 명. 그자가 날뛰게 내버려 둘 수는 없다. 꼭 그자를 추살하고 배후까지 캐내야 한다."

"복명!"

그렇게 소운은 자기 자신에 대한 추살령을 내렸다.

그 뒤 소운은 공손설을 강남으로 불렀다. 이제 얼마 있으면 공손설이 남경에 도착할 것이다.

"속하들이 미비하여 장로님을 끝까지 호위하지 못했습니다."

뒤늦게 강남총단에 도착한 수라혈살대의 선임자는 소운에게 안내되자마자 즉시 무릎을 꿇어 사죄를 청했다.

"벌을 내려주십시오."

거의 동시에 호위에 나섰던 모든 대원들 또한 무릎을 꿇으며 입을 모아 복창했다.

소운은 고개를 저으면서 그들을 일어서게 한 후 무겁게 입을 열었다.

"그만하게. 그대들이 나를 좇지 못한 것은 당연해. 배에 수작을 한 흉수를 발견하고 뒤를 캐려 했지만 놓치고 말았지. 덕분에 자네들과 떨어지게 된 것이니 내 잘못이라 할 수 있네."

"역시!"

선임자는 자신의 추측이 옳았음을 확인하고 고개를 끄덕였다. 아마 흉수를 놓친 장소가 강남총단에 가까웠을 것이다.

수라혈살대원들은 책임을 면하게 된 것이나 자신들이 호위해야 할 십장로가 무사한 것 둘 다 행운이라고 생각했다. 질책을 당하기는커녕 치하의 말을 듣고 편한 숙소를 배정받아 푹 쉬라는 말을 들을 수 있었다.

아무리 정보를 엄하게 단속한다고 해도 아랫사람들끼리의

정보의 공유는 막을 수 없다. 수라혈살대원들이 겪은 일과 선임자의 추측이 알려지면서 강남총단의 수뇌부들은 동일한 결론을 내렸다.

일로마협이라는 자가 수석장로와 삼장로를 죽인 후 십장로를 노렸으나 실패한 것이 틀림없다.

암암리에 이것은 사실로 소문이 났고 얼마 지나지 않아 소운의 귀에도 들어갔다. 소운은 이 일에 대해 전혀 언급을 하지 않는 것으로 대답을 대신했다.

"이것으로 뒤처리는 완벽하다."

소운은 그렇게 생각하며 아무도 없는 공간에서 혼자 웃었다.

한편 얼마 후에 이 사건에 대해 알게 된 경천마뇌는 고민에 빠졌다.

이번 사건은 천마신교 내에서도 거의 극비에 붙여졌다. 장로들이 둘이나 죽은 것, 그리고 일로마협이 다시 살아난 것은 쉽게 발설할 수 없는 일이다.

하지만 외총단에서 일어난 일들은 대부분 천마신교의 정보조직인 천밀당으로 흘러들어 간다. 아울러 교주 직속 감찰조직인 천목밀혼단에도 같이 들어간다. 사실 천목밀혼단은 천밀당의 내부조직이나 마찬가지로 이름도 비슷한 것이다.

그래서 천밀당 당주인 사장로 경천마뇌는 이 사실을 알았
다.

그가 안 사실이란 바로 이렇다. 일로마협이 살아나 은하장
을 노리다가 이장로를 죽이고, 다시 수석장로와 삼장로까지
죽였다.

그때, 그는 삼장로가 마지막으로 쓴 청린사영에 당해 향을
남겼다.

그 후 그는 다시 은밀하게 십장로가 탄 배를 침몰시키며 암
살을 다시 시도했다. 하지만 천마의 내공을 물려받은 십장로
의 무공이 뛰어나서인지 이 일에 실패하고 도망간 것으로 보
인다.

"청린사영에 당했다면 여독 때문에 실력을 발휘하지 못했
을 확률도 있지."

꼭 독이 아니더라도 내상을 입었을 가능성도 있다. 그렇다
면 두 장로를 격살한 그가 소운에게 도리어 쫓겨 달아났다는
것도 말이 된다.

여기까지는 소운도 예상한 부분이고 그는 경천마뇌가 이
렇게 정보를 받아들이도록 조작을 한 것이다.

지금 경천마뇌를 혼란하게 하는 것은 전혀 다른 부분이다.
일로마협이 움직이기 시작한 시점으로 예상되는 바로 그 사
건. 바로 독심약왕 무준의 행적에 관해서이다.

"문제는 이장로가 왜 공손 소저를 좇아 왔는가 하는 건
에……."

경천마뇌는 그 점을 알 수 없었다.

"누군가가 정보를 숨긴 것인가?"

한 가지가 막히면 다른 모든 것이 정상인 게 더 이상한 법
이다. 숨긴 사람이 있다면 이유가 있을 것이다. 그리고 그 이
유가 최소한 한 명, 많을 경우 세 명의 장로를 죽게 했다.

"나는 두 가지 상황을 추측했었다. 이 일은 어쩌면 두 가지
상황이 복합적으로 맞물린 것인지도 모르겠군."

겉으로 드러난 사실을 순순히 받아들이면 오히려 진실을
쉽게 볼 수 있는 법이다. 이장로는 공손설의 뒤를 좇아 중원
에 나왔다. 그것이 공손설과 직접적인 관계가 있는지는 알 수
없었다.

거기에 그는 은하장에 들어오지 않고 비밀리에 무언가를
하고 있었다. 그때 그의 행적을 알 만한 사람은 수석장로와
삼장로, 그리고 공손설이다.

이들이 은밀하게 무언가를 꾸미고 있을 때 이장로의 행적
이 일로마협에게 잡혔다면 말이 된다. 아마 그 후에 이어진
두 장로의 살해과 십장로의 습격은 거기에서 정보를 얻었을
가능성이 크다.

"문제는 죽은 세 장로가 어떤 일을 꾸미고 있었는가 인

데……."

경천마뇌는 직감적으로 그것이 공손설과 교주 직위에 대한 것일지도 모른다는 생각을 떠올렸다.

"위험하군."

만약 그들이 정말 그런 일을 벌였다면 뒤를 캐봐야 좋을 것이 없다. 이미 죽은 자들을 욕되게 하는 것은 물론이고 단 둘밖에 없는 천마의 제자들이 사형제 간의 우의를 상할 수 있기 때문이다.

그 뒤로 경천마뇌는 이 일에 대해 더 이상 말을 하지 않았다. 그리고 의구심은 마음 한 구석에 꼭꼭 묻었다.

*　　　*　　　*

혈불의 제자인 승리와 칭타는 여전히 강남에서 암중에 세력을 불리고 있었다.

예상과는 다르게 천마신교가 혈풍을 부르지 않았기에 그들은 치고 나갈 기회를 얻지 못했다. 하지만 그렇다고 해서 힘이 약화된 것은 아니다. 오히려 시간을 들여 더욱더 착실하게 내, 외실을 다지고 있는 중이다.

그들은 스스로를 비혈맹이라고 칭했다. 신강의 마교에 이어 서장 세력까지 중원에 눈독을 들이고 한 발 들여놓게 된 것이다.

그런 그들의 경쟁자는 바로 천마신교다. 승리는 항상 천마신교의 움직임을 살피고 그들의 새로운 본거지를 찾아내려 애쓰고 있었다.

오늘 승리는 보고를 받던 중에 한 가지 중요한 정보를 얻었다.

"마교의 무리들이 혈아맹견을 동원했다고?"

"그렇습니다."

과거 진곡이 천마신교를 배반했을 때, 그는 자신이 알고 있는 대부분의 비밀을 누설했다. 그중 청린사영에 대한 것도 있고, 혈아맹견도 당연히 있었다.

전신이 피처럼 붉은데 두 눈이 없는 작은 개는 모르는 사람은 그냥 지나칠지 몰라도 아는 사람은 단번에 혈아맹견이라고 알아본다.

천마신교의 분타를 살피는 자들은 혈아맹견에 대해 보고를 받았다. 단지 그들은 그게 무엇에 쓰이는지는 모른다.

승리는 의외의 사건에 잠시 생각을 하다가 수하에게 말했다.

"알겠다. 물러가라."

"옛."

수하가 물러가자 옆에 있던 칭타가 물었다.

"사형, 제 기억이 맞다면 혈아맹견이 나왔다는 것은 바로 청린사영이 사용되었다는 게 맞습니까?"

"그렇다. 장로급 인물이 다른 자에게 죽었다는 소리지."

청린사영은 마교 내에서도 수뇌부만 아는 일급비밀이다. 그 존재를 아는 자도 그러한데 사용할 수 있는 지위라면 장로급 이상이어야만 한다.

진곡은 이 일을 말하면서 마교의 장로급 이상을 상대할 때 추적당할 우려가 있으니 특히 조심해야 한다고 누차 강조했었다.

"혹시 짐작이 가는 사람은 없나?"

한참 생각하던 승리가 답답한 듯 칭타의 의견을 물었다.

"글쎄요. 그쪽 장로들 중 누군가 강남으로 나왔다는 소리는 못 들었습니다. 단지…….."

"단지?"

"장로급이 아니라면 우리가 찾는 청염마조일지도 모릅니다."

청염마조는 바로 소운이고 이들이 혈불에게 받은 명령 중 가장 우선해야 할 것이 그를 회유하거나 제압해서 서장으로 보내라는 것이다.

"청염마조가 죽었다고? 그건 아닐 것이다. 그자의 관상은 풍운과 신룡이 겹쳐 있어 위기를 첩첩이 만날 터이지만 결코 단명은 하지 않게 되어 있었다."

"사형께서 관상을 보셨다면 틀림없을 것입니다. 그럼 누굴 까요?"

"모르지. 하지만 분명한 것은 흉수는 무시 못할 고수라는 것이다."

"그렇겠지요."

마교의 장로를 죽일 수 있는 자는 그렇게 많지 않다. 그것 도 청린사영을 사용했을 정도라면 장로급 인물이 동귀어진의 수법을 썼다는 소리고, 그래도 상대가 살아서 도망갔다는 이 야기도 된다.

승리는 머릿속으로 암중의 흉수에 대해 상상을 하기 시작 했다. 그리고 그 강함에 대해 평가를 했다.

"사제, 아무래도 이번 일에는 내가 직접 나서야겠네."

"사형께서 말입니까?"

칭타는 약간 놀란 얼굴로 되물었다. 승리가 나선다는 소리 는 칭타 자신으로는 감당하기 어려울지도 모른다는 뜻이다.

그러나 승리는 웃으면서 고개를 저었다.

"사실 이번에 폐관을 하면서 얻은 것이 조금 있었네. 그걸 시험해 보려면 상대가 어느 정도 재주가 있어야 하는데 아무 래도 임자가 나타난 것 같군."

칭타는 크게 기뻐했다.

"사형께서는 끊임없이 무공이 발전하시니 저는 부끄러울
따름입니다."

"그렇게까지 큰 건 아닐세. 어쨌든 추적대를 편성해야겠
군."

그들은 혈아맹견과 함께 흉수를 좇는 자를 다시 추적하게
된다. 사방으로 나온 혈아맹견들을 모두 찾아서 감시하다 보
면 어느 순간 그들이 본격적으로 움직일 것이다.

그때부터는 승리가 직접 좇는다. 그러면 결국 마교의 교도
들이 승리를 흉수에게로 안내하는 셈이 된다.

비혈맹에서는 곧 사람을 풀었다. 그들을 지휘하는 자는 바
로 폐관에서 나온 승리다. 현재 중원에서 천마를 제외하고는
승리를 감당할 자는 아무도 없다고 그들은 확신하고 있었다.

*　　　*　　　*

공손설은 서둘러 남경으로 왔다.

소운은 공손설에게 정식으로 외총단의 업무를 맡기고 그
녀가 일을 배우기 쉽게 옆에서 거들었다. 애초 계획대로 공손
설이 새로운 외총단 단주가 되는 것이다.

그러면서 공손설은 이번 일에 대한 모든 조사 보고를 받았
다. 보고를 받기도 전에 내용과 진상을 전부 알고 있는 게 약

간 문제이기는 하지만 그녀는 그런 티를 전혀 내지 않았다.

"이제는 어떻게 하실 거예요?"

공손설은 사람들이 맹아혈견을 데리고 청린사영의 향을 쫓는다는 것을 알고 소운에게 물었다.

일로마협은 절대 잡히지 않는다는 것을 그녀는 이미 알고 있었는데 그렇다고 해서 청린사영의 향이 전혀 감지되지 않으면 일로마협이 청린사영의 향을 알고 있다는 뜻이 된다. 그래서는 마무리가 이상하게 되는 것이다. 그녀가 아는 소운은 완벽주의자로 결코 일을 벌이고 어설프게 끝을 맺지 않는다.

거기에 눈치를 보아하니 소운에게 어떤 계획이 있는 듯했다.

소운은 웃으며 말했다.

"세 장로의 목숨 값은 받아내야지."

"네?"

"그러니까 무림맹의 거점 하나를 날리는 거야. 진짜 거점은 아니고 이럴 때를 대비해서 만들어둔 가짜 거점이 하나 있어."

"그게 무슨 도움이 되나요?"

"두 가지가 있어. 하나는 일로마협이 초절정의 경지에 이르러 천마신교의 세 장로를 격살했다는 것을 천하에 알리는 것. 그리고 두 번째는 숨어 있는 또 한 세력을 어둠 속으로부터 끌어내는 거야."

"숨어 있는 세력이란 혈불 쪽을 말씀하시는 거죠?"

"응, 그들은 정말 위협적인 존재야. 혈불은 그렇다 치고 그 제자 중에 승리라는 자가 있는데 그자는 초절정의 경지에든 지 오래되어서 정말 강해."

"그런가요?"

"응, 아무튼 그자만이라도 어떻게 하지 않으면 안 돼."

"그럼 계획을 말씀해 주세요. 제가 어떻게 도우면 될까요?"

"청린사영."

"예?"

"일로마협은 청린사영에 당했지. 그래서 우리는 지금 맹아 혈견으로 추적을 하고 있고."

소운은 씨익 웃었다.

"하지만 청린사영은 장로들만 아는 극비의 절독이잖아요."

"정확하게 말하면 장로급이지. 꼭 장로들만 아는 건 아니야. 가령 장로가 되기 전의 나도 알았었고 지금 사매도 알잖아."

"그거야 우리는 교주의 제자였으니까요."

"우리가 알면 진곡도 알지. 그렇다면 그가 저쪽에 그 사실을 밝혔을 가능성이 있어."

"설마요."

공손설은 믿지 못하겠다는 듯한 표정을 지었다.

소운은 다시 말했다.

"원래는 삼장로가 청린사영을 써서 난 그 향을 완전히 지웠거든. 그런데 딴 생각이 든 거야. 그래서 청린사영이 묻은 삼장로의 도를 가져 왔지."

"……."

"그다음에는 혈아맹견을 풀고, 청린사영에 대한 것을 저쪽에 흘리면 된다고 생각했고 말이야."

"……."

"근데 진곡이 그 사실을 흘린 모양이야. 혈아맹견을 지닌 자들의 뒤에 누군가가 따라붙기 시작했어."

"아! 진곡, 그자가."

진곡은 배반한 자였지만 그래도 천마의 제자다. 그런 자가 교의 고위급 인물들이 최후의 수단으로 지니고 있는 절독과 추적향에 대해 누설을 하다니?

그러나 어떻게 생각해 보면 당연한 일이다. 혈불쪽 사람들은 언젠가는 천마신교와 부딪칠 것이고, 그때 장로급들이 제거되지 않으란 법은 없다.

가령 칭타나 승리가 소운을 납치하거나 다른 장로를 죽였을 때, 청린사영이 쓰인다면 그만한 낭패가 없다. 진곡으로서는 그 부분을 주의시켰을 것이다. 그래서 소운은 이 계획이 가능성이 아주 높다고 판단했다.

좇기는 자가 있고, 그걸 좇는 자가 있다. 그런데 그 뒤에 혈불쪽 사람들이 다시 좇는다. 문제는 가장 뒤에서 감시하는 자가 있다는 것이다. 그리고 그자는 바로 맨 처음 좇기는 일로마협이다.

"일로마협은 초절정에 들었지. 그래서 마교의 장로들을 죽일 수 있었어. 그런 만큼 혈불쪽에서 일로마협을 어떻게 하려면 아무래도 승리가 직접 나올 가능성이 높아."

"확실히 그렇군요."

"이번에 나는 그자를 제거할 거야. 그러니 사매는 그사이 외총단을 지휘해서 이쪽의 움직임을 제어해 줘. 그들이 승리 혼자 올리는 없으니 견제를 해야 해."

소운은 그렇게 말하면서 그가 그동안 세운 유인작전이 쓰여 있는 책자를 공손설에게 넘겼다.

이번 일은 소운으로서도 목숨을 걸고 하는 일이니만큼 추호도 차질이 있으면 안 된다. 그런 일을 믿고 맡길 수 있는 사람은 공손설밖에 없다고 소운은 판단했다.

믿는다! 소운의 눈빛이 그렇게 말하고 있었다. 공손설은 그 눈을 보며 조용히 고개를 끄덕였다. 그녀의 눈 역시 신뢰로

가득 차 있었다.

＊   ＊   ＊

컹컹컹!

흑의인의 품에 안겨 있는 눈먼 개가 갑자기 짖었다. 그러면서 코를 킁킁 거리며 앞쪽으로 튀어나가려고 발버둥쳤다.

흑의인은 손에 힘을 주어 개를 진정시키며 뒤에 따르던 자에게 말했다.

"찾았다. 어서 본대에 연락을!"

곧 전서구가 날았다. 또한 뒤에 있던 자 중 한 명도 몸을 돌려 직접 보고를 하기 위해 달려갔다. 남은 자들은 그 자리에서 움직이지 않고 최대한 기척을 숨긴 채 조용히 대기했다.

상대는 초절정의 경지에 든 고수라고 했다. 그들로서는 절대로 감당할 수가 없는 존재. 하지만 위에서는 추적 명령을 내렸다. 그렇다면 상대할 방법이 있다는 소리다.

이제 세 시진 안으로 사람이 올 것이다.

혈아맹견이 소리를 내어 짖는다는 소리는 향이 묻은 자에 접근했다는 뜻이다. 물론 그렇다고 해도 십 리는 떨어져 있는 상태일 터이니 여기라면 들킬 염려는 없다.

그런데 그들의 예상과는 다르게 전서구를 날린 지 일각도 지나지 않아서 누군가가 왔다.

"역시 이쪽이었군. 앞쪽에 있는 계곡은 지세가 험해서 사람이 숨기 좋은 곳이지."

"누구냐!"

그들은 기겁을 해서 외쳤다. 하지만 뒤를 돌아보거나 하는 일로 시간을 낭비하지 않았다. 두 사람이 동시에 몸을 날려 좌우로 흩어졌다. 그대로 반대 방향으로 도망가서 한사람이라도 몸을 빼 보고를 하게끔 훈련되어 있었다.

그런데 그들이 한 걸음을 제대로 떼기도 전에 몸이 굳었다. 기척도 느껴지지 않았는데 어느새 제압을 당한 것이다.

스르륵 하고 쓰러지는 그들의 뒤로 삼십여 명의 사람들이 나타났다. 그들 중 한 명은 암기에 맞아 떨어진 전서구를 들고 있었고, 다른 한 사람은 아까 보고를 하러 간 자를 업고 있었다.

두 사람을 제압한 자는 바로 승리였다. 그는 사방을 살펴 더 이상의 어떤 이목이 없다는 것을 확인하고는 수하들에게 명했다.

"이자들도 데려간다."

수하들은 승리의 말에 묵묵히 따랐다. 수색조 하나가 통째로 사라진 것은 적어도 반나절 동안은 들통이 나지 않을 터이다. 그들은 혈아맹견을 안아들고 앞으로 나아가기 시작했다.

소운은 조회산의 여절곡에 숨어 있었다. 몸에는 무언교수의 도에 묻었던 피를 묻힌 채였다.

여절곡은 천외신무회의 비밀수련장인 무재곡의 근처에 있는 곳이다. 원래 이곳은 혹시라도 무재곡의 소재가 외부사람들에게 알려졌을 때를 대비해서 만들어둔 가짜 무재곡이다.

무재곡 자체는 절대로 들키지 않는 은밀한 곳이라고 해도 수백 명의 사람들이 수련을 하는 곳이니만큼 가끔 식량이라던가 다른 물자들을 실어 날라야 한다. 그런데 그게 남에게 추적당하게 되면 이곳 여절곡쪽으로 적을 유인하게 되어 있다.

일단 적들이 여절곡을 치게 되면 옆에 있는 무재곡은 의심을 하지 않을 터이다. 의심해도 밖에서는 절대 찾을 수 없는 곳이지만 꼬리를 자르지 않으면 곤란한 것이다.

아무튼 그런 만큼 여절곡은 만만치 않은 절진과 각종 기관에 의한 함정이 설치되어 있었다.

까라라!

기묘한 울음소리와 함께 소운의 머리 위로 한 마리의 새가 날아왔다.

“주인, 왔어요. 왔어요. 끼루.”

일곱 가지 화려한 색으로 은은하게 빛나는 깃털을 지니고 사람의 말을 하는 영조, 쿠루였다.

소운은 천천히 자리에서 일어나 몸을 풀며 중얼거렸다.

"기다리느라 심심했는데 드디어 왔군. 그래, 적의 수준은?"

"몰라요! 몰라요! 까루루."

"그럼 승리가 직접 왔다는 소리군."

소운의 입가에 진한 미소가 나타났다.

쿠루는 영조의 이름값을 하기라도 하듯 상대의 강함을 잘 느낀다. 그러나 아무리 쿠루라고 해도 소운처럼 완벽하게 기를 제어하는 경지에 도달한 사람에게는 아무것도 느낄 수 없는 것이다.

즉 쿠루가 강하다고 하면 절정고수의 반열에 든 자이고, 모른다고 하면 초절정일 가능성이 아주 높다. 설마 이곳까지 무공을 아예 모르는 사람이 오지는 않았을 것이다.

"이제 넌 돌아가도 된다."

소운은 쿠루에게 말했다. 쿠루가 좋은 점은 바로 계곡 안에서 하늘로 올라가 밖에 온 사람들을 살필 수 있다는 점이다. 적들이 온 것을 안 이상 싸움에는 끼어들지 않는 것이 좋다.

쿠루 역시 무공의 고수들과는, 특히 소운처럼 아무런 기운도 느낄 수 없는 사람과는 싸우고 싶지 않은 듯 얼른 까라라 하고 웃으며 무재곡 쪽으로 날아가 버렸다.

시간이 흐르자 곧 계곡 입구 쪽에서 검은 구름이 피어오르며 진의 기세가 크게 움직였다. 침입자가 제대로 걸린 모양이다.

그리고 가끔씩은 뇌성이나 폭발성도 일어났다. 진 안에 설치된 함정이 차례로 터지고 있었다.

"진입이 빠르군. 그렇다면 저쪽에도 진법에 해박한 자가 있다는 소리가 되는군. 아니면 승리 그자가 진에도 능숙한 건가?"

소운은 이제 얼마 남지 않았다는 것을 느끼고 감각을 최대한 안정시켜 사방으로 퍼뜨렸다. 그의 감각이 어지러운 진의 기운을 뚫고 안에 있는 자들을 감지해 갔다.

역시나 가장 앞에 오는 자는 승리였다. 소운은 이미 그를 몇 번이나 보았기에 기세의 특성을 알고 있다.

그들은 상당히 빠르게 움직이고 있었다. 그러나 평지를 달리는 것처럼 빠른 것은 아니다. 약간 빠르게 걷는 정도랄까? 아무래도 진으로부터 완벽하게 자유로운 것은 아닌 듯했다.

"하기야 그건 나도 마찬가지지만 말이야."

소운은 자신이 새롭게 깨우친 감각이라면 모든 진이 무용지물이 되는 게 아닌가 하고 생각했었다. 그러나 막상 무재곡으로 와서 이곳의 절진 속에서 시험을 해본 결과, 그건 아니라는 것을 알았다.

그래도 절진에 완전히 갇히지는 않는다. 극도로 복잡하게 엉킨 기운을 하나하나 풀어가며 나아가면 조금 시간이 걸리긴 하지만 가능하다.

지금 보니 승리도 그런 방법을 쓰고 있는 모양이다. 하지만 소운이 보기에 승리의 이동 속도는 자신보다 느렸다.

"적어도 기감만큼은 내가 더 뛰어나다는 소리군."

소운은 결코 무대포가 아니다. 철저하게 적의 장점과 약점을 파악한 후 싸우려 했다.

객관적인 무위는 소운보다 승리가 우위에 있다. 내공 역시 승리 쪽이 뛰어나다. 소운은 아직 혈장천마의 내공을 사용할 수가 없다.

그렇다면 이쪽이 유리한 점은?

일단 지리적인 이점이 있다.

소운은 이미 며칠 째 이곳에서 기다리며 몸 상태를 최대한으로 끌어올렸다. 그리고 승리가 계곡 밖에 나타난 순간부터 정신을 가다듬어 날카로운 보검처럼 만들었다.

반면에 승리는 이곳의 절진을 빠져나오기 위해 상당한 심력을 소모해야 한다. 또한 결코 무시할 수 없는 기관의 함정을 호신강기로 막아야 하는 만큼 내력의 소모가 있을 것이다.

이제 두 번째 이점을 찾았다. 기감만큼은 소운이 뛰어나다는 것을 알았다. 감각이 예민하다는 것은 상당히 중요하다.

힘이 강하고 몸이 빠른 것만큼 중요하다.

"이 정도라면 절대 질 수 없지."

아직 승부를 장담할 수는 없다. 하지만 소운은 스스로에게 다짐하듯 중얼거렸다. 그는 싸움에 임해 절대로 패배를 생각하지 않았다.

소운은 조용히 심호흡을 하며 적이 완전히 절진 속으로 들어오기를 기다렸다.

第六章

사공조어(沙工釣魚)

낚여라

說南斗延壽保命時老君告天師曰

天八會之真文三洞三清之上

彙道元始天尊昔經歷于億萬劫天地始修

安真經太上說南斗

此經乃九天八

熙衰而人倫五運運變萬彙

사공조어(沙工釣魚)

낚여라. 가능하면 대어로

"조심해서 따라와라. 한 발만 잘못 디뎌도 구하기 힘들
다."

숭리는 여전히 앞을 본 채 뒤를 따르는 수하들에게 말했다.
그는 왼손에 가는 쇠사슬을 하나 쥐고 있었는데, 수하들은 그
쇠사슬을 붙잡고 숭리의 뒤를 따르고 있었다.

하지만 이곳의 진은 너무나도 지독하고, 또 곳곳에 함정이
설치되어 있었다.

단순하게 사람이 밟거나 건드리면 터지는 것이 아니다. 처
음 숭리가 지나갈 때에는 전혀 작동을 하지 않다가 어느 정도

앞으로 나가면 그 일대에 암기를 비처럼 쏟아 붓는다던가 하는 식이다.

승리는 그걸 피하거나 막을 수 있지만 그의 수하들에게는 힘든 일이었다.

이미 여섯 명이 죽었고, 나머지도 태반은 상처를 입었다. 그나마 승리가 될 수 있는 한 도와주었기에 이 정도이지, 승리 없이 그들만 침투를 하려 했다면 전멸을 해도 한참 전에 했을 것이다. 아니, 절진 때문에 침투 자체가 불가능했을 가능성이 높다.

하지만 이렇게 방비가 뛰어나면 뛰어날수록 승리는 확신을 했다. 이곳에 바로 일로마협을 중심으로 한 중원무림의 비밀 세력이라는 것을.

원래 병법에 따르자면 마교의 무리들이 이곳을 공격한 다음에 뒤를 치는 것이 훨씬 유리하다. 이렇게 적의 본거지를 정면으로 치고 들어가는 것은 이익보다 손해가 많다.

아마 승리 이외에 다른 자들은 살아서 돌아가기 힘들 것이다.

그러나 승리는 수십 명의 수하들보다 일로마협 한 명이 중요했다.

승리는 필사적으로 뒤를 따르는 수하들을 살피며 생각했다.

‘이놈들은 어차피 소모품이다. 실력이 아무리 뛰어나도 앞으로 이 년 후에는 폐인이 될 자들. 비혈맹은 그동안 이자들을 소모해서 진짜 세력을 얻어야 한다. 그러기 위해서는 중원의 신성인 일로마협이 필요하다.’

일로마협은 청염마조와 함께 최고의 재목으로 혈불이 지정한 바 있다. 숭리와 칭타의 임무 중 가장 중요한 것이 바로 그들을 수단과 방법을 가리지 않고 제압하여 혈불에게 보내는 것이다.

그러면 혈불은 그들을 제자로 삼아 혈뇌음사의 새로운 기둥으로 삼을 것이다. 숭리의 사제인 칭타 역시 혈불의 법력에 감화되어 독왕곡을 통째로 넘기지 않았던가?

‘일로마협이 혈뇌음사에 들면 중원 전체가 우리 서장에 굴복하는 것과 마찬가지가 될 것이다.’

숭리는 그렇게 확신하며 계속해서 앞으로 나아갔다.

그들이 진을 완전히 뚫고 나왔을 때, 숭리 이외에 싸울 수 있을 정도로 멀쩡한 자는 십여 명에 불과했다. 하지만 그것으로 충분했다. 그들에게는 숭리가 있었기 때문이다.

“나타나는 자는 모두 척살하라. 일로마협 이외에는 살려둘 필요가 없다.”

숭리는 차분하게 명을 내렸다. 감정이 전혀 깃들어 있지 않기에 오히려 섬뜩한 목소리였다.

어차피 이번 습격은 마교의 행위로 생각될 터이다. 중원의 무림맹에는 비혈맹의 존재 자체가 알려지지 않았다.

사사사삭!

그들은 속도를 내서 계곡 안으로 들어갔다.

그러나 어느 순간 승리가 걸음을 멈추었다. 수하들 역시 따라서 멈추었다.

"너희들은 여기서 대기하라."

승리는 그렇게 말하고는 천천히 걸어서 안쪽으로 걸어갔다. 영문을 알 수 없는 수하들은 서로의 얼굴만 보며 그 자리에 멍하니 서 있었다.

곧 생사를 가르는 싸움이 벌어질 것으로 예상했다가 무기한 대기를 명받으니 맥이 빠져 그 자리에 주저앉고만 싶었다.

계곡 안은 넓은 공터였다. 몇 개의 작은 건물이 있기는 했지만 사람이 살고 있지는 않았다.

승리는 공터 중앙에 서 있는 자를 보았다. 아무런 기세도 흘리지 않고 산책을 하듯 뒷짐을 지고 서 있는 자.

"일로마협."

"승리."

"함정인가?"

"그렇다. 마교 놈들을 끌어들이기 위한 것이었는데, 엄하게 그대가 올 줄은 몰랐군. 설마 손을 잡은 것인가?"

"우리는 남과 손을 잡지 않는다. 단지 굴복하면 보살펴 줄 뿐."

"혈뇌음사의 규칙이 그렇다면 정말 무섭군."

소운은 고개를 끄덕이며 허리에 차고 있던 검을 뽑았다. 승리 역시 팔목에 걸고 있던 황금으로 된 환을 풀어 손에 쥐었다. 양손에 세 개씩, 모두 여섯 개의 황금환이었다.

"이번에 혈불께서 천마와 비무를 하시는 것을 보고 작은 깨달음을 얻었지. 그래서 이 육양금환의 무공을 완성시킬 수 있었네."

"새로 익힌 무공과 손에 익지 않은 무기를 사용할 정도면 대단한 수법인가 보군."

"대단하지. 본사의 본류라 할 수 있는 대뇌음사의 최후 무공이니까."

"밀교의 최고봉이라는 대뇌음사가 혈뇌음사의 본류였군. 이미 멸문해서 사라졌다고 들었는데."

소운은 약간 놀란 표정을 지었다. 대뇌음사는 과거 서장 밀교의 총본산이라고까지 평해졌던 곳이다. 중원 도교의 시작은 전진에 있고, 서장 밀교의 중심에는 대뇌음사가 있다는 말이 있을 정도다. 그런데 어느 날 하루아침에 불타 사라졌다고 들었다.

"본사는 바로 대뇌음사의 종말과 함께 시작된 것이지."

“그런 것인가.”

“우리 밀종의 깨달음은 단순한 선과 악으로는 구분 지을 수 없네. 생과 사마저도 작은 것에 불과하지. 그대가 원한다면 그 도리를 아낌없이 가르쳐 주겠네. 어떤가?”

싸우려고 무기를 꺼내더니 갑자기 웬 설득? 소운은 코웃음을 치려했지만 생각을 바꾸어 시큰둥한 표정으로 대답을 했다.

“글쎄.”

“사실 그대와 나는 큰 원한이 있는 것이 아니지. 오히려 마교라는 공동의 적이 있으니 힘을 합치는 것이 나을 수도 있네.”

“흥, 적의 적은 친구란 말인가?”

소운은 피식 웃었다. 승려의 눈치를 보니 그는 자신을 죽이려 하는 것이 아니라 사로잡거나 회유하려 하고 있었다. 그러고 보니 전에도 그런 적이 있었다.

‘이것 또한 나의 장점이군.’

소운은 일단 승려의 설득을 들어보기로 했다.

“어떤가? 나를 따라 사부님을 만나보는 것이. 그대는 지금 새로운 경지에 접어들어 앞으로의 길에 대해 많은 의문이 있을 것이네. 지금까지는 앞에 걸어간 사람이 있으니 마땅히 배울 것이 있겠지만 앞으로는 혼자서 길을 찾아야 하지. 문제는 이 앞길은 지금까지보다 훨씬 험하다는 점일세. 혼자서 바른 길을 찾는 것은 거의 불가능에 가깝지."

"확실히 강에서 물길을 찾는 것보다 바다에서 해류를 찾는 것이 힘들기는 하더군."

소운은 순순히 인정을 하며 승리의 말에 맞장구를 쳐 주었다. 승리는 더욱 간곡한 표정으로 소운에게 말했다.

"하지만 혈불께서는 그대에게 길을 열어 줄 수 있네. 아마 조금도 아까워하지 않고 비전의 깨달음을 모두 베푸실 걸세. 하루 동안 가르침을 받으면 혼자 십 년을 연구하는 것보다 많은 것을 얻고, 정식으로 보름만 배우면 새로운 경지가 무엇인지 알게 되겠지."

"……."

"절대로 그대에게 금제를 가하거나 하지 않겠네. 일단 가서 사부님을 만나면 언제든지 자유롭게 중원으로 돌아와도 되네."

공짜로 가르침을 베풀면서 아무런 요구도 하지 않겠다. 이보다 더 좋은 제안은 없을 것이다. 승리는 미소를 지었다.

그러나 소운은 승리의 말이 끝나자 고개를 살짝 저으며 대답했다.

"승리, 그대는 너무 많은 것을 요구하는데 비해 아무런 쓸모도 없는 것을 주려 하는군."

"뭐라고!"

"내가 혈불에게 가서 가르침을 받는 것은 바로 나의 자존심을 스스로 꺾은 행위이다. 또한 중원에는 초절정의 경지 이상의 길에 대해 논한 무공이 없다고 스스로 인정하는 꼴이지. 그런데 실제로는 그렇지 않다. 중원의 무학은 깊이가 끝이 없어 내가 평생을 수련해도 막히지 않는다. 그걸 포기하고 뭐하러 자존심을 버려가며 서장의 무공을 익히겠는가? 자존심은 곧 의지이자 투지. 자존심을 꺾는 순간 스스로에게 한계를 지우는 것이고, 바로 애써 약해지는 행위인데 그걸 모르는가?"

"으음."

승리는 소운의 말에 반박할 수 없었다. 무인으로서의 자존심은 존중받아 마땅하다. 오히려 이 일로마협이라는 자는 의와 자긍심을 겸비하고 있어 혈불이 그를 탐내는 이유를 재삼 수긍하게 했다.

소운은 승리의 반응에 아랑곳하지 않고 청산유수같이 말을 이어갔다.

"그대의 사제인 칭타란 자는 독존의 명예를 저버린 자. 과거 독존은 천하를 독패하여 누구에게도 굴하지 않았는데, 사조의 무공을 되찾으려는 노력은 하지 않고 혈불에게 기대었으니 이제 독왕곡이 혈뇌음사를 넘어설 날은 다시 오지 않을 것이다."

"진정으로 그렇게 생각하는가?"

그렇다고 눈앞에 보인 쉬운 길과 좋은 제안을 일언에 거절한다는 건가? 승리는 그렇게 묻고 있었다. 무인으로서의 자존심은 무공이 강해졌을 때도 지킬 수 있지 않은가?

소운은 그의 말에 숨겨진 질문에 대답했다.

"그리고 가장 중요한 것은 따로 있다."

"뭐지?"

"내가 혈불에게 가면 그대와는 싸울 수가 없게 된다. 그렇기 때문에 나는 절대로 혈불에게 갈 수 없다."

"나와 싸워야 하기 때문이라고? 어째서 그런 생각을 하는가? 나는 그 정도로 그대에게 원한을 샀다고는 생각지 않는다."

승리는 황당한 표정을 지었다.

소운의 대답은 정말로 예상치 못했던 것이었다. 무인에게 앞으로 나아가는 길을 열어주는 것은 정말로 큰일이다. 작은 원한이 있어도 그냥 덮어야 정상이다. 전에 말한 자존심 문제는 이해가 가는데, 자신과 싸우기 위해 안 간다는 말은 정말 받아들이기 힘들었다.

"하하하하."

소운은 웃었다. 승리란 자의 한계가 보였다.

"잘 들어라. 지금 앞으로 나아가는 길은 이미 안다. 그건 바로 싸우는 것이다. 그냥 싸우는 것이 아니라 목숨을 걸고 싸워야 하지. 그럼 길은 저절로 열린다. 그것도 가장 빠르게 나아갈 수 있는 길이. 문제는 내가 지금 목숨 걸고 싸워야 할 자가 천하에 몇 명 안 된다는 것이다.”

“크으으, 나를 수련 상대로 쓰겠다는 뜻이군.”

“혈불은 만나면 당장은 이익이 될지 몰라도 나중에는 큰 벽이 생기게 된다. 하지만 그대와 싸워 길을 열면 그 벽이 없다. 나는 천하의 그 누구에게도 질 생각이 없다. 혈불이든 천마든 모두 넘어 보일 것이다.”

“태산이 스스로를 높다 생각하여 하늘을 넘보는 격이로군. 어쩔 수 없지.”

승리는 한숨을 내쉬며 중얼거렸다. 역시 대천혈의 주인은 이인자의 자리를 원하지 않는다.

잡으려면 조금 더 일찍 잡았어야 했다. 이미 상대도 초절정의 경지에 들어섰기 때문에 적당히 했다가는 승부를 장담할 수 없다. 이제는 손에 힘을 조절해서 사로잡는 것이 아니라, 상대가 질겨서 살아남기를 기대해야 한다.

‘일단 싸운다. 죽으면 어쩔 수 없지만 숨만 붙어 있다면 사부님께서 선택을 하실 것이다.’

승리는 그렇게 생각하며 양팔을 좌우로 벌리며 큰 대자 모양으로 섰다. 그러자 여섯 개의 금환이 손을 벗어나 허공에 나란히 섰다.

우우우우웅!

황금빛의 강기가 금환으로부터 뿜어져 나오기 시작했다. 손을 떠난 금환이 강기를 발하는 것도 놀라운데 그게 여섯 개라니?

"여섯 개의 이기어검을 쓰는 것과 마찬가지인가?"

"그렇다. 하지만 그렇게 간단한 것이 아니지. 육양금환이 얼마나 무서운 절기인지 곧 알게 될 것이다."

승리가 선언하자마자 금환들이 일제히 회전을 하기 시작했다. 회전이 하도 빨라서 이제는 금환이 아닌 황금으로 된 공처럼 보였다. 그에 따라 주변의 기운들이 소용돌이처럼 요동을 쳤다. 초식을 펼치기도 전에 기세가 소운을 압박했다. 이에 소운은 검을 가슴 높이로 들어 앞으로 뻗었다. 그러자 검끝 한 점에 모인 기운이 점점 커지면서 소운의 전신을 감쌌다.

"검강으로 몸을 감쌀 정도라니. 과연 그대는 완벽한 경지에 들었군."

나이 사십도 안 되어 보이는 일로마협의 무위가 상상을 초월한다. 승리는 내심 부러움을 느꼈다. 하지만 어제오늘 경지에 든 자는 결코 오래된 자를 이길 수 없다. 자신이 할 수 있는 것을 모두 알지 못하고 힘을 완벽하게 사용할 수가 없는 것이다.

"일단 이것부터 받아보게."

승리가 두 손을 가슴으로 모아 합장을 하니 회전하는 육양 금환이 모두 다른 궤적을 그리며 소운에게 날아갔다. 하나하나가 살아서 제 마음대로 움직이는 듯했다.

정지해 있을 때에는 공기를 울리는 소리를 냈는데, 일단 움직이니 아예 소리조차 나지 않았다. 그러면서 금환의 회전력에 의해 엄청난 흡인력이 발휘되었다.

카카카카카카캉!

소운은 검을 휘둘러 단번에 여섯 개의 금환을 모두 때렸다. 그러자 금환은 공이 튕기듯 사방으로 퍼졌다. 생각보다 무겁지는 않았다.

그러나 소운은 자신의 강기가 크게 흔들림을 느꼈다. 검과 금환이 부딪친 순간 검에서 발출하던 강기가 금환에 의해 뜯겨져 나갔다. 마치 맹수가 날카로운 어금니로 상대의 살점을 뜯어먹는 듯한 형세였다.

"과연, 혈불이 일으키던 빨아들이는 강기를 무기의 특성으로 구현한 것이군."

소운은 승리의 수법이 혈불과 닮아 있음을 알았다. 단지 혈불은 작은 염주알로 충분한 힘을 발휘했지만 승리는 무거운 금환을 쓴다.

그사이 금환이 다시 돌아와 소운을 핍박했다. 여섯 방위를 완벽하게 점한 채 소운이 도저히 피할 수 없게 만들었다. 어쩔 수 없이 다시 쳐내니 금환은 강기를 뜯어먹으며 튕겼다.

"강기를 자유롭게 사용한다는 것은 바로 이런 것일세."

승리가 웃으면서 말했다. 그는 여전히 합장을 한 채 전혀 움직이지 않았다.

"차앗!"

초절정고수는 기합을 지르지 않는다. 그러나 소운은 스스로에게 채찍질을 하듯 크게 소리치며 승리에게 쏘아져 나갔다. 그러자 승리가 기다렸다는 듯이 합장한 손을 앞으로 쭈욱 뻗었다. 그의 손이 순식간에 세배는 커지고, 장심에 붉은 강기가 서렸다.

펑!

검과 장이 부딪치자 두 사람이 동시에 세 걸음씩 뒤로 물러났다. 호각지세! 그러나 소운쪽으로는 사방에서 금환이 공격을 해왔다. 소운은 방금의 격돌로 받은 충격을 해소하지 못하고 연속해서 검을 휘둘러 금환을 튕겨내야 했다.

반면에 승리는 여유롭게 몸을 다스려 끓어오르는 내기를 가라앉혔다.

'제기랄, 금환을 사용하면서 사용하는 장법이 나와 비슷하다니.'

소운은 암울함을 느꼈다. 승리 본신의 힘이 조금만 더 약했으면 어떻게든 수를 낼 수 있으련만 금환을 조정하면서도 이 정도라면 그야말로 압도적으로 불리한 것이다.

'내공이 달리는 것은 원래부터 알고 있었지.'

소운은 이를 악물고 다시 몸을 날렸다.

"허어, 대단하군."

승리는 감탄을 하며 다시 대뇌음사의 최후무공인 혈운장으로 소운과 맞섰다. 그러나 소운은 정면으로 혈운장과 맞서지 않고 끊임없는 변화로 상대를 했다.

그러면서도 소운은 결코 물러나지 않고 점점 승리에게 다가갔다. 그러자 육양금환의 움직임에 제약이 생겼다. 승리의 몸이 금환을 막았다. 이제 금환은 소운의 앞과 뒤를 노릴 수 없게 되었다.

"너의 몸이 곧 나의 방패다. 금환과 노느니 너와 사생결단을 내겠다!"

"과연 대천혈, 싸우는 방법을 본능적으로 아는가!"

승리는 감탄을 하면서도 물러나지 않았다. 물러나 봐야 소용이 없다는 것도 알고, 또 자존심상 하수를 상대로 뺄 수도 없었다.

퍼퍼펑!

혈운장의 기운이 공간 중에서 저절로 터졌다. 혈운장의 진정한 위력은 바로 이런 폭강에서 나온다.

하지만 소운은 몸 바로 앞에서 강기가 터져도 꿋꿋하게 검을 휘둘러 승리의 몸에 상처를 입혔다. 살을 주고 뼈를 깎는 수준은 못 되어도 적어도 살을 주고 살을 벨 수는 있었다.

얼마 안 가 두 사람의 몸이 피투성이가 되었다. 서로 딱 붙어서 싸우고 있기에 어쩔 수 없는 상황이라 할 수 있었다.

'시간이 지나면 지날수록 내가 불리하다.'

소운은 냉정하게 판단했다.

현재 둘의 부상 상태는 비슷하다. 변화로만 따지면 소운의 검이 승리의 장법보다 우위에 있다. 그리고 결정적으로 승리의 장에는 흡입력이 없다.

'문제는 금환인데……'

금환의 위력은 절대적이다. 소운은 금환을 쳐낼 때마다 계속해서 몸 안의 기운이 빠져나가는 것을 느꼈다. 그리고 그걸 쳐내기 위해서 승리보다 훨씬 빠르게 움직여야 한다.

소운의 싸움은 전혀 고수답지 못하다. 처음부터 전력으로 힘을 써서 평수를 유지하고 있지만 결국에는 힘이 떨어질 수밖에 없다.

지금까지 선전한 것은 승리를 끌어들이며 정신과 체력을 최고로 끌어올린 덕이 컸다.

반면에 승리는 이런 상황에서도 여유있게 체력을 보존해

가며 싸우고 있다. 상대의 기세가 예리함을 알고 먼저 그걸 둔하게 만들려 하고 있다. 이대로 가면 소운이 가졌던 하나의 장점이 사라지고 반대 상황이 된다.

시간은 더 이상 소운의 편이 아니었다. 그러나 소운은 조급해하지 않았다. 그는 때를 기다렸다.

'대정태극의 묘는 아직 발휘되지 않았다.'

필살의 절초는 발출되면 상대가 확실하게 제압되어야 한다. 그렇지 않으면 필살이라 할 수 없다. 그러기 위해서는 초식의 절묘함도 중요하지만 어떤 면에서 발출시기가 더욱 중요하다. 상대가 막을 수 없는 상황에서 초식을 써야 필살이다!

위이이잉!

소운은 방금 머리 위로 날아온 금환 하나를 피했다. 머리카락에까지 호신강기로 뒤덮지 않았다면 금환의 흡입력에 몽땅 뽑혔을 것이다. 그러나 하나의 금환을 쳐내지 않고 피하니 다른 금환이 더욱 소운을 궁지에 몰아넣었다.

양옆에서 동시에 어깨와 무릎을 노리고 날아들었다. 이제는 물러날 수밖에 없다. 이번에 물러나면 승리는 안전한 곳에서 내상을 치료할 것이다. 단약 하나만 먹을 시간을 주어도 소운에게 승산은 없다.

그때, 소운의 몸이 갑자기 아래로 쑤욱 꺼졌다.

“……!”

숭리는 장을 뻗다가 놀란 표정으로 소운을 보았다. 소운의 몸이 허리까지 땅속으로 꺼진 것이다. 동시에 소운은 검을 뻗어 좌측의 금환을 찔렀다.

지금까지 금환을 쳐내는 초식은 모두 베는 동작이었다. 찌르면 회전하는 금환에 검이 끼어 부러지기 때문이다. 하지만 금환이 회전을 하는 데에는 항상 축이 있다. 소운은 그 축을 정확하게 찔렀다.

그러자 금환은 힘을 쓰지 못하고 소운의 검에 밀려 위로 올라갔다. 튕기지도 않고 검끝에 붙은 듯 밀렸다.

카캉.

다시 하나의 금환이 붙었다. 검으로 좌측 금환의 축을 밀고 밀린 금환으로 우측 금환의 축을 미는 것이다.

인간으로서 생각하기 어려운 신기에 숭리는 순간적으로 당황한 듯 쌍장의 움직임이 아주 약간 늦어졌다.

그때, 소운의 몸이 다시 위로 솟아오르며 금환을 숭리 쪽으로 밀어 넣었다. 쌍장의 사이를 교묘하게 통과하여 상대의 가슴 한가운데를 정확하게 때렸다.

퍼펑!

“커헉!”

숭리는 입에서 피를 토했다. 둘이 싸우기 시작한 후 처음으로 제대로 된 일격이 성공했다.

그러나 소운은 속으로 욕을 하며 즉시 몸을 뒤로 뺐다. 싸움 중에 뒤로 피하는 행위는 가장 위험하다는 것을 알지만 어쩔 수 없었다.

원래대로라면 승리는 자신의 강기에 의해 가슴에 구멍이 뚫려야 한다. 그런데 금환이 승리의 가슴을 때리는 순간 금환의 강기가 모두 승리의 몸 안으로 사라졌다. 승리가 피를 토한 것은 소운의 검이 밀어내는 힘에 의한 것일 뿐, 강기로 인해 내부가 파괴된 것은 아니다.

동시에 승리의 쌍장에서 일어나는 혈운장의 강기의 기운이 두 배나 강해졌다. 더 놀라운 것은 다른 네 개의 금환이 모두 승리의 몸을 때리며 그 강기를 승리의 몸속에 주입하면서 일어났다.

우우우우웅!

승리의 쌍장에는 상상하기 어려운 힘이 모였다. 금환의 힘이 모두 쌍장에 모인 것이다. 그중에는 소운이 빼앗긴 강기의 기운도 섞여 있음이 틀림없다.

"황금신장이란 것이다."

승리는 그렇게 말하며 두 장을 모아 앞으로 뻗었다. 핏빛의 강기는 어느새 황금색으로 변해 천지를 덮었다.

소운이 피할 곳은 없었다.

쾅!

"아아아아악!"

소운은 피를 토하며 뒤로 날아갔다. 그의 전신을 덮고 있던 호신강기는 완전히 사라졌다. 전력을 다해 막았는데, 황금신장이 소운의 몸에서 발하는 기운을 모두 뜯어먹었다.

승리는 웃으며 말했다.

"확실히 그대는 뛰어나군. 몸이 가루로 변해도 이상하지 않은데 살아 있다니?"

"……."

마지막 비명 이후로는 신음 소리조차 내지 않는 소운이었다. 하지만 승리는 소운이 살아 있다는 것을 알았다. 가장 바람직한 결과다.

그는 천천히 걸음을 옮겨 소운에게 다가가며 말했다.

"육양금환의 움직임을 반대로 이용할 수 있다는 것은 감각과 움직임이 이미 초인의 경지에 올랐다고 봐야겠지. 하지만 생각을 잘못했다. 육양금환과 황금신장은 그런 초인을 상대하기 위한 수법이다. 초절정의 고수가 더 위의 단계로 나아가기 위한 무공. 말하자면 초절정의 고수들을 제압하기 위한 최고의 수법이다."

소운은 바닥에 쓰러진 채 손가락 하나 움직일 수 없는 상태였다. 그대로 절명하지 않은 것이 신기할 정도. 그러나 의식은 잃지 않았다. 감각도 여전히 남아 있었다. 보지 않아도 승리가 천천히 이쪽을 향해 걸어오는 것이 느껴졌다.

'그렇군. 금환은 공격수단이 아니라 함정이었어. 장법이 진짜고 금환은 결정적인 순간까지 상대의 힘을 흡수하는 도구에 불과한 거야.'

필살기는 쳐내는 순간이 아주 중요하다. 소운은 대뇌음사의 최고무공인 황금신장의 함정에 제대로 빠져 상대에게 필살기를 쓸 기회를 제공했다.

'패했군.'

소운은 그렇게 생각했다. 내력이 전혀 모이지 않았다. 몸도 움직이지 않았다. 눈도 보이지 않았다. 심지어는 고통도 느껴지지 않았다. 그는 지금 자신이 죽은 것이 아닐까 하는 생각마저 했다.

그런데 막상 패했다고 마음속으로 인정을 하려 하자 무엇인가가 그것을 부정했다.

움직일 수 없다고? 정말?

소운은 스스로에게 반문했다. 생각을 하고 느낄 수도 있는데 움직일 수 없다고? 그는 다시 생각했다.

시간이 아주 느리게 흐르는 듯했다. 주변의 기운이 생생하게 느껴졌다. 그런데 그 기운 가운데 한 가지 느끼지 못하는게 있었다. 바로 자신의 몸에 흐르는 기운이었다. 지금까지 몸 안의 기운은 너무 쉽게 느껴지고 또 마음대로 움직여졌다. 그래서 소운의 감각은 밖으로 밖으로 퍼져 나가며 예민해졌을 뿐, 안을 살피는 것을 등한시했다.

'바본가? 나는?'

소운은 애써 자신의 몸속에 흐르는 기운을 살폈다. 수천 수백 개로 나누어진 기운이 몸속 구석구석에 제멋대로 퍼져 있는 것이 느껴졌다. 스스로 생각하기에도 한심할 정도로 몸이 망가져 있다는 증거였다.

'이걸 다시 모아 싸우는 건 무리인가?'

그러려면 적어도 일 년은 걸릴 것이다. 그리고 승리는 그의 앞쪽 삼 장 앞까지 다가와 있었다. 시간이 없다.

'어, 그러고 보니!'

소운은 자신의 몸속에 여전히 남아 있는 힘의 덩어리를 느꼈다. 그것은 바로 혈장천마의 내력과 독정의 기운이었다. 이런 상황에서도 그 두 기운은 바위처럼 단단하게 소운의 단전 안쪽에 자리를 잡고 있었다.

'훗, 승리의 황금신장도 너희들에 비하면 티끌과도 같구나.'

소운은 왠지 모르게 웃음이 나오는 것을 느꼈다. 천마의 경지가 이렇게 높은데 승리와 자신은 굼벵이처럼 바닥에서 꿈틀거리며 누가 더 빠르게 기어가는가를 겨루고 있었다.

소운은 천천히 몸을 일으키며 작게 중얼거렸다.

"여기서 주저앉을 수는 없지."

놀란 것은 승리다. 그는 소운이 어떻게 움직일 수 있는지 도저히 이해할 수 없었다. 그가 느끼기에 소운의 몸은 거의 태반 이상 죽어 있었다. 전신 혈맥이 가닥가닥 끊어지고, 뼈와 근육도 정상이 아니다.

그런데 몸을 일으킬 수 있다니?

소운은 검을 앞으로 내밀었다. 그렇게 당하고도 검을 손에서 놓지 않은 것을 보아 그는 이미 의원이 아닌 검사라 할 만했다.

"유가술인가? 사지가 끊어지고 심장이 파괴되도 살 수 있는 수법은 유가술밖에는 없다."

승리는 겨우 소운이 움직이는 이유를 찾았다. 천축밀종의 유가술에 스스로의 몸을 죽여 오히려 힘을 얻는 비술이 있다고 들었다. 같은 밀종계열이기에 승리도 비슷한 수법은 몇 개 알고 있다.

소운은 입가에 잔잔한 미소를 지으며 대답했다.

"그게 뭔지 모르지만 이건 대정태극의 오의인 천지불이의 힘이다."

"천지불이?"

"주변의 기운을 몸속에 빨아들여 몸을 조정하는 방법이지."

"으음, 그런 술법이 있다니? 중원의 술법도 무시할 수 없군."

"술법이 아닌 무공이다. 바로 내가 말한 초절정에서 더 앞으로 나아갈 수 있는 길이지."

"……."

승리의 안색이 굳었다. 소운이 말을 끝냄과 동시에 앞으로 내민 검끝에 파란 강기의 기운이 모이기 시작했다.

"아직도 싸울 수 있다는 것인가? 아니, 그보다도 몸속의 기운이 아닌 주변의 기운을 모아 강기를 형성하는가?"

"……."

소운은 대답하지 않았다. 지금은 기운을 모으기 바빠 대답할 여유도 없었다.

승리는 한숨을 쉬며 말했다.

"확실히 그건 사부님이나 가능한 경지다. 나는 하지 못하지. 그러나 지금 그대가 모을 수 있는 기운이 얼마나 되지? 그걸로 몸을 치료하려 하지 않고, 싸우려 하다니……."

승리는 알 수 있었다. 소운이 지금 모으는 힘으로 몸을 치료하려 하면 틀림없이 원래대로 돌아갈 수 있음을. 하지만 소운은 몸을 돌보지 않고 그 힘을 검끝에 모으고 있었다.

"역시 대천혈은 죽기 전에는 꺾이지 않는가."

승리는 한탄을 하며 두 손을 들었다. 그의 손에 다시 붉은 기운이 구름처럼 모였다.

이제는 포기다. 그냥 죽이는 것이 좋겠다. 승리는 그렇게 생각했다.

우우우웅!

혈운장의 강기가 소운을 향해 뻗어나갔다. 검끝에 깨알만하게 모여 검사인지 검강인지 구분도 안가는 소운의 힘에 비하면 무너지는 태산과도 같은 기세였다.

소운은 웃었다.

"이것으로 끝이다."

소운은 검을 내민 채 가볍게 한 걸음을 앞으로 나아갔다.

그런데 그 순간, 소운의 검 끝에 모인 푸른 강기가 일 장이나 뻗어나갔다.

소운은 다시 한 걸음을 나아갔다.

화르르륵!

검강이 불길처럼 타오르며 삼장으로 늘어났다. 처음 그가 승리와 싸우기 시작할 때보다 오히려 강한 강기의 힘이었다.

"어떻게 그런!"

승리는 기겁하여 전신의 내력을 집중시켰다. 두 팔목에 걸린 육양금환이 빛을 내며 요동을 치자 혈운장의 붉은 강기가 눈부신 황금강기로 바뀌었다.

"황금신장!"

콰콰콰콰!

강기가 파도처럼 연속해서 발출되었다. 두 번째 강기는 첫 번째보다 빠르고, 세 번째 네 번째 강기 역시 앞의 것보다 빨랐다.

황금색의 파도는 허공 중의 어느 한 지점에 달해 동시에 뭉쳤다. 그곳은 바로 소운의 검끝이 머무는 지점이었다.

승리는 정확하게 소운과 부딪치는 지점을 예측하고 그곳에 힘을 집중시킬 수 있었다.

그러나 소운은 아랑곳하지 않고 다시 한 걸음을 앞으로 나아갔다.

우우우우웅!

검에서 묘한 소리가 나며 검강이 오장을 뻗었다. 신기하게 황금색의 파도는 소운의 검강과 부딪치자 그냥 허무하게 뒤로 밀렸다.

"……!"

승리의 눈이 더할 나위 없이 커졌다. 이미 황금신장의 기운은 그의 제어에서 벗어나 소운의 검끝에 걸려 버렸다. 어떻게 이런 일이 일어날 수 있는지 도저히 이해할 수가 없었다.

소운은 마지막 한 걸음을 내딛으며 말했다.

"항거할 수 없는 힘이란 이런 것이다."

팟!

검강이 앞으로 십장이나 뻗어나가며 승리의 가슴을 관통했다. 동시에 언제 그런 힘이 존재했었냐는 듯 팍 하고 꺼졌다.

남은 것은 가슴 한가운데가 뻥 뚫린 승리. 믿을 수 없다는 표정으로 그는 절명했다.

"크윽!"

소운은 참았던 신음을 터뜨렸다. 싸움이 끝나고 자연의 기운을 몸 안으로 받아들이자 몸이 저절로 회복되기 시작했다. 그런데 회복이 시작됨과 동시에 고통이 물밀 듯이 밀려와 제대로 서 있기도 힘들었다.

"살아 있음을 알려주는 고통인가? 반갑지는 않군."

그는 억지로 가부좌를 틀고 앉아 기운을 다스리기 시작했다. 어쨌거나 승리는 죽었고, 그는 살았다. 기분이 나쁘지는 않은데 당장 죽고 싶을 정도로 몸이 아팠다.

"역시."

소운은 몸속의 상태를 살피며 한숨을 내쉬었다.

가장 큰 문제는 바로 혈장천마의 내공이었다. 소운은 급한 김에 그걸 움직였는데 그때는 의외로 쉽게 제어가 되었다. 승리는 혈장천마의 내공에 눌려죽은 셈이다.

그런데 일단 외부의 기운으로 몸 안을 치유하기 시작하자 혈장천마의 내공이 말을 듣지 않았다.

‘젠장, 이제 보니 내 몸속의 기운이 하나도 없으니까 이놈이 자기가 주인인양 움직인 거로군.’

소운은 일이 잘못 되었다는 것을 알았다. 혈장천마의 내력이 가까스로 모이기 시작한 소운의 내공을 공격하기 시작했다. 외부로부터 침투한 잘못된 기운으로 판단한 듯하다.

그의 몸이 간질병에 걸린 것처럼 부르르 떨렸다. 소운의 내력은 다시 산산이 부서져 몸 구석구석으로 퍼졌다. 그리고 이번에는 혈장천마의 내공이 그걸 좇아 같이 퍼지기 시작했다.

그것으로 끝나지 않았다. 불행은 한꺼번에 찾아온다는 말처럼 이번에는 독정이 움직였다. 혈장천마의 내력이 흩어지면서 독정을 누르는 압력이 약해진 것이다.

“크으으으!”

하늘 위에 또 하늘이 있고, 바보 밑에 천치가 있다. 소운은 극한의 고통 위에 초극한의 고통이 있다는 것을 알았다.

독정이 퍼지면 전신이 녹아 죽는다. 제어를 해야 한다!

소운은 필사적으로 저항을 했다. 그러나 모두 다 헛된 꿈에 불과할 뿐이다.

그의 몸속에 있는 기운 중, 구할 이상이 그의 것이 아니다. 승리를 죽인 힘이 이번에는 소운도 죽이려 했다.

이것이 말로만 듣던 주화입마란 것인가. 소운은 자신의 몸이 더 이상 자신의 것이 아니라는 것을 깨달았다.

그리고 단순히 주화입마로 끝나지 않는다. 반신불수나 식물인간도 그에게는 요원한 일일뿐. 곧 독정에 의해 녹아버릴 게 틀림없다.

"죽을 수는 없다."

소운은 이를 악물고 그렇게 중얼거렸다. 그리고는 떨리는 손으로 품속에 있는 금합을 꺼내 열고 속에 있는 금침을 들었다.

그중 하나를 반으로 꺾자 다시 검은색의 작은 침이 나왔다.

독존이 남긴 유물 중 천하제일독 절혼독이 발린 침. 과거 소운은 이것으로 혈장천마의 백회혈을 찍어 죽인 바 있다.

'죽지마라. 이걸로 죽으면 난 멍청하게 자살하는 게 된다! 흡!'

소운은 그것을 주저없이 백회혈에 박았다. 그러자 머리 위로부터 번개 같은 기운이 몸을 관통하듯 스며들었다.

두 개의 힘이 난리를 치는 가운데에 새로운 힘이 들어왔다. 독정은 이게 웬 떡이냐 하고 절혼독의 기운을 흡수하기 시작했다.

혈장천마의 기운은 갑자기 강해진 절혼독에 놀라 잡졸에 해당하는 소운의 본신내력은 그냥 놔두고 독정에 대항하기 시작했다.

그 결과 고통은 여전해도 소운의 몸이 약간은 자유로워졌다. 소운은 앞에 놓은 금침을 들었다. 그리고는 그것을 하나 하나 몸에 놓기 시작했다.

사사사삭.

스스로의 몸에 금침을 꽂는 것은 이미 익숙하다. 그동안 부상을 입을 때마다 스스로 치료를 했으니까. 그러나 이번에는 사정이 달랐다.

천하제일이라는 칭호를 가진 활혼금침대법! 소운은 자신의 몸에 그것을 시술했다.

소운이 마교에 납치되어 장로들에게 사기 치기 위해 말한 이독제독의 주화입마 치료법. 그것이 지금 소운 자신의 몸 안에서 실현되고 있었다.

사사사사!

소운의 손은 점점 빨라졌다. 몸 안에서 싸우고 있는 기운들의 허점을 예리하게 파고들어 간섭하기 시작했다.

과거 혈장천마 때와는 달리 스스로의 몸속에 시술을 하는 것이기에 기운이 어떻게 움직이고 있는지에 민감하게 반응할 수 있었다.

하지만 몸속의 기운 쪽도 만만치 않았다. 독정이 새로운 원군을 만나 크게 강해졌기에, 소운의 금침은 혈장천마의 내공 쪽을 돕는 상황이었다.

그런데 막상 금침을 놓다보니 문제가 발생했다. 소운의 몸

안의 거의 모든 혈맥이 말썽을 일으키는 상황에서 소운의 손이 아무리 빠르게 침을 놓는다 해도 하나씩 꽂을 수밖에 없다.

'그렇다면!'

소운은 몸 주변의 기운을 움직여 침을 허공에 띄웠다. 그리고는 동시에 수십 개의 침을 활혼금침대법의 비법에 따라 거의 동시에 몸에 꽂았다.

이렇게 되니 한 번에 다섯 명의 의원이 활혼금침대법을 시술하는 것과 같은 효능이 났다.

'이것이군. 이런 식이 아니면 실패했을 뻔했어.'

소운은 어둠 속에서 겨우 하나의 촛불을 본 기분이 되었다. 그런데 그 촛불은 점점 밝아져 이제는 달덩이처럼 빛났다.

'금침은 필요가 없다. 강기로 침을 대신하면 더욱 강력한 효과를 볼 것이다!'

소운은 즉시 외부의 기를 모아 검사와도 같은 가는 강기를 형성했다. 미약한 힘이지만 금침과는 비교할 수 없다. 또한 그 굵기도 머리카락보다 훨씬 얇고, 막힌 기운을 밖으로 빼낼 필요도 없이 바로 태워 버리는 힘이 있었다.

무엇보다 몸 안쪽 깊숙이 집어넣어도 다시 뺄 필요가 없이 그대로 기운을 풀면 된다. 그러면 그 안에 자리를 잡고 저절로 치유에 도움을 주게 되는 것이다.

'이것은!'

강기의 침으로 활혼금침대법을 펼치기 시작하자 소운의 머릿속에는 밝은 태양과도 같은 빛이 비추었다. 그동안 알 수 없었던 모든 것이 한순간에 이해되어 버렸다.

'그렇구나. 독존경의 절혼금침대법은 단순한 강시술이나 침술이 아니다. 독존은 이 안에 최고의 무공을 숨겨 놓았던 것이다!'

깨달음을 얻자 지금까지 알고 있었던 독존의 무공들이 모두 이 안에 녹아들었다. 이건 독공이라고 할 수 없다. 다른 독존의 무공들과는 전혀 다른 형태인 것이다.

절혼금침대법에 다른 무공들을 섞어보면 하나하나가 이치에 어긋남이 없이 딱 들어맞았다. 하지만 이런 이치는 너무나도 어려워 소운처럼 초절정의 경지에 오르지 않으면 절대로 알 수 없는 것이었다.

'그래. 그래서 이 무공을 침술로 바꿔 남긴 것이군.'

소운은 독존의 마음을 짐작할 수 있었다.

원래 독존은 독공으로 초절정의 경지에 올랐다가 그것을 초월하여 새로운 세계에 접하게 되었는데, 그때부터는 자신의 무공이 기존의 독왕곡의 그것에 오히려 해가 된다는 것에 고민을 했을 것이다.

초절정의 경지에 오르기 전에 이런 이치를 보게 되면 돌아

가는 길을 포기하고 곧바로 빠른 길을 선택하는 것은 당연하
다. 그런데 그럴 경우 크게 위험하여 십중팔구는 몸을 망치게
되는 것이다. 천마신교의 천마무공 중에도 백에 하나의 확률
로 성공할 수 있는 무공이 있다. 그래서 어떤 교주도 그 무공
만큼은 익히지를 않는다.

독존은 자신의 후예들이 그런 상태가 되는 것을 원하지 않
았을 터이다. 후예들이 기존의 무공으로 초절정의 경지에 든
후에야 이걸 익히기를 바랬을 것이다.

그런데 독존은 결국 독존경을 후예들에게 넘기지 못했고,
비급은 활선문으로 넘어왔다.

'모든 게 인연이군. 독존, 고맙소.'

소운은 독존에게 마음으로부터 감사를 했다. 천마의 무공
에 검성이 남긴 대정태극의 이치를 더하고, 다시 독존경의 무
공으로 중심을 잡았다.

'세상에는 헤아릴 수 없는 많은 성질의 힘이 존재한다. 내
가 그것을 모두 가질 필요는 없다. 나는 나의 힘을 가질 뿐.
그리고 나의 힘으로 다른 힘을 움직이면 된다.'

소운이 생각함에 따라 그의 원래 내력이 점점 변하기 시작
했다. 그것은 더 이상 혈장천마의 묵혈신마공이나 독정의 기
운을 만나도 반발하지 않았다.

그러자 모든 것을 삼켜 동화시키려는 묵혈신마공의 기운

도 소운의 기운을 삼키려 하지 않았다.

곧 모든 기운이 있어야 할 곳으로 돌아가기 시작했다. 그리고 모든 거대한 기운이 단전으로 모였을 때, 소운의 기운은 하나의 작은 칼이 되어 그것들을 잘게 썰었다.

작아진 것들은 서서히 소운의 몸을 따라 돌았다. 그리고 소운의 몸 전체를 이롭게 했다.

승리와의 싸움으로 소운의 몸에는 수많은 상처가 생겼다. 그러나 곧 그 상처들이 아물기 시작했다. 몸속의 내상이나 울혈 역시 깨끗하게 사라졌다.

내외상이 모두 사라지자 이번에는 그의 몸을 더욱 강하게 만들었다. 원래는 인간이되 그 한계를 벗어난 신선의 몸!

소운은 새롭게 다시 태어났다.

이것이야말로 이야기 속에나 나오는 탈태환골의 현상이지만 아직 소운은 그것을 자각하지 못한 채 모든 기운이 자연스럽게 몸 안에서 움직이게 하는 데에 집중하고 있었다.

第七章

실혼지재(失魂之材)

최고의 재목을 찾았다

此南斗延壽保命時老君告天師曰

天八會之真文三洞三清之上

乃稟道元始天尊昔經歷于億萬劫天地始終

太上說南斗延壽保命

安真經太上說南斗

此經乃九天八

熙袞而人倫五運遷變萬彙

실혼지재(失魂之材)

'최고의 재목을 찾았다' 라고 그들은 생각할 것이다

　승리의 명에 의해 남겨진 수하들은 여전히 그 자리에 머물러 있었다.

　이미 그들은 계곡 안쪽에서 흘러나오는 엄청난 기운에 경악했다.

　"노라마께서 일로마협이라는 자와 싸우는 모양이다."

　"저런 기운이 일어날 수 있다니?"

　"가서 보는 게 좋지 않을까?"

　"미친 소리. 어중간한 고수들이 싸우는 거라면 도움이 되겠지만 저건 그냥 그림의 떡이야. 그리고 저 정도 기운이라면 파편에 스치기만 해도 몸이 가루가 될 걸?"

"하기야 그렇겠지."

"노라마께서 우리를 배려해서 이곳에 남으라고 하신 거다. 끝날 때까지 그냥 대기한다."

"그렇게 하는 게 좋겠다."

그들은 감히 그쪽으로 접근할 생각도 하지 못했다. 나름대로 강호에서는 일류고수로 행세할 수 있는 수준이지만 안쪽에서 일어나고 있는 싸움은 말하자면 초인대전인 것이다.

그런데 얼마 후에는 그런 기운이 사라져 버렸다.

"싸움이 끝났나?"

"곧 노라마께서 일로마협을 제압해서 나오시겠군."

"그 뒤에는 우리 차례다. 남은 자들이 있다면 모두 죽이는 것이 좋다."

"그건 노라마의 명대로 하면 된다."

그런데 그때 뒤쪽에서 쿠쿵 하는 폭발음이 일었다.

"엇, 뭐지?"

뒤를 돌아보니 계곡 입구에 쳐져 있는 절진의 외각이 누군가에 의해 파괴되고 있었다. 바깥쪽에 있을 때에는 몰랐는데 이렇게 안에 있으니 너무나도 잘 보였다.

"으음, 저자들은……."

"마교의 무리들이군."

그러고 보니 그들이 이곳으로 온지 거의 하루가 지났다. 그 사이 마교 놈들이 수상함을 눈치 채고 좇아온 모양이다.

이건 원래 예정에 있던 일이다. 하지만 원래는 그전에 이곳에서 모든 일을 처리하고 떠날 생각이었다.

"어떻게 하지?"

사람들은 외각의 진이 무너지는 것을 보며 대충 시간을 가늠해 보았다. 진의 파괴는 생각보다 빠르게 진행되고 있었다. 한두 사람이 온 게 아닌 모양이다.

"마교에 기문진학의 대가가 있는 모양이군."

"사람도 충분한 모양이다."

"어쩔 수 없다. 안으로 들어가 노라마께 보고를 하자."

그때서야 그들은 움직이기 시작했다. 안쪽으로 들어가니 넓은 공터가 있고, 그 한가운데에 누군가가 있었다.

정확하게는 한 사람이 앉아 있고, 그 앞에 누군가의 시신이 있었다.

"노라마님!"

사람들은 경악해서 외쳤다. 가슴이 뻥 뚫려 죽어 있는 자의 복장은 아무리 봐도 그들과 함께 온 승리였다.

그렇다면 승리가 일로마협에게 패해 죽었단 말인가?

"으으으, 어떻게 이런 일이!"

승리가 죽었다면 그들 또한 살 길은 없다. 절망만이 남은 것이다.

그들은 공터 한가운데에 있는 자를 보았다. 맹아혈견이 그르릉 하며 이를 드러냈다. 틀림없이 일로마협이다.

그런데 일로마협의 모습이 이상했다. 피투성이가 된 옷을 입고 있는 모습이 적지 않은 상처를 입은 모양이다. 가부좌를 틀고 앉아 필사적으로 내상을 치료하는 것이 틀림없다.

순간, 그들은 서로를 보았다.

"넌 몸을 피해라. 우리는 저놈을 친다."

조장 격인 자가 가장 몸이 빠른 자를 가리키며 말했다. 승리가 죽은 이상 도망가도 살 길은 없다. 하지만 만의 하나 일로마협을 척살할 수만 있다면 생로가 열릴 수도 있다.

그들은 일사분란하게 움직였다. 한 명은 보고를 위해 몸을 빼고, 다른 자들은 소운을 향해 뛰어갔다.

"어차피 저놈이 움직일 수만 있다면 우리가 아무리 대항해도 소용이 없다. 그러니 가장 확실하게 죽일 수 있는 수법을 써라!"

가장 앞에서 달려나가는 조장이 비장한 목소리로 외쳤다.

이에 그들은 방어를 생각하지 않고 거의 동귀어진에 가까운 수를 쓸 준비를 했다.

그런데 막 소운을 공격할 수 있는 거리에까지 도착했을 때, 소운이 갑자기 일어섰다. 그리고는 손에 든 검을 크게 한 번 휘둘렀다.

슈슈슈슝!

파란 빛이 번쩍이는 것을 본 순간 그들은 심장이 화끈함을 느꼈다. 그리고 몸이 움직이지 않는 다는 것까지 깨닫고 그대로 앞으로 쓰러졌다. 단 일 초에 전원 심장이 뚫려 절명한 것이다.

그러나 처음부터 도망을 가려고 몸을 뺀 자는 달랐다. 그는 뒤쪽에서 파란 섬광이 번뜩이는 것을 느끼자 급히 몸을 숙이려 했다. 하지만 상대의 검강은 너무나도 빨라 그대로 가슴을 관통했다.

털썩!

모든 것이 틀렸다. 피를 토하며 쓰러지면서 그는 그렇게 생각했다. 그런데 쓰러지는 상황에서 소운의 모습이 보였다. 그는 입에서 피를 흘리며 서서히 옆으로 쓰러지고 있었다.

'이런 죽일 놈. 이제 보니 거의 죽기 직전 상황에서 내상을 치료하다 우리가 공격하자 억지로 손을 쓴 거였군.'

옆으로 쓰러진 자는 절대 못 일어난다. 이미 의식을 잃었다고 봐야 한다.

문제는 그 역시 가슴에 구멍이 뚫린 상태라는 것이다. 그런데 다행히도 심장이 아니기에 즉사는 하지 않았다. 예상외로 출혈도 크지 않았다. 강기가 핏줄을 태운 모양이다.

'얼마 후에는 마교 놈들이 올 텐데…….'

그는 그렇게 생각하며 거의 움직이지 않는 손을 억지로 움직여 품속에 있던 내상약을 꺼냈다. 그걸 삼키자 일단 고통은 많이 줄어들었다.

그러나 금창약으로 피를 멈추게 하고 상처를 치료할 수는 없었다. 금창약을 바르면 냄새가 나기 때문에 마교 놈들이 알아차릴 것이다.

그러나 이대로 출혈을 계속하면 어차피 죽는다.

어쩔 수 없이 그는 기식대법을 사용하기 시작했다. 몸을 가사상태와 비슷하게 만들면 혈행이 느려져서 반나절은 버틸 수 있다.

그는 그렇게 끝까지 버티기로 결심했다.

소운은 땅에 쓰러진 자가 애쓰는 모습을 눈으로 보지 않고도 확실하게 알 수 있었다.

'오호, 참 기특한 자로군. 알아서 살아남기 위해 기식대법을 쓰다니.'

원래는 쓰러진 자가 모르게 기를 움직여 그자의 혈행을 느리게·할 생각이었다. 이제는 그런 짓도 가능해졌다.

그러면 상대는 자신이 생사고비를 넘기며 의식이 흐려졌다고만 생각하게 된다. 몸은 움직이지 못하고 의식만 흐릿하게 남아 있는 상태다.

그런데 알아서 기식대법을 시전하고 있었다. 힘쓸 필요가 줄어서 좋았다.

얼마 후에 드디어 기다리던 자들이 왔다.

천마신교의 외총단의 주축을 이루는 자들. 가장 앞에는 공손설과 그가 데려온 수라혈살대 대원들이 있다.

소운은 조용히 공손설에게 전음을 보냈다.

- 사매, 듣기만 해. 계획이 바뀌었다.

"잠깐, 다가서지 말고 일단 포위해라."

공손설은 즉시 손을 들어 사람들에게 공터에 쓰러져 있는 소운을 포위하게 했다. 쓰러진 자라도 초절정의 고수. 섣불리 손을 써서는 위험하다.

공손설의 말에 따라 수라혈살대 대원들이 조심스럽게 포위망을 형성하는 동안 소운의 전음이 이어졌다.

- 승리는 제거했고, 그 상황에서 사부님의 내공을 모두 녹여 내 것으로 만들었어. 그리고 새로운 길도 열었지.

공손설의 눈에서 희열의 감정이 일어났다. 소운의 말은 그가 마침내 대공을 이루었다는 것을 뜻했다.

- 하지만 아직 해결해야 할 일이 있어. 그래서 말인데…….

소운은 천천히 앞으로의 계획을 설명하기 시작했다. 공손설은 묵묵히 그 전음을 들었다.

곧 공손설은 조심스럽게 앞으로 나아가 소운의 상태를 살폈다. 그러더니 갑자기 품속에서 두 개의 커다란 대침을 꺼내 소운의 머리와 가슴에 있는 요혈에 꽂았다.

파파팍!

공손설은 다시 소운의 전신대혈을 짚었다. 하나같이 위험한 혈이었다.

일이 끝나자 공손설은 고개를 돌려 다른 사람들에게 말했다.

"몸의 내부에 커다란 충격을 받았다. 그 결과 주화입마에 빠져 점점 죽어가고 있다."

"의식을 회복할까요?"

수라혈살대의 선임자가 고개를 갸웃거리며 말했다. 그가 알기로 주화입마에 빠진 자는 그냥 죽이는 게 편하다. 그러자 공손설은 고개를 저으며 말했다.

"모른다. 하지만 숨만 붙어 있으면 사부님께서 어떻게든 할 수 있을 것이다"

사부님이란 바로 혈장천마다. 수하들은 공손설의 말에 아무런 반박도 할 수 없었다.

공손설이 다시 말했다.

"만약 사부님께서 마음만 먹으면 능히 이자를 회유할 수 있을 것이다."

“예? 그게 가능합니까?”

“사부님이라면 가능하다. 아니면 아닌 대로 또 다른 수단을 쓰면 되겠지.”

“……”

“조심스럽게 날라라. 돌아가는 대로 석관에 넣고 약물로 몸을 굳게 만들어야 한다.”

“넷!”

선임자는 곧 몇 명의 대원에게 손짓을 했다. 그들은 공손설의 명에 따라 조심스럽게 소운의 몸을 들어 날랐다.

“다른 시체들은 어떻게 할까요?”

공손설은 승리의 시체를 손가락으로 가리켰다.

“저기 저 시체만 가져간다.”

“알겠습니다.”

역시 다시 몇 명이 승리의 시체를 나르기 위해 투입되었다. 그들이 움직이는 것을 확인하듯 본 후 공손설은 혼잣말처럼 중얼거렸다.

“아무래도 이곳은 일로마협이 우리를 치기 위해 판 함정인 것 같다.”

“그렇습니까?”

수라혈살대의 선임자는 새삼스러운 기색으로 되물었다. 공손설은 다시 한 번 주위를 살피면서 고개를 끄덕이고 대답했다.

"다른 자가 살았던 흔적이 거의 없다. 적어도 본거지는 아니다."

"확실히 그렇습니다."

역시 천마의 제자는 다르다. 공손설이 실무에 투입된 것은 얼마되지 않았지만 그 능력이 무에 한정되지 않았음은 충분히 알 수 있었다. 이번만 해도 누구보다 냉정한 판단으로 거의 피해없이 어부지리를 한 셈이다.

공손설은 자신을 향한 감탄어린 시선을 무시하고 굳은 표정으로 말을 이었다.

"그런데 이 혈불의 주구들이 어떻게 알았는지 혈아맹견을 빼앗아 우리보다 선수를 쳤군. 혈아맹견의 비밀이 그들에게 새어 나갔다고 봐야 한다."

"배신자가 누설했을 겁니다."

"그래, 하지만 전화위복이 되었군. 호호호, 둘이 싸워 동귀어진을 할 줄이야."

공손설이 웃자 다른 자들도 입가에 미소를 지었다. 상관의 앞이라 소리를 내어 웃지는 않았지만 속으로는 깨소금 맛이라고 생각하고 있었다.

"가자! 여기서 더 지체할 필요는 없다."

공손설의 명에 따라 그들은 왔던 곳으로 다시 썰물처럼 빠져나갔다. 공터에는 이제 몇몇의 시체만이 쓸쓸하게 남았다.

그러나 기식대법으로 죽은 체 하던 자는 흐릿한 의식 속에서도 공손설의 말을 모두 들을 수 있었다.

＊　　　＊　　　＊

승리의 죽음은 곧 비혈단에 알려졌다. 살아남은 자는 가슴에 구멍이 뚫린 채 장시간 기식대법을 펼쳐 거의 폐인이 되었다. 그러나 입으로 말을 하는 것과 손으로 글을 쓰는 것은 가능했다.

칭타는 보고를 들으면서 악귀와 같은 표정을 지었다.

"크으으, 사형께서 일로마협 같은 자와 양패구상을 했다고? 사형은 결국 돌아가시고 그자는 마교에 잡혔다고?"

어떻게 그런 일이 있을 수 있을까? 초절정에도 위와 아래가 있다. 그것도 절정에서보다 훨씬 심하다고 한다. 비록 일로마협이 초절정의 경지에 들었다고 해도 그것은 어디까지나 초입단계, 이미 오래전에 경지에 들고 근자에 또 깨달음을 얻은 승리와는 비교도 할 수 없는 게 정상이다.

"이건 뭔가의 음모다. 그놈이 비겁한 수를 쓴 것이 틀림없다. 사형께서 그자를 회유하기 위해 방심하다 당한 것이다."

칭타는 이를 갈며 중얼거렸다. 그러나 아무리 부정해도 이

실혼지재(失魂之材) 247

미 승리는 없다.

가장 중요한 것은 이제 칭타 혼자서 비혈단을 이끌어야 한다는 것이다. 그런데 칭타 혼자의 무위로는 무림맹이나 마교와 일을 벌일 수 없다.

분노와 절망의 감정이 그의 가슴을 가득 메웠다. 그런데 그때 살아 돌아온 자가 다시 보고를 했다.

"마교에서는 일로마협을 소생시켜 자신들의 수하로 만든다고 합니다."

"회유를 한다고?"

"그건 아닌 듯합니다. 아무래도 세뇌를 한다는 것 같았습니다."

"크흠, 세뇌라. 그렇다면 마교에 초절정고수를 세뇌할 수 있는 방법이 있다는 것인데……."

칭타는 잠시 사형을 잃은 슬픔을 뒤로 제치고 이 일에 대해 고민했다.

혈뇌음사의 경우, 혈불이 세뇌가 가능하다. 그래서 승리는 소운에게 아무런 제재도 가하지 않을 테니 혈불을 만나보라고 한 것이다.

"혈장천마가 직접 손을 쓸 모양이군."

나름대로 머리를 굴려 납득을 해보았다. 천마가 얼마나 강한지는 그도 보았다. 그런 만큼 그가 단순한 공력만이 아닌 정신적인 공부를 쌓았다고 봐도 무리가 안 간다.

"그렇다면 그놈들은 우선 일로마협의 몸을 회복시켜야 할 것이다."

곧 죽을 놈의 몸을 혈장천마가 있는 곳까지 옮길 수는 없다. 그렇다면?

어느새 칭타는 완전히 분노를 거두고 냉정해졌다. 지금과 같은 위기 상황에서는 절대로 경솔하게 행동해서는 안 된다는 것을 그는 알고 있었다.

"죽은 사람은 어쩔 수 없다. 중요한 것은 사부님의 명이다."

혈불의 명은 바로 중원의 인재들 중 최고라 할 수 있는 청염마조 서정과 일로마협을 데려오라는 것이었다. 사실 비혈단은 그걸 위해 존재한다고 봐도 과언이 아니다.

그리고 승리가 죽은 이상 전략적으로 마교와 부대끼면서 세력을 확장하는 것은 어렵다. 이대로 조심스럽게 활동을 하면 명맥은 유지할 수 있을지 모르지만 그걸로 끝이다.

"좋아. 세력은 나중에 다시 천천히 일으키면 된다. 이미 중원의 관습과 지리에 대해서는 알 만큼 알았다."

칭타는 드디어 결심을 했다.

"일로마협의 몸에는 아직 청린사영의 향이 묻어 있을 것이다. 어떻게든 혈아맹견을 하나 빼돌려 그자를 추적하자. 지금이라면 그자를 얻을 수 있다.”

때로는 단순함이 곧 행동력으로 바뀐다. 칭타는 무조건 움직이기로 했다.

“지금 마교의 거점 중 우리가 알고 있는 장소가 모두 몇 곳이지?”

“여섯 곳입니다.”

“삼 일 뒤에 그곳들을 일제히 공격한다.”

무리가 있는 명령이다. 아무래도 비혈단은 천마신교에 비해 세가 약한데 그걸 먼저 공격한다면 처음에는 기습의 효과를 볼 수 있을지 몰라도 결국은 밀릴 것이다.

그러나 이미 세뇌가 끝난 자들이기에 칭타의 말에는 맹목적으로 따랐다.

“복명.”

“그리고 그사이에 본단의 고수들은 혈아맹견이 있는 곳을 찾는다. 가장 중요한 것은 적을 치는 게 아니라 혈아맹견을 찾는 것이다. 알겠나?”

“복명!”

그날부터 비혈단 단원들은 만사를 제치고 혈아맹견이 있는 곳을 찾았다. 이미 한 번 강호로 나갔다 들어간 혈아맹견이기에 마음먹고 추적을 하면 어디 있는 지는 알아낼 수 있었다.

하지만 그 과정에서 비혈단은 적지 않은 손해를 보았다. 가장 큰 손해는 비혈단의 거점 대부분이 역 추적으로 인해 드러난 것이다.

천마신교 쪽에서는 비혈단의 거점이 드러나면 추호도 망설이지 않고 맹렬하게 공격을 해서 쑥대밭으로 만들었다.

무림맹이 무황성 쪽으로 시선을 돌리고 있는 사이에 강남에서는 비밀 세력 두 곳이 치열하게 싸우고 있는 것이다.

어쨌든 간에 손해를 각오한 보람이 있어 비혈단에서는 겨우 천마신교의 지부 중 한곳에 있는 혈아맹견을 빼앗을 수 있었다.

칭타는 즉시 혈아맹견 이용하여 남은 자들을 모두 이끌고 청린사영의 향을 좇았다. 애초부터 그 혼자서는 비혈단을 유지할 수 없으니 일로마협을 찾아 서장으로 돌아갈 생각이다.

불쌍한 것은 칭타 이외의 비혈단 단원이었는데, 그들 대부분은 이미 약과 환법으로 세뇌를 당해 칭타의 명이 모두 자신들의 부귀영화와 직결된다고 믿어 의심치 않았다.

그렇게 그들은 강남의 세력을 정리한 전력으로 천마신교의 한 비밀 거점을 공격했다.

원래 함정이란 걸리기 어렵게 만들면 오히려 쉽게 걸리는 법이다. 소운의 의도대로 칭타는 자신의 세력을 바쳐서까지 함정에 걸렸다.

*　　　　*　　　　*

"저곳이군."

칭타는 마교의 비밀거점에 와 있었다. 그의 뒤로는 백여 명에 이르는 수하들이 따르고 있었다. 하나같이 무공이 뛰어난 자들이고 싸우는 데 있어 목숨을 아끼지 않는다.

"사망곡은 흑도의 고수로 알려진 삼보사왕의 거처입니다. 그자는 오 년 전에 강호의 기반을 정리하고 은거를 했는데, 원래부터 독술에 능해 아무도 위험을 무릅쓰고 사망곡에 들려고 하지 않습니다."

수하 중 한 명이 설명을 했다. 그의 설명에 의하면 아무래도 삼보사왕이라는 자는 마교에 포섭당해 비밀 거점 중 하나를 지키게 된 것 같았다. 마교나 비혈단이나 하는 짓은 그게 그건데, 그중 하나가 바로 은거한 척하면서 뒤로 호박씨를 까는 자들을 알아내어 포섭하는 것이다.

"저곳에 일로마협이 있을 것이다."

청린사영의 향은 계곡 안으로 이어져 있다.

"혹시 함정은 아닐까요?"

수하 중 한 명이 조심스럽게 물었다. 막상 최후의 진입을 하려고 하니 여러 가지 생각이 드는 모양이다.

“그럴지도 모르지. 하지만 그놈들은 우리가 일로마협을 찾으려 하는 것은 전혀 모르고 있다.”

마교에서 알고 있기로 숭리를 따라간 수하들은 모두 죽었다. 정보를 전해줄 사람이 없으니 혈불 쪽에서 단서를 찾았으리라고는 생각하지 못할 것이다.

물론 마교는 이걸 몰라야 정상이다. 그러나 안타깝게도 소운은 그걸 알고 있다. 더군다나 칭타는 소운이 일로마협이자 청염마조라는 사실을 꿈에도 생각지 못했다.

“하지만 그 청린사영이라는 비향을 지우지 않고 이동한 것이 마음에 걸립니다.”

“크크크, 그건 모르는 소리다. 청린사영의 독은 중독된지 삼 일이 지나기 전에 해약을 복용하지 않으면 절대로 향이 흩어지지 않는다.”

일로마협이 그 향을 알 리가 없다. 그렇기에 사람들의 추적을 뿌리치지 못하고 결국 유인책을 쓴 것이다. 이제 그 몸이 마교로 넘어갔지만 이미 향이 몸에 정착된 이상 지울 수는 없을 것이다.

“어쨌든 간에 저곳에 일로마협이 있는 것은 틀림없다. 우리는 오늘 저곳을 친다. 혹시라도 저곳에 그놈이 없으면 그 다음에 다시 생각을 하면 된다.”

“복명!”

"가자!"

칭타의 신호에 따라 사람들은 일제히 사망곡 안으로 들어갔다. 독무를 비롯한 각종 함정들이 무서웠지만 그들은 칭타가 나누어준 해독약을 이미 복용했다. 덕분에 항독력이 지극히 높아 웬만한 독은 전혀 소용이 없었다.

오히려 그들은 더욱 강한 독을 사용했다. 보이는 자들은 모두 절독이 묻은 암기를 일제투사해 격살했다.

"크윽! 스, 습격이……."

확실히 독왕곡의 독은 무섭다. 칭타가 마음먹고 독을 쓰기 시작하자 보통 무인들은 도저히 감당하기 어려웠다.

곧 안에서 몇 명의 절정고수가 튀어나왔다.

"어디서 온 놈들인지 모르지만 살아서 나갈 생각은 마라!"

"크크크, 마찬가지다. 살려서 빠져나갈 희망은 갖지도 마라."

칭타가 비웃듯 말하며 손짓을 하자 뒤에서 따르던 자들이 모두 달려들었다. 그들은 절정고수에 대한 합격진을 철저하게 연마한 자들이다. 절정고수 한 명당 여덟 명이 달라붙으니 확실히 우세를 점할 수 있었다. 원래 삼류무사였던 자들이 이제는 연수합공이라고는 해도 절정고수를 밀어붙이는 것이다.

"크하하하, 역시 나는 강해졌군."

"너희들은 모두 죽는다!"

순식간에 사기가 오른 수하들은 크게 흥분하여 서슴없이 위험한 수를 썼다. 거의 동귀어진에 가까운 수법들이었다.

"이익, 이놈들이!"

생각보다 적이 강하자 사망곡을 지키고 있던 자들은 당황하기 시작했다. 그들 중 하수에 해당하는 자들은 이미 피 구덩이 속에 누워 숨을 쉬지 않았다.

"이놈들! 네놈들에게 부시독의 맛을 보여주마."

안에서 누군가가 또 나왔다. 붉은색의 비단 옷을 입은 노인인데, 피부색이 회색에 가깝고 얼굴에는 주름이 도마뱀처럼 가득 지어져 있었다.

칭타는 홍 하고 비웃으며 말했다.

"삼보사왕이군. 부시독을 연성하고 있었나?"

피부가 회색으로 변한 것은 부시독이 거의 절정에 달해 있다는 뜻이다. 부시독은 썩은 시체로부터 추출하는 독으로 가장 강한 독 중 하나지만 익히는 방법이 너무나도 지독하여 웬만한 사람은 절대 익히지 않는다. 반면에 익히면 그만큼 치명적인 위력을 발휘한다.

그러나 칭타는 여전히 여유가 있었다.

"어디, 시체 썩는 냄새가 얼마나 독한지 좀 볼까?"

칭타는 손짓으로 수하들에게 삼보사왕의 주변에서 물러나

도록 명을 내렸다.

"네놈의 상대는 나다!"

칭타는 앞으로 달려가다 그 기세를 살려 권을 뻗었다. 그러자 삼보사왕도 지지 않겠다는 듯 한 걸음 앞으로 나오며 장으로 칭타의 권을 받았다.

펑!

칭타의 몸이 휘청거리며 한 걸음 뒤로 물러났다. 그리고 삼보사왕은 삼 보를 물러났다. 그리고 울컥 하고 피를 토했다.

"크크크, 알겠느냐? 네놈은 나의 상대가 안 된다."

칭타가 거만하게 말하자 삼보사왕은 오히려 칭타를 비웃으며 답했다.

"독인이 된 나에게 적수공권으로 대들다니, 상식도 없는 놈. 이미 네놈의 몸에는 부시독이 침투했다."

"응? 부시독?"

칭타는 방금 뻗은 손을 보았다. 과연 주먹 주변으로 회색의 가루 같은 것이 묻어 있었다.

"크크크, 부시독은 다른 말로 부공단장독이라고도 하지. 네놈은 이제 삼 일도 못 되어 뼈가 삭고 오장이 썩을 것이다."

듣기만 해도 살이 떨리는 저주와 같은 목소리였다. 그러나 칭타는 피식 하고 웃으며 혓바닥으로 손에 묻은 회색 가루를 핥았다.

"맛이 쓰군. 별로 좋은 부시독은 아닌데?"

"어헉! 네, 네놈은 부시독이 두렵지도 않느냐?"

"무섭지. 부시독을 무서워하지 않는 사람이 어디 있겠냐? 그래서 난 어릴 때부터 틈만 나면 부시독을 먹고 자랐다. 암, 이 독은 꼭 열 살 이전에 내성을 키워놓아야 발 뻗고 잠을 잘 수 있는 독이지."

"으으으."

열 살 이전에 부시독이 듣지 않는 몸이 되려면 어떻게 수련을 해야 할까? 그 순간 삼보사왕의 머릿속에 한 가지 떠오르는 것이 있었다.

"독왕곡! 네놈은 독왕곡에서 왔구나."

"그래, 이제 알았으니 죽어라."

칭타는 말이 끝나자마자 연속으로 주먹을 뻗었다. 독을 주무기로 삼는 자와 싸울 때에는 따로 무기를 사용할 필요가 없었다.

삼보사왕은 질린 얼굴로 칭타의 공격을 막았다. 그런데 초를 교환하면 교환할 때마다 힘이 빠졌다. 정확하게 말하면 육체가 닿는 순간 몸 안에 쌓은 부시독이 흐트러졌다.

"산독공이란 것이다. 산공독과 비슷한 것인데, 공력으로 독을 해체하는 비술이지."

칭타는 특별히 가르쳐 준다는 듯한 목소리로 말했다. 그러면서도 주먹질은 멈추지 않았다.

삼십 초가 채 지나기도 전에 삼보사왕의 얼굴이 십 년은 더 늙게 변했다. 이제는 눈에서 진물도 났다. 독이 빠지면서 몸이 오그라드는 느낌이었다.

칭타는 이제 끝을 낼 때가 됐다는 듯 현란한 움직임을 멈추고 두 주먹을 모아 동시에 내지르며 외쳤다.

"삼 일이나 있어야 죽는 독을 싸우면서 쓰다니. 네놈이야말로 독인의 수치다!"

펑!

"크아아악!"

삼보사왕이 피와 함께 단말마의 비명을 토하며 쓰러졌다. 칭타는 손을 한 번 탁탁 털어 싸움의 끝을 알렸다.

그러나 주변에는 여전히 격렬한 싸움이 계속됐다.

"이놈들, 이미 끝난 싸움에 무슨 미련을 가지고 버티는 거냐? 다들 그냥 죽어라."

칭타는 옆에 있는 자들부터 하나하나 처리를 했다. 그의 주먹이 닿는 자들은 그 순간 피부색이 녹색으로 변하며 픽픽 쓰러졌다.

혈불의 밑에서 수련을 시작한 이후 그는 독보다는 밀종의 무공을 주로 썼는데, 오늘 오랜만에 마음놓고 독을 쓰니 고향에 돌아온 기분이었다.

곧 장내에는 칭타와 그의 수하들 이외에는 아무도 살아 있지 않게 되었다. 칭타는 수하들에게 상황을 정리하게 시키고 혼자 안으로 들어갔다.

삼보사왕이 나온 곳은 지하석굴이었는데, 그 안에는 제법 넓은 공간이 있었다.

"흥, 이 쓸모없는 강시들은 뭐지?"

첫 번째 석실에 있는 것은 글자 그대로 강시였다. 그런데 척 보기에도 별로 힘을 못 쓸 것 같은, 그냥 움직이는 시체였다.

그러나 두 번째 석실로 들어갔을 때 칭타의 입에서 감탄성이 나왔다.

혈독천! 혈강시를 만들기 위한 피의 구덩이가 그곳에 있었다.

혈강시는 원래 강시를 만드는 과정에서 시신을 혈독천이라는 독혈 구덩이에 넣어 숙성을 시켜야 한다. 그러면 강시가 되어서도 몸 안에 피가 마르지 않고 있다가 상처를 입히면 피가 튀게 된다. 독혈이 닿은 자는 중독이 되니 이보다 더 무서운 병기는 없다고 해도 과언이 아니다.

문제는 혈독천에 담가진 시체가 녹지 않고 독혈을 몸 안에 흡수를 해야 하는데 그게 어렵다. 그래서 혈강시는 아무나 만들 수 있는 것이 아니다.

그런데 혈독천이 있는 것으로 보아 삼보사왕의 강시제조

술은 화경에 달한 듯했다.

칭타는 마음속으로 삼보사황의 재주를 칭찬했다. 그러면서 방 안을 계속 살폈다.

옆쪽에 있는 벽을 보니 여러 가지 강시들의 제조법이 빽빽하게 새겨져 있었다. 그것은 삼보사왕이 새긴 것이 아니었다. 시환독마라는 전대 강시공의 고수가 이곳을 만든 모양이었다.

"오호, 이제보니 삼보사왕이라는 놈이 시환독마의 거처를 발견해서 은거를 한 거였군."

사파 고수가 은거를 하는 이유 중에 하나가 바로 이것이다. 남들에게 말 못할 고급의 수련법을 발견했을 때. 그럴 때에는 보통 숨어서 조용히 익히게 된다.

칭타는 크게 기분이 좋아져 얼굴에 만족한 웃음을 지었다.

"크크크, 좋은 것을 얻었다. 어디보자. 혈강시를 위한 시체강화법이… 여기 있군!"

과연 그곳에는 혈강시 제조법이 온전하게 남아 있었다. 시체강화법은 각 강시제조 유파마다 다르기 때문에 적지 않은 수확을 얻은 셈이다.

한참 칭타가 벽에 새겨진 비법을 옮겨 적고 있을 때, 수하가 들어와 말했다.

"정리가 끝났습니다."

"그래? 그럼 밖에서 대기해라. 혹시 외부에서 누가 오는가

확인하고 어떤 경우에도 퇴로를 확보할 수 있도록 준비하고
있어라.”

“복명.”

“참, 그리고 삼보사왕이란 놈의 몸에서 나온 것은 모두 가
져와라. 알고 보니 그놈의 수법이 꽤 쓸 만하군.”

“복명.”

수하가 방을 나서자 칭타는 옮겨 적은 내용을 품속에 갈무
리하고 다시 안쪽 방으로 들어갔다. 혈강시도 좋지만 원래 목
적인 일로마협을 찾아야 했다.

가장 안쪽 석실인 세 번째 석실에는 두 개의 관이 있었다.
나무로 된 관이 하나, 그리고 신기하게 수정으로 된 관이 하
나 있었다.

둘 다 관 뚜껑이 열려 있었는데, 칭타는 그중 나무로 된 관
을 보고 놀라서 크게 외쳤다.

“사형!”

칭타는 관 안에 있는 승리의 몸을 끌어안고 부르짖었다. 수
십 년이나 사형으로 모신 자가 이제는 죽어서 시신만 남았으
니 슬프지 않을 리가 없다. 그러나 곧 그는 승리의 몸에서 손
을 떼며 인상을 찡그렸다.

“이것은?”

손바닥을 보니 붉은 반점이 군데군데 나 있다. 그의 몸에

이상을 일으킬 수 있는 독이라면 결코 범상한 것이 아니다.

"이런 독이 있다니?"

칭타는 즉시 품속에서 세 알의 단약을 꺼내 삼켰다. 붉은 반점이 나타나는 것을 보면 열독의 일종이다. 그렇다면 한독을 복용하여 균형을 잡아야 한다. 그게 바로 독공의 기본이다.

곧 그의 몸에 스며든 독기가 녹았다. 그렇게 되자 오히려 기운이 났다. 영약을 먹은 기분이랄까? 뜻밖의 횡재에 칭타는 냉정을 되찾고 주의깊게 승리의 몸을 살폈다.

"천하 삼대 극독 중 하나인 설녹질액이로군."

원래 승리가 입은 옷이 녹색이라 얼핏 보면 알아차리기 어려웠지만 알고 보면 천산의 눈 속에서만 나는 녹색 거머리의 진약이 발려 있었다. 열독 중에서는 제일로 치는 것이다.

"크크크, 사형의 시신에 이런 독까지 묻혀 놓다니, 대단한 혈강시를 만들려 했군."

삼보사왕은 승리의 몸으로 혈강시를 만들려 했던 것 같다. 칭타는 코웃음을 치며 말했다.

"여유만 있었다면 그놈의 몸을 가지고 가서 강시로 만들어 버리는 것인데, 아깝군."

삼보사왕의 시체를 들고 뛸 여력은 없다.

"일단 있는 거나 먹어야겠군."

칭타는 곧 독공을 운기하여 설녹질액을 빨아들이기 시작

했다. 독왕곡의 최대 비술 중 하나인 흡독공이다. 어느 정도 독을 흡수하면 다시 품속에서 반대 성질의 독을 꺼내 복용하고 운기를 한다.

이거야 말로 칭타에게는 기연이나 다름없는 일이었다.

한참 후, 칭타는 수정관을 보았다. 그 안에 있는 것이 일로마협일 가능성이 높다. 그런데 관에 담겨 있다니? 혹시 죽은 것일까? 결국 살리지 못해서 사형의 시신처럼 강시로 만들려 하는 중인가?

칭타는 조심스럽게 수정관 안을 살폈다.

"살아 있군!"

그곳에 있는 것은 시체가 아니었다. 미약하게나마 숨을 쉬고 있었다.

"다행이군. 약액과 한옥관으로 몸을 회생시키는 중인가 본데?"

수정관 안에는 우유빛 약액이 가득 담겨 있었다. 향으로 보아 범상치 않은 약재가 들어 있음이 틀림없다. 또한 수정관이라 생각했던 것은 천하의 보물인 한옥이었다. 이것 또한 무지막지한 값어치가 있는 것이다.

"크흐흐흐, 역시 투자한 것이 크니 얻는 것도 크군."

칭타는 너무나도 기분이 좋아졌다. 그는 또 얻을 만한 것이 있는지 얼른 주변을 보았다.

　한쪽 구석에는 책상이 있고 그곳에는 삼보사왕의 실험일지 비슷한 것이 있었다.
　칭타는 일지를 펴고 안의 내용을 확인했다.

　신교에서 보내온 한 구의 시체는 정말로 좋은 재료다. 이것이라면 혈강시 중에서도 최강의 혈강시를 만들 수 있다. 또한 그들이 넘겨준 비법 또한 놀랄 만하다. 산 자를 이용하여 혈강시를 만들 수 있다니! 이건 거의 전설에 내려오는 활강시나 다름이 없지 않은가?

　"으헉, 살아 있는 자로 혈강시를?"
　이건 또 뭔 소린가? 칭타는 계속해서 일지를 읽었다.

　한옥관에 담겨 온 자는 이미 죽은 것이나 다름없는 상태다. 육체는 소생시킬 수 있을지 몰라도 정신은 깨어나지 않는다. 신교에서는 가능하면 살리라 했지만 나에게 이자를 보내온 것으로 보아 이미 반쯤 포기했다고 봐야 한다. 그렇지 않았다면 강시비법을 같이 전해줄 리가 없다.

　칭타는 천마신교가 전해 주었다는 비법에 눈이 뒤집혔다.
　"삼보사왕의 몸에서 나온 물건들은 어디 있느냐?"

칭타는 즉시 외부에서 대기하고 있던 수하를 불렀다. 수하들이 혈아맹견과 삼보사왕의 몸에서 나온 물건들을 가져왔다. 혈아맹견의 반응으로 보아 수정관 안에 누워 있는 것은 일로마협이 틀림없었다.

칭타는 삼보사왕의 물건들 중 하나의 책자를 살폈다. 그것은 삼보사왕의 무공과 강시술에 대한 것이 적혀 있는 비급이었다. 그리고 비급의 가장 말미에는 근래에 적은 듯한 내용이 있었다.

칭타는 그 요결을 보자마자 단번에 이해했다.

"이건 독으로 활강시를 만드는 방법이다! 마교에 이런 수법이 남아 있었다니?"

살아 있는 자를 강시로 만들면 내공을 그대로 사용할 수 있다. 이것이야말로 최강의 강시가 된다.

그러나 자세히 보면 그건 아닌 듯했다.

비급 안에 있는 것은 삼보사왕의 일지에 적힌 대로 빈사 상태의 산 사람을 그대로 혈독천에 담가 혈강시로 만드는 비법이었다. 그러나 혈강시가 되는 시점에서 완전히 죽게 된다. 그래도 이 수법을 사용하면 움직임이 보통 혈강시보다 훨씬 좋아져서 살아 있을 때와 거의 다름이 없게 된다.

약물로 강화된 혈강시의 움직임에 전혀 제약이 없다면 절정고수도 감당하기 어려운 비밀병기가 된다.

지금 수정관에 있는 자의 상태는 영약으로 몸을 회복시키는 한편 독을 흡수하기 좋은 상태로 만드는 중이다.

"크크크, 이건 생각지도 못한 횡재다."

칭타는 이 비법이 얼마나 무서운 건지를 단번에 알아차렸다. 혈강시가 무섭다는 것이 아니다. 이제 혈강시는 그의 안중에도 없었다.

활강시! 비법 중에 섞여 있는 이론은 전설에의 열쇠가 되는 것이었다. 완전하지는 않지만 칭타가 알고 있는 독왕곡의 비술과 합하면 틀림없이 활강시를 만들 수 있을 것이다.

"이자를 활강시로 만들 수만 있다면 초절정고수의 활강시라면! 크하하하하."

이렇게 좋을 수는 없다. 칭타는 참지 못하고 크게 웃음을 터뜨렸다.

그러나 곧 아쉬움의 한숨을 내쉬며 중얼거렸다.

"안타깝게도 이놈의 몸으로 활강시를 만들 수는 없다. 그러려면 일단 사부님의 허락을 받아야 한다."

혈불이 명한 것은 살아 있는 일로마협을 데려오란 것이었다. 칭타는 미련을 털어버리려는 듯 고개를 좌우로 세차게 흔들었다. 그리고는 밖으로 나가 대기하고 있는 수하에게 명했다.

"사형의 시신과 이 수정관을 옮겨라. 우리는 이제 서장으로 간다."

"복명!"

칭타는 즉시 수하들에게 명해 수정관을 통째로 나르도록
했다.

'됐군.'

관 안에 누워 있는 소운은 기식대법으로 몸의 기능을 거의
정지시킨 채 감각만으로 외부를 살피고 있었다. 눈으로 보지
않아도 칭타의 목소리와 감정이 생생하게 느껴졌다.

칭타는 작전을 성공시켜 많은 것을 얻었다. 강남의 거점을
모두 포기한 채 서장으로 돌아가면서도 자신의 몸과 활강시
에 대한 비법을 얻어 가벼운 마음이 되었다.

사실 활강시에 대한 비법은 소운이 일부러 삼보사왕에게
넘겼다. 삼보사왕의 거처와 은거 이유를 알고 포섭을 한 것은
좋았는데, 이자가 부시독과 강시술에 빠진 것이 마음에 들지
않았다.

욕심도 너무 많아 사람됨도 믿을 수 없었다. 이런 자는 쓸
모가 없다. 평소에는 민폐만 끼치다가 정작 필요할 때에는 배
반을 할 가능성이 높다.

무엇보다 가뜩이나 사람들의 인식이 나쁜 천마신교가 강
시술 같은 것을 썼다가는 영세마교라 불리게 될 것이 뻔하다.

이런 저런 이유로 삼보사왕은 이번 일에 사석으로 쓰이게

되었다.

물론 본인은 그걸 꿈에도 생각지 못하고 천마신교에서 새로운 비법을 건네면서까지 중임을 맡긴 것에 크게 기뻐했다.

장래에는 틀림없이 천마신교의 십대장로가 될 수 있다고 소운이 누워 있는 수정관을 쓰다듬으며 중얼거리곤 했다. 딱 보름동안의 꿈이라 할 수 있었다.

어쨌든 그가 지닌 비법은 무사히 칭타에게 넘어갔다. 그 비법에 독왕곡 전래의 비법을 합치면 활강시의 이론이 거의 완성된다.

그러나 거의는 어디까지나 거의 일뿐. 완벽한 것은 아니다. 활강시를 만들기 위해서는 절혼금침대법이 필요하다. 혼을 끊어 백만을 남겨야 하는데, 그때에도 몸이 죽으면 안 되는 것이다.

칭타는 그걸 꿈에서도 생각할 수 없을 것이다. 이 정도까지 크게 얻은 게 있으니 결코 자신이 함정에 빠졌다는 생각을 하지 않을 것이다.

'이자가 칭타인가? 얼굴을 바꿨군.'

소운은 흉터로 가득 차 있는 칭타의 얼굴을 보며 속으로 생각했다. 그냥 흉터도 아니고 독으로 만든 흉이다. 그리고 그 위에 검은 먹물로 문신을 새긴 것이 죄수들이 벌로 새김받는 궁형과도 비슷했다.

'어쨌든 이제는 서장까지 갈 수 있겠군.'

소운이 이렇게 크게 사기를 치는 이유는 비혈단의 강남거점 분쇄가 아니다. 그것은 승리를 죽인 순간 어느 정도 끝난 이야기라 할 수 있다. 말하자면 남은 것은 뒷정리 수준일 뿐이다.

그의 진정한 목적은 혈불과 싸울 수 있을 만큼 강해지는 것이다. 그걸 위해 소운은 목숨을 걸었다.

이 수정관은 천마가 수련할 때 쓰는 한옥상을 깎아 만든 것이다. 중원으로 올 때 가져왔는데, 이번에 특별히 관으로 만들었다.

여기에 온갖 영약을 넣어 육체의 기운을 보존하면 아무리 기식대법을 펼쳐도 몸이 약해지지 않는다. 먹지도 마시지도 않아도 된다.

말하자면 공손설이 천마관에 들 때, 항아리 속에 약물을 넣어 죽지 않도록 한 것과 비슷하다. 단지 이쪽이 훨씬 뛰어난 효과가 있다.

서장까지는 이렇게 가야 한다. 그때까지 소운은 의식 속에 자신을 가둘 생각이었다.

이미 초절정의 경지에 오른 소운은 마음만 먹으면 충분히 그게 가능했다. 그러나 깨어나는 게 문제다.

공손설의 말에 의하면 의식세계 속에서는 시간의 흐름을 잊는다고 했다. 그렇다면 '내일 깨어나야지' 하는 식으로는 불가능하다. 남이 깨울 수도 없다.

잠을 자는 것과는 다르다. 아마도 일단 그런 상태가 되면 누가 목을 베어도 모르는 상태가 될 것이다. 말하자면 산송장이다.

스스로 깨어날 때까지 기다린다? 그게 몇 년일지는 소운도 모르고 공손설도 모른다. 그사이 십 년이 지나 혈불이 중원으로 들어올 수도 있다. 어쩌면 영원히 안 깨어날 수도 있다.

그렇다면 어떻게 깨어날 수 있을까? 소운은 그 점에 대해 계속해서 고민을 했다.

그런데 곰곰이 생각을 해보니 천마급의 고수라면 의식 속으로 들어간 자신을 깨울 수 있을 것 같았다. 승리와 싸우기 전에 한 말 중에 그가 아무런 조건 없이 혈불을 만나서 대화를 해보라고 한 부분이 있다.

천마의 무공에 있는 구결 중 몇 개에 이런 말이 적혀 있다.

초절정의 경지에 들면 자신과 상대의 기운을 자유롭게 조정하는 게 가능하다. 그리고 그 뒤에 진경에 들면 정신을 움직일 수 있다.

여기서 진경이란 천마경이라 할 수 있다. 즉, 천마경에 든 자는 상대의 육체가 아닌 정신을 공격할 수 있다는 뜻이다.

그런데 혈장천마는 이런 경지를 소운에게 보인 적이 없다.
보여줄 수가 없다는 것이 정확하다.

그렇다면 혈불이라면 의식세계에 갇힌 자신의 정신에 자
극을 줄 수 있지 않을까? 그만이 나를 깨울 수 있지 않을까?
소운은 그렇게 생각했다.

아주 가능성이 희박한 이야기다. 그러나 무공을 수련하면
할수록 그런 생각이 강하게 들었다. 이건 이성적으로 말이 안
되는 소리라는 것을 알면서도 운명적인 무엇인가를 느꼈다.

지금까지 얻은 것만으로는 무엇인가가 부족하다. 그것은
내공도 초식도 아닌 전혀 다른 차원의 깨달음이다.

전에 승리에게 큰 소리를 쳤지만 대정태극의 묘리나 다른
천마무공에 적힌 것으로는 새로운 길을 찾기가 쉽지 않았다.
글로 적어놓아서는 전해줄 수 없는 것이 바로 천마의 경지가
아니겠는가?

남은 것은 바로 혈불에게 깨달음을 훔치는 것!

소운은 그렇게 생각을 했다.

마치 혈불이 자신을 부르고 있는 듯했다. 천기의 움직임이
이것을 예견한 듯했다.

어쩌면 강해지고 싶다는 소운의 감정이 그렇게 속삭이는
지도 모른다. 지금 상황에서 앞으로 나아갈 길은 의식의 수련
을 하는 것인데, 그걸 포기할 수가 없었다.

결국 소운은 이번 계획을 실행하기로 결심했다.

칭타는 그를 수정관 째로 서장으로 옮겨줄 것이다. 그 뒤에
는 혈불에게 맡길 것이다. 어쩌면 욕심을 참지 못하고 활강시
로 만들려 할 수도 있다. 하지만 절혼금침대법이 없는 이상
그를 산채로 혼을 뺄 수는 없다.

또한 혈불은 소운의 몸을 보기만 해도 그의 몸속에 담긴 힘
을 알아차릴 것이다. 초절정의 경지로는 가지기 어려운 내공.

어쨌든 혈불은 그를 보면 깨우려 할 것이다. 세뇌를 시키건
몸 안의 힘에 대해 묻든 중요한 것은 그가 의식세계에서 깨어나
는 것. 그리고 혈불이 어떻게 자신을 깨우는지를 느끼는 거다.

혈불의 수법을 한 번 보기 위해 목숨을 거는 셈이다. 하지만
소운은 충분히 그럴 가치가 있다고 판단했다. 그걸로 인해 최소
한 천마경에 대한 깨달음을 얻을 수 있을 것이라고 확신했다.

'가자, 가는 거다.'

소운은 다시 한 각오를 다졌다. 그리고는 스스로 마음의 문
을 닫고 의식 깊은 곳으로 이동했다.

칭타 일행은 그런 소운이 누워 있는 수정관을 들고 서둘러
사망곡을 나섰다. 그리고는 그 길로 서쪽으로 향했다.

第八章

생사지간(生死之間)

경지에 올라야 깨어날 수 있다

晚南斗延壽保兩時老君告天師曰

天八會之真文三洞三清之上

萬彙道元始天尊昔經歷于億萬刼天地始修

太上說南斗延壽保兩

安真經太上說南斗

此經乃九天八

熙衰而人倫五運遷變萬彙並

생사지간(生死之間)

경지에 올라야 깨어날 수 있다.
그렇지 않으면 죽을 수밖에 없다

일로마협의 일은 곧 무림맹에 알려졌다.

그러나 자세한 전말은 거의 전해지지 않았고, 단지 일로마협이 검성의 진전을 이어 초절정의 경지에 도달했다는 것만 전해졌다. 그리고 그는 마교의 세 장로를 격살한 뒤에 다시 자취를 감추었다.

이에 무림맹 사람들은 크게 열광했다. 일로마협의 나이는 아직 사십이 되지 않았다고 했다. 그렇다면 지금은 몰라도 언젠가는 혈장천마와 대등한 고수가 될 가능성이 있다. 지금 당장에도 혈불과 혈장천마를 제외한 가장 강한 자가 아닌가?

불사마협!

죽은 줄 알았던 일로마협은 죽지 않았다. 사람들은 이제 일로마협을 불사마협이라고도 불렀다.

그의 존재는 전 중원의 희망이 되었다.

마교를 원수로 여기는 절대고수! 마교가 제거하려 해도 하지 못한 불사신!

무림맹에서는 곧 불사마협을 중원 전체의 협사로 추대했다.

그러나 그의 정체는 여전히 알 수 없다. 어떤 문파도 그의 사문을 자처하지 못했다.

단지 몇몇 사람들은 천외신무회의 존재를 알고 있었고, 그들은 일로마협이 천외신무회에 속해 있다는 것도 알았다. 어쩌면 어둠에 가려진 천외신무회주가 그일지도 모른다. 아니면 천외신무회주의 제자일 가능성이 크다.

그들은 이제 중원의 희망이 천외신무회에 있다는 것을 알았다.

한편 공손설은 소운이 떠난 후에 남경의 조직을 이용하여 비혈단을 붕괴시키고 세력을 더욱 확장하는 데 성공했다. 그 뒤에 그녀는 비밀리에 신강으로 가서 다른 장로들과 회의를 벌였다.

"사형께서는 폐관에 드셨어요. 이제 당분간은 무공수련에 전념하시겠다고 하시더군요."

"아니? 이런 상황에서 폐관에 드셨단 말입니까?"

다른 장로들이 놀라서 물었다. 그러자 공손설은 말없이 몸 안에 감추어두었던 기세를 풀어 밖으로 뿜어대기 시작했다. 비단처럼 부드럽게 상대의 몸을 감싸지만 어느새 손가락 하나 움직이지 못하게 조이는 기세. 그것이 뜻하는 바는 컸다.

장로들은 크게 놀라 공손설을 보았다. 설마 공손설이 이미 벽을 깨고 초절정의 경지에 들어섰다니? 그들은 지금까지 공손설이 벽에 도달한 것도 몰랐다.

때로는 행동이 말보다 훨씬 편할 때가 있다. 지금이 바로 그랬다. 기세로 단숨에 장로들을 납득시킨 공손설은 별다른 설명을 하지 않았다. 그녀는 그냥 자신이 할 말만 했다.

"사형께서 십 년 후에 혈불과 싸우시려면 무공수련에 전념하시는 것이 가장 좋아요. 하지만 그렇다고 해서 교내의 일을 등한시 할 수는 없는 것이겠지요. 그래서 제가 사형을 대신해 사소한 일들을 처리하기로 했어요."

"으으으, 공손 소저가 그런 경지에 올랐다면 십장로께서도 이미……."

당연한 것 아니야? 공손설은 그런 표정을 지으며 계속 말했다.

"수석장로가 돌아가신 지금 수라혈살대의 지휘는 제가 맡도록 하겠습니다. 다른 장로님들께서는 지금처럼 계속 수고해 주시되, 무황성의 건설에 더욱 힘을 쏟아주세요."

스스로 수석장로의 직위를 가지겠다고 선언을 하는 셈이다. 그리고 반대의 의견 따위는 물어보지도 않는다. 이건 이미 명령이라 할 수 있었다.

그러나 장로들은 아무도 불만을 가지지 않았다. 천마신교는 힘이 모든 것을 말한다. 소운이 초절정의 경지에 들었고, 또 다른 초절정고수인 공손설이 소운을 돕는 상황이라면 이미 그들의 힘은 확고부동한 것이다.

소운과는 달리 공손설은 천마신교의 분위기를 잘 알고 있다. 그랬기에 아무리 차갑게 말을 해도 사람들의 비위를 건드리지 않는다. 천마신교의 상식을 천마신교의 상식으로 답하는 게 가능하다.

"또 한 가지."

공손설은 소운의 대리인이 되었고, 수라혈살대의 지휘권을 얻었다. 그러나 아직 할 말이 있는 듯했다.

"일로마협의 몸을 혈불에게 빼앗긴 것은 비밀로 하기로 했어요. 일로마협이 우리에게 잡혔던 것 역시 대외비입니다."

"그건 비밀로 하기 보다는 널리 알리는 게 좋지 않겠습니까? 무림맹 놈들의 기를 죽이고, 또 혈불과 싸움을 붙일 수 있을 것입니다."

"혈불의 세력은 더 이상 중원에 남아 있지 않아요. 싸움을 붙일 필요는 없습니다. 오히려 일로마협이 본교에 잡힌 것 때문에 복수를 주장하는 사람이 나올 것입니다."

"그렇지만 세 분 장로님들께서 당하신 것만 소문이 나고, 일로마협이 무사하다고 하면 그들은 본교를 무시할 것입니다."

"어느 정도는 무시해도 상관이 없어요. 사형께서 폐관에 드시기 전에 이 부분에 대해서는 명확하게 말씀해 주셨습니다. 일로마협이 살아 있어야 중원의 무인들이 그에게 의지를 한다는 것입니다. 그들은 스스로 싸우려 하지 않고 필사적으로 일로마협을 찾으려 할 터인데, 그렇게 되면 우리는 편하게 시간을 벌 수 있을 겁니다. 물론 무림맹의 무인들은 헛수고를 하게 되는 거지요."

"오오! 그런 심오한."

"훌륭한 계책입니다."

사장로인 경천마뇌도 고개를 끄덕이며 동의를 했다. 그것으로 일로마협의 행방은 완전히 어둠 속에 묻혔다.

결국 공손설이 선언한 대로 모든 것이 결정났다. 또한 사장로 경천마뇌는 마음속에 가지고 있었던 의혹을 버렸다. 의혹은 어디까지나 의혹, 상대가 실력이 있다는 것이 밝혀진 이상

쓸데없는 곳을 파헤쳐 비위를 상하게 할 필요가 없다.

그 뒤로 은하장은 활기차게 돌아가기 시작했다. 혈장천마가 죽은 이후, 장로들은 거의 맥이 빠져 있는 상황이라 할 수 있었는데, 소운과 공손설의 무위가 그것을 되살렸다.

그날부터 공손설을 중심으로 은하장의 움직임이 전혀 다르게 바뀌었다.

공손설은 천잠면사가 달린 죽립을 써서 남이 자신의 얼굴과 나이를 알지 못하게 했다. 그리고는 무황성을 건설하는 곳으로 가 그곳의 공사를 직접 지휘했다. 물론 형식적인 것이지만 그녀는 명을 내리면서 자신의 기세를 전혀 숨기지 않았다.

새로운 초절정고수의 탄생을 전 중원에 알리는 것이다.

한편, 소운은 떠나기 전에 두 하녀와 열 명의 하인들을 그녀에게 맡겼다.

공손설의 하녀인 초초는 신강에 남아 있기 때문에 그녀의 시중을 들 사람은 자연스럽게 주련과 자화가 되었다.

'초초는 무공을 익히길 싫어했지.'

초초와는 달리 주련과 자화는 틈이 날 때면 열심히 수련을 했다. 그것을 알게 된 공손설은 오히려 기뻐하면서 두 사람에게 조언을 아끼지 않았다. 거기에 자신이 가지고 있던 무공비급까지 주어 익히게 했다.

'사형이 무공을 익히게 했다면 강해질수록 좋은 경우겠지.'

초절정에 이르면서 그녀의 차가운 태도는 조금씩 여유로워졌다. 덕분에 주련과 자화는 초초처럼 공손설을 가깝게 생각하게 되었다. 거기에 무공수련까지 도와주니 이보다 좋을 수는 없다.

뿐만 아니라 이 두 하녀들은 일하는 것도 열심이었다. 오히려 일 처리는 공손설보다 나은 점이 있을 정도였다. 주련은 공손설의 비서처럼 일을 하게 되었고, 안살림은 자화가 주로 맡았다.

"확실히 사형의 시중을 들 정도의 재간이 있구나."

공손설은 둘의 능력을 인정하고는 실무의 상당 부분을 그녀들에게 맡겼다.

두 하녀는 속으로 결론을 내린 상태였다. 공손설은 확실히 장래의 주모가 될 사람이 분명하다는. 소운이 절대 남에게 자신들을 맡기지는 않았을 거라 확신하는 두 사람이었다.

주련과 자화는 지금 공손설에게 잘 보여야 남은 인생이 편해진다는 생각에 더욱 열심히 일했다.

남은 것은 열 명의 하인들이다.

공손설은 그들을 모아놓고 말했다.

"너희들은 무조건 강해져야 한다. 그렇지 않으면 사형께 충성을 바칠 자격조차 없다."

"옛!"

공손설은 뒤에서 일을 꾸미거나 비밀리에 무엇을 하는 등의 일을 좋아하지 않는다.

그녀는 대놓고 청운전병대 오 조를 훈련시켰다. 그것은 바로 수라혈살대의 정대원들이 하는 훈련법과 거의 같은 것으로 이미 청운전병대 오 조는 그 훈련에서 죽지 않고 버틸 수 있을 정도가 되어 있었다.

나날이 강해지는 오 조를 보며 공손설은 속으로 중얼거렸다.

'사형, 그대가 천마경에 이르기를 기원합니다. 하지만 사형께서 천마가 되면 전 더 이상 사형과 대등한 비무를 할 수 없게 되겠지요. 그래도 좋으니 무사귀환을 하세요.'

솔직히 이번 소운의 계획을 들었을 때, 그녀는 필사적으로 말렸다. 그러나 소운은 별다른 말 없이 조용히 미소만 지었다. 공손설은 그 미소에 더 이상 말려도 소용이 없다는 것을 알고 소운을 보냈다.

스스로를 의식 속에 가두고, 혈불에게 가는 것이 과연 계략이라 할 수 있을까? 죽을 가능성이 너무 많다.

그러나 사부인 혈장천마가 없는 지금 혈불을 뛰어넘을 방법은 너무나 요원했다. 경지에 이르지 못하면 어차피 혈불과 싸우다가 죽을 것이다.

혈장천마의 유시와 장로들 앞에서의 맹세를 사형은 꼭 지킬 테니 다른 방도가 없다.

"휴우, 제발 무사히만 돌아오세요. 사형."

그녀는 자신도 모르게 한숨을 내쉬며 서장 쪽을 향해 소리를 내어 말했다.

*　　　　　*　　　　　*

"마교에 또 한 명의 초절정고수가 나타났다던데?"

장철근이 서문량에게 와서 확인하듯 물었다. 그는 원래 구룡 중 한 명이자 녹림의 산적이었는데, 엄하게 대리 벼슬을 하게 되었다가 요즘 겨우 자유의 몸이 되었다.

그런데 자유를 얻자마자 이번에는 천외신무회의 무공교두로서 무재곡에 들어왔다. 하지만 이건 그가 바라 마지않았던 일. 그는 명문대파의 젊은 영재들을 가혹하게 훈련시키면서 무한한 쾌감을 얻고 있었다.

사실 이 일이 밝혀지면 산적 출신인 장철근이 무공교두를 한다는 것에 크게 반대를 할 사람도 있을 것이다. 그러나 그런 자들은 아예 무재곡 근처에도 오지 못하게 했다. 무재곡의 장소를 아는 사람은 극소수에 불과하다.

천외신무회는 무림맹이 아니다. 이곳은 연합체가 아닌 단일 비밀조직이고, 명문대파의 젊은 영재들을 맡아 기르는 의뢰를 받은 것이다. 다시 말해서 무림맹은 천회신무회에서 누구를 무공교두로 삼든 어디서 어떻게 훈련을 시키든 전혀 간섭을 할 수 없는 것이다.

그러나 역시 외부와 거의 격리된 무재곡이라고 해도 주기적으로 사람이 드나들 수밖에 없고, 그들에 의해 외부의 소식이 조금씩은 전해졌다.

서문량은 부인하지 않고 순순히 대답을 했다.

"그렇습니다. 믿을 수 없게도 혈장천마의 둘째 제자인 빙옥마봉 공손설이 그 경지에 올랐다더군요."

"으윽, 그녀는 나이가 아주 젊다고 알고 있는데?"

"이십 년 뒤에는 여성천마가 탄생하는 게 아닌가 하는 소문도 돌고 있습니다."

"그럴지도 모르겠군. 그녀와 같은 성취는 전무후무하지 않나?"

"그렇지요. 하지만 제가 알기로 초절정의 경지에 일찍 도달했다고 해서 꼭 천마가 되는 것은 아니라 합니다."

"으음, 그런가?"

"예, 일례로 이른 나이에 절정고수가 되었지만 끝까지 벽을 깨지 못하고 그냥 절정고수로 남는 사람도 있지 않습니까?"

"하기야 그렇지. 나만 해도 말이야……."

장철근은 주먹으로 자기 가슴을 툭툭 치며 말했다. 그리고는 약간은 자기 자랑이 포함된 과거의 무공 습득 경력이 튀어나왔다.

서문량은 조용히 웃으며 그 말을 들었다. 결국 스스로 이야기를 끝낸 장철근이 다시 처음 화제로 돌아와 물었다.

"그런데 천마 말고 또 초절정고수가 나왔으니 이제 중원은 끝장 난건가?"

"많이 불리해진 것은 사실입니다. 더욱이 그녀는 아직 젊으니 장래에 어떤 성취를 이룰지 아무도 모르고 말입니다."

"으음……."

"염려 마십시오. 일로마협 역시 초절정의 경지에 들었다고 했습니다. 제가 전해들은 바로는 검성께서 남기신 대정태극의 비결이 크게 도움이 됐다고 하더군요."

"그런가? 그것 참 잘되었군!"

장철근은 질시의 빛도 없이 크게 기뻐하며 무릎을 쳤다. 본시 그는 남을 깎아내리거나 하는 성격이 못 된다. 자신은 자신의 길을, 능력이 있는 자는 또한 그 능력대로 길을 가게 마련이다.

서문량은 장철근이 대리 벼슬을 할 때 그를 가르치면서 그러한 성품에 익히 감탄한 바 있었다. 어찌 보면 어린아이와 같은 순진함이 이 녹림 산적 출신에게는 아주 확연하게 남아 있었던 것이다.

'다른 이의 성취에 대해 대놓고 부러워하기는 해도 시기와 질투를 전혀 하지 않으니 이 또한 대협의 재목이라 할 수 있지.'

서문량은 속으로 이렇게 생각하면서 미소를 지으며 장철근이 흥미 있어 할 만한 말을 해주었다.

"덕분에 무당파에서 몇몇 분들이 저에게 일로마협을 무당파의 속가장문인으로 삼고 싶다고 이야기 하시더군요."

"캬! 무당파의 속가장문인. 그건 차대 무림맹주 후보 일 순위라 할 수 있겠군."

"일로마협이 원한다면 저야 상관없지만 아마 안 하실 겁니다."

"그런가?"

"예."

"쳇, 나는 시켜주면 할 텐데 말이야."

장철근은 아깝다는 듯 침까지 꿀꺽 삼키며 습관처럼 무릎을 툭툭 쳐댔다. 그 모습을 본 서문량은 다시 웃음을 머금고 말했다.

"장 교두님도 죽어라고 수련하셔서 초절정의 경지에 드시면 아마 그런 대접을 받으실 수 있겠죠."

"카카카, 그게 말처럼 쉽게 되면 내가 왜 안 해? 난 아직 벽에도 못 들었거든. 그래도 앞으로 십 년 이내에 어느 정도 성취를 얻을 수 있을 거다. 그때에는 지금 저놈들도 쓸 만해지겠지."

장철근은 훈련장에서 훈련을 하는 자들을 보며 말했다.

그들은 지금 한쪽 발을 나무 기둥에 묶은 채 거꾸로 매달려 싸우고 있었다.

자신이 매달려 있는 기둥이 바로 지켜야 할 대상. 그리고 상대의 기둥이 바로 베어야 할 목표이다.

거꾸로 매달려 사방에서 날아오는 상대의 병기를 막아내며 상대의 기둥을 베거나 부수는 것은 결코 쉬운 일이 아니다.

그러나 이걸 통과하려면 사방의 기둥 중 세 개를 베어야 한다. 넷 중 하나만이 통과할 수 있는 수련이다.

잠시 장철근의 시선을 좇아 수련하는 그들을 바라보던 서문량이 깊은 눈빛으로 진지하게 말했다.

"지금은 아무래도 마교의 힘이 강합니다. 하지만 십 년 뒤에 혈불이 중원으로 다시 들어올 때, 우리 중원의 무인들은 마교와 혈뇌음사를 상대로 당당히 싸울 수 있을 겁니다."

장철근도 그 말에 동의한다는 듯 고개를 끄덕였다.

"암, 그래야지."

서문량은 잔잔한 미소로 장철근에게 믿음을 더해주었다.

그러나 그도 불안하기는 마찬가지다.

'사형, 살아서 돌아오시오. 사형의 손에 중원무림의 운명
이 걸려 있소.'

어쨌거나 현실의 암울함은 미래에 대한 희망으로 이어진
다. 그들은 십 년 뒤를 기약했다.

*　　　*　　　*

소운은 세속의 흐름과는 전혀 관계가 없는 곳에 스스로를
가두었다. 의식 속으로의 폐관. 시간의 흐름마저 잃은 그곳은
완벽한 수련의 공간이었다.

그곳에서는 게으름을 피우거나 딴 생각을 할 수도 없었다.
그저 처음 이곳에 올 때 의지로 정했던 것, 다시 말해서 무공
수련에 대한 것만을 반복할 뿐이다.

말하자면 소운은 일종의 망령과도 같은 상태가 되어 끊임
없는 강박관념 속에서 몸을 움직이고 있었다.

전에 공손설이 빠졌던 상태와 조금도 다르지 않았다.

소운이 목표로 하는 것은 바로 혈장천마의 묵혈마라장이
었다. 혈불을 목표로 하면 좋겠지만 그의 무공은 아직 제대로
이해를 하지 못했다. 하지만 혈장천마의 경우는 수없이 상대
를 했고, 또 혈불을 상대로 싸우는 것도 보았다.

　과연 혈장천마의 전력에는 얼마나 견뎌낼 수 있을까? 그리고 그것을 넘어설 수 있을까?

　일단 의식 세계 안으로 들어온 순간부터 소운은 정상적인 사고를 할 수가 없었다. 그저 혈장천마에 대한 투지만이 불타올랐다.

　"나와라!"

　소운이 외치자 어느새 그의 앞에 혈장천마가 전신에 검은 마강을 뿜어내며 서 있었다. 대치하고 서 있기만 해도 전신을 조여오는 묵혈마강의 기운이 소운의 몸과 마음을 흔들었다.

　그리고 어느 순간 묵혈마강이 수없이 많은 창으로 변해 소운을 갈기갈기 찢었다.

　파악!

　"아아아악!"

　소운은 그만 참지 못하고 비명을 질렀다. 죽음을 느꼈다. 그러나 곧 의식이 회복되고, 몸도 원래대로 돌아왔다.

　"이런 젠장할, 아예 손을 쓸 수조차 없다니!"

　뭔가 이상했다. 분명히 검성과 개성은 혈장천마와 겨루었을 때 훨씬 오래 버텼다. 그런데 소운 자신은 정말 조금도 버틸 수가 없다.

　"뭐가 잘못된 거지?"

　소운은 스스로에게 반문을 했다. 그러나 답은 없었다. 아니, 답은 있겠지만 소운은 몰랐다.

그 사이에도 혈장천마는 소운을 공격했다. 소운은 다시 죽었다.

과거 소운은 혈장천마의 내공없는 일 장을 막기 위해 죽을 고생을 한 적이 있다. 그러나 그때에는 급하면 '멈춰!'를 외칠 수가 있었다. 또한 소운도 목숨이 아까운 줄은 알기에 혈장천마에게 살초를 쓰게 하지는 않았다.

반면에 이곳에서 소운이 상상으로 만들어낸 혈장천마는 조금도 거리낌없이 살초를 썼다. 그리고 전력을 다했다.

이곳에서 가장 좋은 점은 죽어도 좋다는 것이다. 소운은 순식간에 열 번도 더 죽었다.

"일장이라도 좀 쓰게 해보자."

소운은 오기가 생겨 이를 갈며 중얼거렸다. 지금까지는 혈장천마는 전혀 움직이지도 않았는데, 그의 몸 주변에 형성된 묵혈마강에 당했다. 이래서야 길이 보이지를 않는다.

소운은 전신으로 닥쳐오는 강기의 창을 무시했다. 호신강기조차 거두니 이제는 바늘 하나에만 제대로 찔려도 죽을 수 있는 상태가 되었다. 그렇게 모은 힘을 모두 검에 모아 단번에 분출했다.

츄악!

검이 터져나가는 듯 사라지며 거대한 청색의 화조가 나타나 앞으로 날아갔다. 확실히 그 힘은 혈장천마의 몸에서 나오는 묵혈마강창보다는 강했다. 청염강에 닿는 묵혈강이 모두 사라졌다.

그러나 청염강이 혈장천마에 도달하기 전에 묵혈마강이 소운의 몸을 찢는 것이 먼저였다.

소운은 다시 죽었다. 그러나 죽으면서 한 가지를 알았다.

'그런 거군.'

다시 소운은 검을 들고 섰다. 조금 전과 같은 상황. 그러나 이번에는 청염강을 일으키며 소운 스스로가 그 안으로 들어가 같이 움직였다.

파파팍!

소운의 몸을 노리던 묵혈마강이 청염강에 의해 사라졌다. 공격이야말로 최선의 방어란 말이 그대로 적용되고 있었다. 신검합일의 묘리는 바로 이런 것이다.

"받아랏, 천마!"

소운은 기세를 돋구어 크게 외쳤다. 그러자 혈장천마가 웃기지도 않는다는 듯 손을 슬쩍 들어 앞으로 뻗었다.

콰콰콰콰콰!

파도와도 같은 묵색의 강기가 소운과 청염강을 덮었다. 절대적인 힘의 차이가 그곳에 존재했다.

'손을 쓰기는 쓰게 했다.'

소운은 마지막으로 그렇게 생각하며 죽었다. 이제 어떻게 검성이 혈장천마와 싸울 수 있었는지를 알았다. 그는 정말로 스스로 죽을 각오를 하고 동귀어진의 수만을 쓴 것이다. 힘을 하나로 모아 공격에 전념하면 혈장천마의 강기막을 뚫을 수는 있다.

그러나 그것뿐이다. 소운의 목표는 혈장천마를 이기는 것이지 혈장천마에게서 버티는 것이 아니다.

"그러려면 기존의 무공으로는 절대로 안 되지."

확실히 잘못 생각한 것이 있었다. 신검합일은 이전부터 할 수 있었다. 그 수법을 이용하여 혈장천마를 친다는 것은 말이 안 된다.

새로운 수법이 필요하다!

"그런데 그게 뭘까?"

소운은 계속해서 고민했다. 그래도 싸우면서 발전을 한 게 있어서 이제는 묵혈마강창에는 쉽게 죽지 않게 되었다. 청염강을 일으킨 다음 그걸 혈장천마를 향해 쏘는 게 아니라 다른 방향으로 날렸다. 그러면 청염강이 사라질 때까지 묵혈마강창을 막아낼 수 있게 된다.

문제는 그 행위가 바로 도망가는 것과 다름이 없고, 청염강이 사라지는 순간 죽는다는 것이다.

그나마 혈장천마는 무리해서 소운을 죽이려 하지 않았다.

청염강을 일으키면 그것이 자신을 향해 날아오기 전까지는 그대로 놔두었다.

적이 쓸데없이 힘을 쓸 때에는 쓰게 놔두고, 힘이 다하면 친다. 아주 기본적인 행위라 할 수 있었다.

그래도 당하는 소운은 기분이 나빴다.

그렇지만 압도적인 힘의 차이에는 기분 따위는 아무런 문제도 되지 않는다.

"내공은 거의 비슷할 텐데, 어째서 이렇게까지 차이가 나는 거지?"

그게 바로 초절정과 천마경의 차이일까? 소운은 답답함을 참고 상대의 기운을 조금이라도 더 자세히 살폈다.

"난 이미 혈장천마의 수법을 이해하고 있다. 단지 내 스스로 그것을 자각하지 못할 뿐."

일단은 그것을 의식적으로 이해할 수 있게 해야 한다. 상대의 수법을 알아야 그것을 훔치든 대응책을 생각하든 할 수 있다.

순간 소운은 자신이 지금까지 얻고 추구해 온 것이 무엇인지를 생각해 내었다. 다른 강기에 영향을 주지도 받지도 않는 강기! 어째서 그걸 잊고 있었을까?

"하기야 그건 지금 상황에서는 필요가 없었지."

완성되지 않은 힘을 쓰는 것은 혈장천마를 상대로 자살 행

위나 다름없다. 알고 보면 소운은 지금까지 살아남기 위해 본
능적으로 발악을 했을 뿐이다.

슈슈슈슉!

움직임이 약간 느려지자 묵혈마강창이 다시 날아들었다.
소운은 자신의 몸을 감싸고 있는 청염강으로 그것을 받아내
려 했다. 그러나 청염강은 묵혈마강창을 태워 소멸시켜 버렸
다.

"이익, 그게 아니란 말이다!"

아무래도 공격을 위해 발출한 청염강은 소운의 뜻대로 움
직이지 않았다. 소운은 일단 몸을 멈추고 호신강기를 끌어올
렸다.

"소멸시키는 것도 아니고, 튕겨내는 것도 아니다. 그렇다
고 빨아들이거나 변형시키지도 않는다."

소운은 지금까지 자신이 본 두 개의 강기가 부딪쳤을 때 생
기는 현상을 모두 부정했다. 그는 두 눈을 부릅뜨고 묵혈마강
창을 보았다. 호신강기로 그것들을 받아내 무력화시키는 것
이 지금 그의 목표였다.

파파파팍!

"으윽, 역시 무리였나?"

소운은 다시 죽었다.

　　　　　*　　　　　*　　　　　*

　강남에서 서장까지 가는 데에는 석 달이란 시간이 걸렸다. 그사이 칭타와 그의 수하들은 가능한 한 사람들 눈에 뜨이지 않도록 숨어서 길을 가야 했다.

　빈 몸으로 이동을 하는 것도 아니고, 수정관을 비롯한 여러 가지 짐을 옮겨야 했기에 정말로 어려운 여정이라 할 수 있었다.

　그래도 일단 서장에 들어서니 당당히 신분을 밝히고 대로의 한가운데를 걸을 수 있었다.

　"크흐흐, 역시 좋군."

　칭타는 고생이 끝났다고 생각했는지 연신 웃음을 터뜨렸다. 중원에 들어가 고생을 많이 했지만 그만큼 얻은 것도 많았다. 사형인 슝리가 죽기는 했지만 다른 자들은 대부분 살아서 같이 올 수 있었다. 희생된 것은 주로 그들에게 가세했다가 세뇌당한 중원의 하급무사들이다.

　곧 혈뇌음사에서 환영의 인사들이 마중을 나왔다. 삼십육 명의 라마가 여섯 열로 와서 좌우로 갈라섰다. 그리고 길을 가는 도중에 좌우로 색모래로 만든 만다라 상이 열두 개나 있었다.

　새벽 바람이 불면 날아가 흔적도 없이 사라지는 모래 만다

라는 객이 지나가지 전 새벽부터 만들어서 지나가는 시간에
딱 맞추어 완성을 시켜야 하는 것이다. 그것이야말로 그들이
나타낼 수 있는 최고의 정성이다.

이것이야말로 득도한 노라마를 맞이하는 최고의 예식이
다.

"크흐흐, 그러고 보니 내가 이제는 사부님의 첫째 제자가
된 것이군."

혈불의 대제자는 원로들과 같은 대우를 받는다. 둘째 제자
와 차이가 크다. 말하자면 후계자 지위라 할 수 있었다.

칭타는 고개를 돌려 뒤에 있는 수정관을 보았다.

"뭐, 이자가 어떻게 될지는 모르지만 지금은 내가 후계자
인 것만큼은 확실하군. 크흐흐."

일곱 개의 관문을 지나니 드디어 혈뇌음사의 본전이 나왔
다. 혈불이 폐관에 들어간 지금 그곳에 머물며 혈뇌음사를 주
관하는 자는 육대 노라마 중 한 명인 사밍이었다. 그는 혈불
의 막내 사제로 원로원주이자 혈불과 같은 배분 중 유일하게
살아 있는 자였다.

"다녀왔습니다."

"어서 오시게. 일은 잘 되었나?"

사밍은 슝리가 죽은 것을 이미 보고받았다. 그러나 사람의
삶과 죽음은 혈뇌음사에서 그렇게 중요한 일이 아니다. 그가

묻고 있는 것은 바로 혈불의 명을 칭타가 이행했는가 하는 점
이다.

"다행히도 가슴을 펴고 돌아올 수 있었습니다."

혈불의 명을 받고 출관한 자는 명을 이행하거나 죽어서야
돌아올 수 있다. 만약 그렇지 못하고 꼭 돌아와야 할 상황이
되면 평생 혈옥에 갇혀 지내야 한다. 칭타는 자신이 혈불의
명을 이행했다는 것을 밝혔다.

사밍은 미소를 지으며 불호를 읊었다.

"아미타불, 혈불의 가호가 있었군. 그럼 자세한 것은 안에
서 이야기하세."

떳떳하게 돌아왔다면 칭타는 정말로 혈불의 대제자로 대
우를 해주어야 한다. 사밍의 배분이 높다고 하나 지위상으로
는 동등하다. 둘은 어깨를 나란히 하고 안으로 들어갔다.

그 뒤로는 모든 일이 순조롭게 진행되었다. 일로마협이 들
어 있는 수정관은 혈뇌음사의 내관 중 하나인 전열관에 보관
되었다. 그곳에서 항상 네 명의 고승들이 그를 지키게 되었
다.

칭타는 사밍에게서 혈불이 언제쯤 나올지를 들었다. 칭타
가 돌아왔다고 해서 폐관한 혈불을 불러낼 수 있는 것은 아니
다.

사밍의 말에 의하면 한 달에서 석 달 정도마다 나온다고 한

다. 그러나 그게 꼭 정해진 것은 아니고, 어쩌면 일 년 동안 나오지 않을 수도 있다.

"상관없을 겁니다. 그동안 그자의 상태를 보니 일 년 정도는 충분히 살아 있을 것 같더군요. 만약 안 될 것 같으면 제가 따로 손을 써보겠습니다."

"그렇게 하게."

칭타의 말에 사밍은 순순히 동의했다. 그리고는 칭타에게 자신을 대신해서 본전을 지키도록 권했다. 혈불을 대신할 제자가 왔으니 이제 자신은 원로원으로 돌아가 수행을 계속하겠다는 의사였다.

"알겠습니다."

칭타는 태연하게 대답을 했다. 그러나 마음속으로는 혈뇌음사를 그 자신이 움직이게 되었다는 것에 크게 기뻐했다.

*   *   *

얼마나 시간이 흘렀는지 모른다. 몇 번이나 죽었는지도 모른다. 이제는 죽음에 익숙해져 버렸을 정도가 되었을 때, 소운은 또 한 가지를 알았다.

무작정 많이 싸운다고 만사가 해결되는 게 아니다! 한 번만 싸워도 얻을 것은 충분히 얻을 수 있다.

특히 경지가 높아지면 실전보다는 정신적인 성숙에 의해서 더욱 강해지기가 쉽다.

그런데 소운은 지금 싸워서 패한 순간 다시 싸움을 시작해야 한다.

"이래서야 생각을 할 틈이 없다."

소운은 한탄을 했다.

싸워서 얻은 것을 소화할 시간이 없다. 그렇다고 해서 혈장천마의 공격을 무시할 수도 없다. 죽음 앞에 서면 몸이 저절로 반응을 하는 것이다.

이렇게 생각을 하는 도중에도 혈장천마는 공격을 가해온다. 수십 개의 묵혈마강창이 소운을 포위하듯 감싸고 몰려왔다.

그러나 소운도 그동안 발전을 하기는 했다. 파란 염화와도 같은 그의 호신강기가 묵혈마강창을 막아내고 있었다. 이제는 혈장천마가 직접 손을 쓰기 전에는 충분히 막을 수 있게 된 것이다. 하지만 그걸로 끝이었다. 혈장천마에게는 어떤 빈틈도 보이지 않았다.

심지어는 공격을 할 때에도 빈틈 따위는 없었다. 내공을 쓰지 않았을 때에는 소운의 손이 닿지 않는 곳에 분명히 빈틈이 있었다. 그런데 이제는 강기로 그걸 모두 막았다.

"참으로 완전하구나. 그야말로 무적이라 할 수 있다."

단순히 힘의 강함과는 또 다른 차이가 있었다. 완벽함이 존재한다면 바로 지금 혈장천마의 공격과 방어일 것이다. 이런 경지가 바로 천마경이라고 하는 것일까?

"하지만 혈불도 이자와 같은 경지에 도달해 있지. 그렇다면 둘이 싸우면 누군가는 패할 수밖에 없다."

완벽과 완벽이 부딪치는 것이다. 그리고 하나는 완벽이 아니게 된다.

"어쩌면 둘이 양패구상을 할지도 모르지."

소운은 그렇게 중얼거리며 혈장천마를 향해 천천히 검을 뻗었다. 혈장천마는 살짝 손을 흔들어 소운의 공격을 막아냈다. 하지만 이것으로 소운은 혈장천마가 공격하려는 것을 봉쇄한 셈이다.

싸우는 동안 소운은 혈장천마가 언제 손을 쓸지를 미리 예측하게 되었다. 이유를 알 수 없지만 어떤 전조가 없어도 그냥 아는 것이다. 그리고 방어를 위해서는 그보다 약간 빠르게 먼저 공격을 가하는 게 가장 효과적이라는 것도 알았다.

아직은 이길 수 있는 방법이 없지만 그래도 이제는 혈장천마를 상대로 어느 정도는 버티게 된 것이다. 이것은 검성이 도달한 경지보다 더 높다고 할 수 있었다. 아니, 경지 이전에 소운이 가진 재능이 꽃을 피우고 있다고 봐야 할 것이다.

"버티는 것만으로는 안 된다. 깨야 한다. 완벽을!"

소운은 점점 격하게 움직이는 혈장천마의 장을 보며 차가
운 눈을 했다. 죽음을 초월하여 상대에게 집중을 할 때 그는
이런 눈빛을 보였다.

＊　　　＊　　　＊

혈불이 폐관에서 나온 것은 약 한 달이 지났을 무렵이었다.
그는 그때 승리의 죽음과 칭타가 일로마협을 데려온 것을 알
았다.

"그런가. 승리가 일로마협과 싸워 졌단 말이지."

"양패구상이었다고 합니다."

"티끌 만한 차이라고 해도 바다처럼 건너기 어려운 넓이가
있는 법이다. 승리는 죽었고, 일로마협은 아직도 살아 있으니
이건 절대로 양패구상이라고 할 수 없다. 승자는 일로마협이
고, 패자는 승리다."

혈불은 엄하게 말했다. 이런 차이를 확실하게 구별하지 못
하면 결코 경지에는 오르지 못한다라고 말하는 것 같았다. 칭
타는 얼른 고개를 숙여 혈불의 말에 수긍했다.

'과연 사부님은 자신이 제자라고 해서 조금이라도 높게 평
가하지 않고 높은 곳에서 내려다보시는군.'

생각해 보니 자신은 승리가 사형이라는 점, 그리고 자신의

경지에서 생각한 그를 일로마협이 뛰어넘을 수 없다고 생각한 면이 있었다. 혈불은 바로 이러한 면에 대해 질타를 한 것이다.

칭타가 모든 것을 받아들인 표정을 하자 혈불은 고개를 끄덕인 후 다시 말을 이었다.

"그런데 그자가 의식을 잃은 상태라고 했느냐?"

"예, 육체는 거의 회복이 된 것 같은데 깨어나지를 않습니다."

"한번 보자."

"예."

혈불이 앞장을 서자 칭타는 공손히 뒤를 따랐다. 혈불 앞에서는 말 한마디를 함부로 할 수가 없었다. 혈뇌음사 안에서 혈불이란 존재는 살아 있는 신불과 마찬가지이고, 그것은 제자인 칭타에게도 예외가 아니었다.

곧 혈불은 소운이 누워 있는 수정관을 볼 수 있었다.

"허어, 대단하구나. 이 석관은 정말 보물이라 할 수 있다."

"그렇습니다. 이런 보물로 강시술을 펼치는 관을 만들다니, 마교 놈들도 보물의 가치를 볼 줄 모르는가 봅니다."

"그럴 수도 있고, 안 그럴 수도 있다. 우선 보자."

혈불은 손을 뻗어 소운의 이마를 짚었다. 그리고는 잠시 뭐라고 주문을 외웠다. 그것은 무공과는 또 다른 밀교의 진언에 의한 법술이었다.

혈불은 곧 재미있다는 듯 미소를 지으며 말했다.

"신기하군. 이자는 결코 뇌에 손상을 입은 것이 아니다."

"예?"

"머리에 충격을 받거나 혈맥이 막혀 의식을 잃은 것이 아니란 소리다."

"그리고 이자의 몸에는 무서울 정도의 힘이 숨겨져 있다. 그것도 하나가 아닌 둘이나 된다."

"사부님께서 무서울 정도라고 하실 정도면……."

"재미있구나. 정말 재미있구나."

혈불은 더 이상 칭타에게 설명을 해주지 않았다. 그는 모든 것을 알았다는 의미심장한 미소를 지으며 고개를 끄덕였다.

그리고는 곧 소운의 앞에 가부좌를 틀고 앉았다.

칭타는 그걸 보고 즉시 한 걸음 물러나 석실의 입구 쪽을 막아섰다.

혈불이 정식으로 손을 쓰는 것은 직전 제자인 그 이외에는 아무도 볼 수 없게 되었다. 특히 이번처럼 비전의 법술을 쓰는 것을 실수로라도 다른 자가 보게 되면 그자는 즉시 죽어야 한다.

이런 이유로 잘못해서 엄하게 죽는 사람이 나오지 않게 칭타가 문을 지키는 것이다.

일단 자리를 잡은 칭타는 숨도 거의 쉬지 않고 혈불의 움직임을 보았다.

혈불은 서서히 내공을 끌어올리며 손바닥으로 누워 있는 소운의 머리와 배를 쓰다듬었다. 그러면서 입으로는 계속해서 밀교의 진언 중 하나인 환혼경을 읊었다.

과거 그는 이런 식으로 숨이 멈춘 사람을 다시 살린 적이 몇 번 있었다.

유가환혼술!

기공과 법술의 극치라 할 수 있는 수법이다.

그러나 유가환혼술을 한참이나 펼쳐도 소운은 깨어나지 않았다.

혈불은 손을 멈추고 잠시 호흡을 조정했다.

"이자는 지금 싸우고 있구나."

"예? 싸운단 말입니까?"

"그렇다. 자기 의식 속에서 누군가와 끊임없이 싸우고 있다. 그걸 멈추게 하지 않으면 깨어나지 않을 것이다."

"그럼 어떻게 할 까요?"

"그 전에 너는 무엇을 원하고 있느냐?"

혈불은 칭타를 보며 갑자기 물었다.

"예? 아! 저는 그 자의 몸으로 활강시를 만들 수 있는지 시험해 보고 싶습니다."

"활강시라… 그걸 만드는 방법을 알았느냐?"

"예, 이번에 우연히 마교의 비전을 얻었는데, 그것과 저희 독왕곡의 비법을 합치면 어쩌면 활강시를 만드는 게 가능할 것 같습니다."

"자세히 이야기를 해보아라."

확실히 활강시에 대해서는 혈불도 관심을 보였다. 칭타는 얼른 무릎을 꿇고 그동안 자신이 얻은 것을 하나도 숨김없이 설명했다.

설명을 들은 혈불은 잠시 생각에 잠겼다가 곧 고개를 저었다.

"으음, 그건 아마도 힘들 것 같다."

"불가능합니까?"

"다른 것은 다 괜찮은데, 살아 있는 몸에 강시술을 펼쳐 완성을 시키는 순간 그자를 죽이지 않고 살리면 어떻게 될 것 같으냐?"

칭타는 고개를 숙였다.

"제자의 생각으로는 발광을 할 것 같습니다."

"그렇겠지. 강시술을 시전한 자는 뇌가 굳는다. 그러면 모든 세뇌가 의미없는 것이 된다. 그리고 죽은 자를 부리는 술법은 살아 있는 자에게는 전혀 소용이 없지. 이사이에 있는 문제점을 해결하기 전까지는 활강시는 성공할 수 없을 것이다.”

“사부님의 말씀이 정확합니다.”

칭타는 한숨을 쉬었다. 오면서 계속해서 고민했던 것이 결국 혈불의 입으로 나오자 부정할 수 없는 진실이 되어 그의 가슴속에 박혔다.

모든 것을 알았다고 생각했는데, 알고 보면 가장 중요한 것이 빠진 셈이다.

혈불은 다시 말했다.

“결국 죽어 있으면서도 살아 있는 상태가 되어야 한다. 그리고 그게 가능하다면 그건 나와는 또 다른 깨달음을 얻었다는 의미가 될 것이다.”

“그, 그런 것입니까?”

혈불의 말 속에는 그와 비슷한 경지가 되어야만 활강시를 제작할 수 있다는 의미가 있었다. 칭타는 절망감을 숨기지 못하고 말을 더듬었다.

“그렇다. 그러니 그 부분에 대해서는 더 이상 생각할 필요가 없다.”

결국 혈불은 칭타의 마음속에 욕망이 있다는 것을 눈치 채고 그것을 끊으려 했던 것이다. 바른 방향이 아닌 욕망은 스스로의 발전을 방해하는 가장 큰 요소이다.

칭타는 그런 혈불의 의도를 알고 깊이 고개를 숙였다.

그 뒤 혈불은 다시 소운을 보며 말했다.

"이자의 상태는 나도 처음 보는 것이다. 몇 가지 짐작이 가는 것이 있지만 확신을 할 수는 없구나."

칭타는 속으로 생각했다.

'사부님도 모르는 것이 있구나.'

혈불은 계속 말했다.

"어쨌거나 그를 깨워야겠다. 오늘부터 매일 자정이 되면 그에게 유가환혼술을 펼치도록 하지. 그러면 언젠가는 이자의 의식이 나를 인식하게 될 것이다. 그때에는 틀림없이 깨울 수 있을 것이다."

"……."

"너는 그사이 장서각으로 가서 장서각주에게 유가환혼술의 비급을 보여달라고 해라. 승리가 죽었으니 이제는 네가 유가환혼술을 이어야 한다."

"사부님, 감사합니다."

혈불이 직접 장문의 비법 중 하나를 가르친다는 말에 칭타는 크게 기뻐 얼른 합장을 했다. 유가환혼술은 혈뇌음사의 장문만이 익히는 것이니 이제 혈불에게 직접 후계자로 지목받은 셈이다.

혈불은 손으로 소운을 가리키며 말했다.

"이자가 깨어나 나의 제자가 되면 십 년 뒤에 나와 함께 중

원으로 가서 중원에 새로운 혈뇌음사를 건설할 것이다. 너는
이제 이곳을 지켜라.”

“명심하겠습니다.”

칭타는 혈불이 천마신교의 움직임을 보고 크게 마음이 움
직였다는 것을 알았다. 역시 중원은 탐을 낼만한 가치가 있는
땅, 한 번 가보니 서장만으로는 마음에 안 차는 모양이다.

“그럼 내일 자정에 이곳으로 나와라.”

혈불은 자신이 할 말을 다 했다는 듯 그대로 몸을 돌려 나
갔다.

*　　　*　　　*

혈장천마의 묵혈신마강은 상대의 모든 것을 집어삼켜 자
신과 같은 것으로 변화를 시키는 힘이 있었다. 만약 그걸 거
부하는 기운은 그대로 소멸시켜 버린다.

물론 소운의 내공 역시 묵혈신마공에 의한 것이고, 몸속에
있는 거대한 힘 중 하나 역시 혈장천마의 그것이다. 그런 만
큼 묵혈신마강을 흉내 내는 것이 가장 쉬운 길일 수 있었다.

그러나 그래서는 혈장천마를 이길 수 없다. 이런 수준에서
의 강함은 내공의 양이 문제가 아니라는 것은 확실하다. 또한
몸속의 또 한 가지 거대한 힘인 독정의 기운을 버리거나 흡수

해서 변화시켜야 한다.

"가장 큰 문제는 독존의 심득이다. 혼을 끊는 독. 혼을 끊은 침술. 나는 그것을 제대로 이해하지 못하고 있다."

사용은 할 수 있는데 이해는 못한다. 이것처럼 기분 나쁜 일이 또 있을까?

"하지만 그걸 보면 내가 얻은 것 중 독존의 것이 가장 천마경의 길에 가까운 것일 터."

혼과 정신의 영역이 중요하다는 것을 어렴풋이 느낄 수는 있지만 그것이 어떻게 무공과 연결되는 지는 아직 알 수 없었다.

오직 내공과 강기! 소운이 머릿속에서 맴도는 것은 그 두 가지였다.

"제기랄, 이래서야 땅을 기면서 하늘을 나는 독수리를 올려보는 격이지."

소운은 눈앞의 혈장천마를 보며 이를 갈았다. 분명히 소운은 혈장천마가 움직이기 전에 어떻게 움직일지를 안다. 그런데 반대로 생각하니 혈장천마 역시 그의 움직임을 예측하는 것 같았다. 문제는 그다음에 서로 수를 쓰는 데 있다. 어떻게 해도 안 되니 이게 미치는 일이다.

혈장천마는 묵묵히 서 있었다. 이제는 함부로 손을 뻗지는 않았지만 그래도 여유가 있었다. 그는 마치 자신과 소운의 수준이 다르다고 비웃는 것 같았다.

그런 생각이 들자 왠지 모르게 가슴에서 울컥하고 치밀어 올라오는 것이 있었다. 이대로 버티다간 몸이 움츠러들어 아무것도 하지 못한다.

"차앗!"

소운은 이판사판의 심정으로 검을 내질렀다. 그러자 혈장천마도 장을 뻗었다.

펑!

소운은 뒤로 밀렸다. 그러나 다시 포기하지 않고 앞으로 나아가며 검으로 혈장천마의 가슴을 노리고 찔렀다.

초식은 거의 쓰지 않는 것과 같았다. 오직 검강을 가늘고 날카롭게 뻗어 혈장천마의 장심을 뚫어야 한다고 생각했다.

펑! 펑! 펑!

한 번 뒤로 밀릴 때마다 소운의 안색이 점점 창백하게 변했다. 그러나 재차 뿜어져 나오는 검강은 점점 날카로워졌다.

어느 순간 혈장천마는 옆으로 한 걸음을 옮기며 두 손을 동시에 들어 위와 아래로 장을 쳐냈다.

"이제야 초식을 쓰는군!"

소운도 신법을 사용했다. 심극검의 묘리를 속으로 되뇌이며 사방으로 미친 듯이 검을 휘둘렀다. 검영이 혈장천마의 주변을 완전히 감쌌다.

그러나 오직 한곳만큼은 비어 있었다. 바로 소운이 있는 곳이다. 초식을 펼쳐 혈장천마를 둘러싸는 데에는 성공했지만 정작 자신을 방어하지는 않았다.

일부러 드러낸 허점! 그곳으로 혈장천마의 쌍장이 날아들었다.

"흐읍!"

소운은 짧게 심호흡을 하고 쌍장을 가슴으로 막았다.

퍽!

작은 격타음과 함께 소운의 몸이 사정없이 흔들렸다. 그러나 몸이 박살나지는 않았다.

"미안하지만 이제 강기는 나에게 듣지 않아!"

소운은 혈장천마의 장력에만 영향을 받았을 뿐 강기는 무력화 시켰다. 장력 하나만 해도 충분히 치명적인 것이었지만 소운의 호신강기는 그 충격마저 대부분 흡수를 했다.

소운은 그동안 자신이 쌓아올린 모든 것을 모두 녹여 하나의 새로운 형태로 만들어내고 있었다. 그것은 바로 변화하지 않는 강기의 완성이었다.

변화하지 않는다는 것은 영향을 받지 않는 것을 의미한다. 모든 강기로부터 자유로워질 수 있는 것이 바로 소운이 원하는 바였다. 그러나 그걸 위해서는 소운의 강기 역시 남을 해할 수 없다.

즉, 그의 강기는 모두 허초나 다름없다. 단지 상대는 그렇게 생각지 못할 것이다.

이것으로 소운의 강기는 상대를 위협할 수 있고, 상대의 강기는 소운을 위협할 수 없게 되었다. 문제는 위협만 할 수 있다는 것이지만 그걸로 충분했다. 세상에 어느 누가 강기가 자신의 몸에 닿는 것을 허용하려 할까? 알든 모르든 피하거나 막아야 한다.

그런데 이것도 완전치는 않은 모양이다. 한계가 있었다.

혈장천마가 처음으로 소리를 질렀다.

"크아아아!"

그것은 그가 혈불과 싸울 때 내던 소리이다. 동시에 그의 전신에서 일어나는 강기의 힘이 몇 배나 강해졌다. 이건 감당할 수 없다!

소운은 검세를 안으로 갈무리하여 상대의 거센 파도와 같은 기세를 철저하게 방비했다.

파파파팍!

쇠사슬로 만든 그물에 갇힌 새의 심정이랄까? 몸이 터져버릴 것 같은 압력이 사방에서 느껴졌다. 빠져나갈 구석은 없다!

'벗어나야 한다!'

소운은 검세를 완전히 거두었다. 그리고 전신을 으그러뜨리려 하는 묵혈신마강의 기운을 그대로 받았다.

"통과해!"

소운은 스스로에게 명했다. 그러자 정말로 그의 몸이 묵혈신마강의 벽을 스르륵 통과해 버렸다.

벽을 통과하자 눈앞에 나타난 것은 바로 혈장천마. 그리고 옆구리에 드러난 허점!

팍!

혈장천마의 허리에서 피가 튀었다. 싸움을 시작한 후 처음으로 혈장천마에게 부상을 입혔다.

"강기를 넘어서니 틈이 보이는군."

소운은 기뻐서 외쳤다.

"그런데 어떻게 통과를 했지?"

"크아아아아!"

고민할 틈 따윈 없다. 상처 입은 혈장천마가 다시 소리를 지르며 묵혈신마강을 일으켜 소운을 누르려 했다.

퍽!

이번에는 통과하지 못했다. 소운은 다시 죽었다.

강기는 원래 기운이다. 기운은 물리적인 힘을 발휘할 수 없어야 정상인데, 인간의 한계를 벗어난 무인은 그걸 모아 무엇이든 파괴할 수 있는 강력한 힘으로 만든다.

그러나 그게 원래는 존재하지 않는 것이라는 걸 소운은 깨달았다. 그리고 그가 지금까지 얻은 것을 모두 하나로 녹인 깨달음이 바로 강기를 무시할 수 있는 무력강기의 경지였다.

한참이 지난 후, 소운은 정말로 강기로부터 자유로워질 수 있었다. 이때부터 그는 혈장천마와 거의 대등하게 싸울 수 있게 되었다.

혈장천마는 이제 묵혈신마강으로 소운을 공격하지 않았다. 단지 경력이 가득 담긴 육장으로 소운의 몸을 부수려 했다. 소운 역시 강기를 일으키지 않았다. 오직 검의 날카로움에 의지해 혈장천마를 베어야 했다.

"하하, 이제는 이길 수 있어!"

소운은 크게 웃었다. 넘을 수 없는 벽처럼 보였던 혈장천마를 검으로 당당하게 상대하는 것이다.

문제는 대등한 상태는 되었지만 넘어설 수가 없다는 것이다.

"결국 나도 완벽한 상태가 된 것이군. 그러나 상대의 완벽을 깰 수는 없는 완벽인가. 깨려면 나부터 깨지기가 쉽다."

소운은 쓸쓸한 미소를 지으며 중얼거렸다.

그런데 이때 소운은 누군가가 자신을 보고 있다는 느낌을 받았다.

"누구지?"

소운은 고개를 돌려 위를 보았다. 혈장천마도 느낀 것이 있는 듯 같이 위를 보았다.

그것은 한 쌍의 거대한 눈이었다.

“엿보는 것인가? 내 의식 속을? 아!”

소운은 깨달았다. 이곳은 바로 그의 의식 속이었다.

“그렇다면 혈장천마는 내가 만든 것이었군? 내가 원하는 대로 움직이고, 내가 상상한 대로 싸우는 환상의 적이었군!”

갑자기 소운은 시간의 흐름을 느낄 수 있게 되었다. 지금까지 제한되어 있었던 사고의 자유가 완전히 풀리면서 모든 것을 이성적으로 생각하게 되었다.

그러면서 위쪽에 생긴 한쌍의 눈이 자신의 의지로 생긴 게 아니라는 것도 알았다.

“나의 의식에 들어올 수 있는 것인가? 그게 가능한 자는 혈불일 것이다.”

이것이 바로 혈불의 수법인가? 소운은 미소를 지었다.

그는 즉시 몸을 날렸다. 그래서 검으로 상대의 눈 사이를 찔렀다.

팍!

순간적으로 눈이 뒤로 물러났다. 알고 보면 이곳은 한계가 없는 공간이다.

소운은 포기하지 않고 그 눈을 좇았다. 이미 혈장천마는 사라지고 없었다.

　그렇게 추격전을 벌이며 허공을 일직선으로 날다 보니 어느 순간 눈이 도망가는 것을 멈추었다.

　스스슥!

　점점 흐려지는 눈! 빠져나가려는 것일까?

　"못 도망간다!"

　슈욱!

　소운은 크게 외치며 번개처럼 앞으로 쏘아져 나갔다. 이형환위라는 말이 어울릴 정도로 급속도의 가속이 붙었다.

　팍!

　검이 상대의 눈 사이, 즉 미간을 꿰뚫었다. 동시에 그곳이 좌우로 좌악 갈라지며 검은 구멍이 열렸다.

　소운은 아차 하는 사이 그 구멍 속으로 빨려 들어갔다.

　"크웃!"

　누워 있던 소운에게 유가환혼술을 펼치던 혈불이 갑자기 신음소리를 내며 몸을 벌떡 일으켰다. 칭타가 놀라 그를 보니 미간이 갈라져 피가 흐르고 있었다.

　"사부님!"

　칭타가 놀라 혈불의 옆으로 가려 하니, 혈불이 손을 저어 막았다.

"올 필요없다."

영문을 알 수 없어 눈만 깜박이던 칭타는 엉거주춤한 상태로 멈추었다.

혈불이 다시 말했다.

"무서운 놈이로군. 곧 깨어날 것이다."

그렇게 말하며 혈불은 한 손으로 소운의 머리를 잡고, 다른 손으로는 배를 눌렀다. 강력한 기세가 그의 몸에서 흘러나오기 시작했다. 지금까지는 유가환혼술을 위해 기를 부드럽게 움직였다면 지금의 것은 단숨에 상대를 격살할 수 있도록 손바닥에 강기를 모은 것이다.

그때서야 칭타는 혈불의 상처가 소운에 의해 생긴 것임을 눈치 챘다. 그러나 어떻게? 아직 소운은 의식을 잃고 있는 상태다.

칭타는 즉시 감각을 예민하게 하여 소운의 몸을 살폈다.

그 순간, 소운이 조용히 눈을 떴다.

"깨어났군."

혈불은 기다렸다는 듯 웃으며 말했다.

"혈불이군."

소운도 담담하게 말했다.

"그래, 그대의 깨달음은 잘 보았네. 재미있는 수법이네."

"역시 엿보고 있었군."

“고의는 아니지만 다 볼 수 있었지. 어쨌거나 축하하네. 자네는 경지에 들었어.”

“고맙소.”

“그럼 이제 죽어야겠다. 경지에 들기 전이라면 그대를 죽이지 않고 오히려 살리겠지만 일단 경지에 든 이상 내가 어떻게 할 수가 없게 되었으니 죽일 수밖에 없지.”

온화한 말투와는 다른 살벌한 내용의 대사가 혈불의 입에서 흘러나왔다. 그와 함께 기세가 더욱 거세졌다.

소운은 한숨을 내쉬며 말했다.

“머리와 배가 뜨뜻한 게 그대가 발하는 강기의 기운이었나 보구려.”

“그런 거지. 의식 속에서는 가능한 일이 과연 진짜 육체로도 되는지 알고 싶군. 하지만 강기에서 벗어나도 내 육장의 힘으로 그대의 몸을 박살낼 수 있을 거야.”

“나도 그렇게 생각하오.”

소운은 한숨을 쉬며 조용히 눈을 감았다. 마치 죽음을 받아들이고 기다리는 것 같았다. 하지만 그의 마음속은 그렇게 태연하지 못했다.

‘제기랄, 아까까진 분위기 좋았는데, 막상 깨어나니 지옥이 눈앞이네. 이 위기를 어떻게 벗어나지?

머리가 점점 뜨거워지기 시작했다. 배를 누르는 힘도 강해지고 있었다.

　소운의 눈에는 혈불의 자애로운 표정이 어떤 흉신악살보
다도 더 악독하게 보였다.

『칠대천마』7권(완결)에 계속.

초등학생이 반드시 읽어야 할 좋은 책 49권

각 학년별로 초등학생이 반드시 읽어야할 좋은 책을
선정하여 통합논술의 기본이 되는 '올바른 독서법'을
일깨워 줍니다.

교과서와
함께하는
초등학교 통합논술

초등1학년 | 값 12,000원 / 초등2학년 | 값 9,500원 / 초등3학년 | 값 11,000원 / 초등4학년 | 값 9,500원 / 초등5학년 | 값 9,500원 / 초등6학년 | 값 11,000원

♣ 혼자 할 수 있어요.

엄마가 책 읽는 방법을 가르쳐 주어도 좋아요.
독서지도하는 선생님이 가르쳐 주어도 좋답니다.
"초등 교과서와 함께하는 **통합논술 시리즈**"는
아이 스스로 독서할 수 있도록 꾸며진 책이에요.
엄마와 선생님은 요령만 가르쳐 주시면 된답니다.

♣ 교과서의 중요한 내용이 총정리되어 있어요.

각 학년별로 중요한 교과 내용이 함께 수록되어 있어요.
초등학생은 교과서 내용을 충실하게 공부해야 합니다.
아울러 그와 병행한 독서가 대단히 중요하지요.
"초등 교과서와 함께하는 **통합논술 시리즈**"는
두가지 방법 모두 알려준답니다.

♣ 이 책은 훌륭하신 선생님들이 함께 쓰신 책이랍니다.

동화작가 선생님들이 쓰셨어요. 소설가 선생님도 쓰셨답니다.
국어 논술독서지도 선생님들도 함께 쓰셨지요.
"초등 교과서와 함께하는 **통합논술 시리즈**"는
엄마의 마음으로 모든 선생님들이 함께 꾸민 책이랍니다.

입소문을 통해 아는 분은 다 알고 계십니다!
올 한해 공인중개사 최고의 화제작!

1~2권 합본 | 이용훈 지음
3~4권 합본 | 이용훈 지음
5~6권 합본 | 이용훈 지음
용어 해설 | 이용훈 지음

수험생 기본 필독서
만화 공인중개사

제목 : 만화공인중개사 쓰신 분에게 감사드립니다.

학원을 두 달 다녔어요. 근데 과연 그 숫자 외우기 그런 게 몇 문제나 나올까 생각을 했어요.
아니라는 생각이 드네요. 학원강의를 뒤로하고 서점을 갔어요. 내 머리에 가장 이해될 수 있는
책이 없나 하구요. 거기서 만화를 발견했어요. 무조건 세 번 봤어요. 3개월 걸렸어요. 문제집을 보라고
했는데 그건 시행을 못했어요. 근데 합격을 했네요.
어떻게 감사의 말을 해야 될지…….
도서관에서 만화책 들고 다니니까 사람들이 비웃더라구요. 만화책으로 공인중개사를 공부한다고
미친 사람처럼 보더라구요. 근데 그거 다 감수하고 했던 내가 자랑스럽습니다.
어떻게 감사의 말을 해야 할지… 정말 감사합니다.
부디 행복하세요. 제 나이 41살에 좋은 스승을 만난 것 같습니다.
엎드려 감사드립니다.

－본사 홈페이지에 독자분이 올린 메일 中 에서 발췌－